L'HOMME AUX DEUX VISAGES

DU MÊME AUTEUR

Le Sympathisant, Belfond, 2017, rééd. 2024 ; 10/18, 2018
Jamais rien ne meurt, Belfond, 2019 ; 10/18, 2021
Les Réfugiés, Belfond, 2019 ; 10/18, 2020
Le Dévoué, Belfond, 2021 ; 10/18, 2022

Vous pouvez consulter le site de l'auteur à l'adresse suivante :
https://vietnguyen.info

VIET THANH NGUYEN

L'HOMME AUX DEUX VISAGES

Une mémoire, une histoire, un mémorial

Traduit de l'anglais (États-Unis)
par Clément Baude

belfond

Titre original :
A Man of Two Faces. A Memoir, a History, a Memorial
publié par Grove Press, une marque de Grove Atlantic, New York

Retrouvez-nous sur :
Lisez : https://www.lisez.com/belfond/5
Facebook : www.facebook.com/belfond
Instagram : https://www.instagram.com/editionsbelfond/?hl=fr

Éditions Belfond,
92, avenue de France, 75013 Paris.
Pour le Canada,
Interforum Canada, Inc.,
1055, bd René-Lévesque-Est,
Bureau 1100,
Montréal, Québec, H2L 4S5.
info@lisez.com

ISBN : 978-2-7144-0365-0
Dépôt légal : septembre 2025

Toutes les images proviennent de la collection de l'auteur.

Belfond | un département **place des éditeurs**

place
des
éditeurs

à Mẹ
à Má
à Linda Kim Nguyen
à Nguyễn Thị Bãy
à ma mère

1937-2018

PREMIÈRE PARTIE

«Comment le mot Je peut-il se mettre au pluriel?...
Comment puis-je parler d'un autre Je que le mien?»

Maurice Merleau-Ponty,
Phénoménologie de la perception

do you know the way to san josé ?

Quand la mémoire commence-t-elle ?
Quelle est la mémoire que je cherche ?
Et où, sur la frontière ténue entre
histoire et mémoire, puis-je me re-
composer moi-même ?

La mémoire commence avec Ba Má. Leurs images sont comme des photos, leur histoire est comme un film, de ceux qu'on trouve dans la boîte noire d'une cassette VHS, à une époque où cela fait longtemps que je n'ai plus de magnétoscope.

Tous nos parents auraient dû faire un film de leur vie. Du moins, mes parents auraient dû. Leur parcours épique mérite un traitement tout particulier, fût-ce dans un film indépendant à petit budget. Pour jouer ma mère, la sublime Joan Chen dans sa jeunesse ; le jeune Russell Wong, le chéri de ces jeunes filles, incarnerait mon père.

Et si ni l'un ni l'autre n'est vietnamien ?
Nous sommes tous des Asiatiques ici.

Joan Chen a pourtant joué une mère vietnamienne dans *Entre ciel et terre*, le film à gros budget d'Oliver Stone, biographie de Le Ly Hayslip, une paysanne vietnamienne prise dans le tourbillon d'une guerre atroce. Le sexy Russell, avec ses pommettes ciselées et sa moue boudeuse, aurait pu être une star de cinéma si Hollywood avait choisi des Asio-Américains pour incarner des héros romantiques. Ses cheveux plaqués en arrière me rappellent ceux, luisants, de mon père sur un portrait en noir et blanc des années 1950. Moi qui suis obsédé par le style et l'entretien de mes cheveux depuis mes seize ans, j'aurais dû demander à Ba, quand il pouvait encore s'en souvenir, quel produit capillaire il utilisait. Je pourrais essayer de me coiffer comme lui, de la même manière que j'ai essayé le sweat-shirt gris de ma mère après sa mort et découvert qu'il m'allait comme un gant.

Dans ce film que projette le cinéma suranné de mon cerveau, les chansons sont composées par le mythique Trịnh Công Sơn et chantées par sa non moins mythique muse à la voix éraillée, Khánh Ly. Leurs œuvres forment la bande originale des exilés et réfugiés vietnamiens, celle du deuil et de la nostalgie, jouée sur des cassettes de deux fois quarante-cinq minutes, dans un nuage de fumée de cigarette et accompagnée de cognac Hennessy VSOP. Wong Kar-wai réalise, à sa manière habituelle, maussade, séduisante. L'éclairage ? Tamisé. L'atmosphère ? Romantique. La palette ? Polaroid délavé.

Et l'acteur qui joue mon rôle ? Un petit garçon mignon avec de grands yeux noirs.

Une fois le film sorti, on n'entend
plus jamais parler de ce garçon.
Personne ne se rappelle son nom.

Peut-être Wong Kar-wai et son chef opérateur Christopher Doyle pourraient-ils jeter leur sortilège cinématographique sur notre maison près de l'autoroute, à San José, teintée d'un marron foncé censé évoquer peut-être l'écorce, faite de bois et de bardeaux, de crépi et de silence, de souvenir et d'oubli.

Imaginez le choc de l'agent immobilier quand mes parents, réfugiés parlant mal l'anglais, ont tout payé en liquide.

Pour la plupart des réfugiés et des immigrés, la vie n'est que chambres louées ou foyers loués, appartements surpeuplés ou maisons surchargées, familles élargies et locataires nécessaires. Pièces encombrées. Vies nues. C'est ainsi que Fae Myenne Ng décrit la vie des immigrés dans son roman *Bone*. Le décor en est un Chinatown dénué d'exotisme, mais au moins situé dans la partie littorale de San Francisco. Qui a jamais écrit sur San José la provinciale, à une heure de route de là, ou braqué sur elle les projecteurs du cinéma ? Au moins, Dionne Warwick l'a célébrée en chanson : *Do You Know the Way to San José ?*

Bien sûr, cette chanson ne vaut pas
celles sur San Francisco.

Notre rue n'avait même pas de nom, contrairement à la rue Mango de Sandra Cisneros. Seulement une direction et un chiffre, 10e Sud, des grillages en fer noir aux fenêtres. Nos compatriotes de l'Ancien Monde avaient dû les installer, ces grillages, puisqu'ils ne pouvaient pas être ouverts de l'intérieur, nous piégeant en cas d'incendie. J'en veux à nos compatriotes, toujours enclins à lésiner. Quand certains d'entre eux nous font un patio en ciment, ils oublient de le lisser, laissant une surface qui a la texture de la lune.

En un geste typique de San José, les gens qui nous rachètent la maison, plus tard, dallent la pelouse pour avoir plus de place où se garer. Ma mère aimait s'allonger sur cette pelouse, prenant la pose devant l'appareil photo de mon père. Nos photos américaines sont presque toujours en couleur, à l'inverse de la plupart de nos photos vietnamiennes, où un halo de glamour illumine mes parents. Sur une pente herbeuse près d'une église, ma mère est resplendissante dans un de ses nombreux áo dài. Mon père, aussi mince que les actuelles stars de la K-pop, appuie sa hanche contre sa Toyota.

Ses lunettes noires ont disparu, poussière envolée avec tous les détritus perdus de notre passé. Je pourrais les porter maintenant, être aussi branché sur Sunset Boulevard que lui l'était avec sa voiture.

La plupart des gens n'avaient que des motos, quand ils avaient quelque chose. Aujourd'hui encore, dans l'endroit d'où je viens, les gens roulent plus à moto qu'en voiture. D'où cette blague :

Comment appelle-t-on un minibus vietnamien ?
Une moto.

Sur une photo en noir et blanc de Nick Ut accrochée au mur
de mon salon – pas celle où l'on voit Phan Thị Kim Phúc
en train de courir en hurlant, brûlée par le napalm –,
un homme à moto fuit les combats avec deux
garçons devant lui, sa femme qui serre
contre elle un autre garçon, et deux
autres garçons derrière elle en
train de fixer l'objectif.

Sur une image vacillante de ma mémoire, un employé familial m'amène à l'école maternelle à moto. Tu te mettais debout devant lui sur sa Vespa 50, m'a raconté mon père il y a quelques années. J'aurais aimé avoir une photo de moi avec les cheveux dans le vent, un plan parfait pour Wong Kar-wai, tandis que nous passons en trombe devant des hommes à la peau brunie par le soleil, en train de pédaler sur leurs xích lô ou de conduire des taxis Lambretta à trois roues. Ceinture de sécurité ? Siège enfant ? Casques ? Ha ! C'était le Việt Nam !

Si je demandais aujourd'hui à Ba s'il s'en souvient,
j'ai bien peur qu'il réponde que non.
Alors je reste silencieux.

Ba est le documentariste de la famille. Son appareil photo a saisi notre première maison, dans une banlieue pour classes moyennes de Harrisburg, où nous avons vécu nos trois premières années aux États-Unis. Mais il n'a pas immortalisé notre deuxième maison, installée sur une route à deux voies très fréquentée dans le centre-ville : de la brique rouge avec des locataires à l'étage, des parents blancs dont la petite fille joue avec moi sur le canapé abandonné dans le jardin par l'ancien propriétaire. Mon frère et moi partageons une chambre. Il écoute des tubes des années 1970 comme *Hotel California*, que les garçons vietnamiens de sa génération avaient le devoir d'apprendre par cœur. J'appelle la cuisine *chicken* au lieu de *kitchen*, faisant rire mon père pendant le bref intervalle de temps où son anglais aura été meilleur que le mien.

La troisième maison a été celle de la 10e Rue Sud, un pas de plus vers l'enseigne au néon rouge clignotant du RÊVE AMÉRICAIN™ qui nous invitait à traverser les plaines obscures de cette république. Mes parents les ont franchies par avion, ces plaines, après avoir entendu parler de San José, en Californie, par leur bon ami Bác Quý, lequel avait fui notre petite ville avec ma mère. Climat plus doux, plus de possibilités, beaucoup plus de nos compatriotes. Alors, en 1978, nous avons déménagé.

Dieu merci.

Je plaisante, Harrisburg.
Je ne crois même pas en Dieu.

Non, vraiment, je plaisante, Harrisburg. J'ai été heureux chez toi – la capitale de la Pennsylvanie ! –, mais un enfant de sept ans, pourvu que quelqu'un l'aime, peut être heureux n'importe où, même à vingt-cinq kilomètres de Three Mile Island, où se produira la pire catastrophe nucléaire des États-Unis, un an après notre départ.

Si San José a une chanson et pas toi, Harrisburg, eh bien quoi ? Personne n'a besoin qu'on lui indique la route de San Francisco.

Dionne Warwick l'a reconnu elle-même, C'est une chanson idiote et je ne voulais pas la chanter. N'empêche, sa chanson a remporté un Grammy, s'est vendue à des millions d'exemplaires, a atteint le *top ten* mondial en 1968. Pendant que les gens la fredonnaient en écoutant leurs chaînes hi-fi ou dans le confort de leurs breaks avec revêtements extérieurs en bois, des soldats américains commandés par un capitaine d'origine mexicaine assassinaient cinq cent quatre civils vietnamiens à Mỹ Lai, trois ans avant ma naissance.

Mon pays continue de tuer des innocents.
Le jour où je corrige la première fois ces lignes, le

« Pentagone reconnaît que
des civils ont été touchés en
Somalie pour la troisième fois ».

La victime est Nurto Kusow Omar Aboukar, morte
cinq mois plus tôt dans la ville de Jilib, lors d'une frappe

visant des membres des Shahab, un
groupe extrémiste lié à al-Qaida.

Nurto Kusow Omar Aboukar, dix-huit ans,
d'abord identifiée comme

terroriste

par AFRICOM, tuée par une GBU-69/B, une petite
bombe guidée fabriquée par Dynetics, qui

fournit des solutions ingénieriales, scientifiques
et technologiques, réactives et rentables, aux secteurs
de la sécurité nationale, de la cybersécurité, de l'espace
et de la sécurité des infrastructures sensibles.

Mon frère dit qu'il connaissait un des enfants, un
ancien camarade de classe.

Des années plus tard, je visite Sơn My, comme les
Vietnamiens appellent le village du massacre. Des
chemins bétonnés serpentent à travers le village,
marqués par des empreintes de pied qui symbolisent
les morts absents, les fantômes vivants. Je prends soin
de ne pas marcher dans leurs pas.

Dix ans après que la chanson de Dionne Warwick a caracolé dans les charts, j'arrive à San José, vois à la télévision une annonce d'utilité publique à propos de la ville, accompagnée par la chanson, et me dis, Tellement naze, même si moi-même j'étais résolument naze.

Ceux qui trouvent la route de San José peuvent emprunter East Santa Clara Street, ce tube digestif qui traverse le gros ventre tenant lieu de centre-ville. Dans un petit appendice louche d'une rue latérale, Bác Quý a ouvert la première épicerie vietnamienne. Bác Quý qui ne se marie jamais, qui n'a jamais d'enfants et qui me file des billets de 100 dollars pour le Tết. Má l'aide plusieurs mois durant, tandis que Ba travaille sur une chaîne de montage. Puis Ba Má ouvrent la deuxième épicerie vietnamienne de la ville… deux rues plus loin.

Ce doit être la définition de la concurrence amicale.

Situé dans East Santa Clara Street, le magasin est le nombril du gros ventre de la ville. Mes parents le baptisent SàiGòn Mới, fusion du « Saigon » à l'occidentale et du « Sài Gòn » originel. Ne pas traduire SàiGòn Mới est sans doute une manière d'affirmer que *nous sommes ici parce que vous étiez là-bas*. Ne pas traduire pourrait même être une marque de défiance, mais ça, je ne le comprends pas encore. Je me contente d'accepter que ce magasin soit pour nous, pour les gens qui n'ont pas besoin de traduction et qui pourtant ne doivent exister que par la traduction chaque fois qu'ils rencontrent les Américains autour d'eux.

Quand mon frère sort major de sa promotion au lycée de San José, le *San José Mercury* de 1982 publie son portrait et décrit le SàiGòn Mới de Ba Má comme un

grand magasin miniature débordant de rouleaux
de soie et de livres vietnamiens,
en plus d'aliments indochinois
et de junk food américaine.

Un grand magasin miniature !
Pourquoi n'ai-je jamais imaginé en ces
termes cette modeste entreprise de mes parents ?

La devanture est protégée par une barrière accordéon qui proteste en grinçant dès qu'on l'ouvre et la referme. Au plafond pendent de grandes langues de papier jaune collant, constellées de mouches mortes. Des sacs de vingt kilos de riz blanc s'entassent jusqu'à la charpente. Tout au fond, un boucher découpe le poisson et la viande, cependant que je colle des étiquettes à l'encre rose sur les conserves de gelée d'herbe et de litchis au sirop. De la sauce soja, de la sauce d'huître, du nước mắm, et du mắm ruốc, d'un violet écœurant. Du soda à la noix de coco Coco Rico dans des canettes vertes. Une machine à moudre le café, dont l'arôme se mêle à celui du riz. Derrière le comptoir, dans des cartons, des chaînes hi-fi JVC et des lecteurs de cassettes, que mes parents envoient à la famille restée au pays, laquelle les revend pour avoir du liquide.

Pourquoi ont-ils besoin de liquide ?
Et pourquoi ne leur envoie-t-on pas
du liquide s'ils en ont besoin ?
Ma vie avec Ba Má,
définie par des questions
que je ne pose jamais.

Sous le comptoir en verre, il y a des romans d'arts martiaux chinois, en format poche, traduits en vietnamien, que mon frère peut lire mais pas moi (et que je ne lirai jamais). J'ai huit ans. Je peux manger (et je le fais) tous les beignets chinois et les boulettes de sésame frites que je veux, ainsi que les sablés danois dans leurs boîtes en fer-blanc bleues, et les boudoirs sucrés, et les cerises nappées de chocolat qui éclatent et coulent dans ma bouche.

Je n'y ai jamais regoûté depuis l'époque du SàiGòn Mới.
Que se passerait-il si je mangeais aujourd'hui une
cerise nappée de chocolat ? Me rappellerais-je
tout ce que j'ai oublié ou cherché à oublier ?

J'ai tout ce dont j'ai besoin, mais presque rien de ce que je veux. Je ne veux pas du catholicisme, et pourtant mes parents m'inscrivent à l'école Saint-Patrick, à quelques rues plus au sud, petit garçon vietnamien vêtu d'un pantalon en velours vert irlandais et d'un cardigan vert irlandais, avec shamrock cousu sur la poche.

Depuis, je n'ai plus jamais porté ni pantalon en velours ni vert irlandais.

Chaque matin, après le *pledge of allegiance*, nous récitons un Je vous salue Marie et le Notre Père. Je connais par cœur le Notre Père et ne peux pas imaginer qu'un jour je puisse l'oublier. Or, quand j'essaie de le réciter aujourd'hui, je m'aperçois que je ne vais pas plus loin que

pardonne-nous nos offenses comme nous
pardonnons aussi à ceux qui nous ont offensés.

J'ai oublié la deuxième partie.

Sur un autre Polaroid de ma mémoire, je fais ma première communion à Harrisburg. Tous les enfants sont mignons quand ils reçoivent ce sacrement, les petits garçons en cravate à clip, les petites filles en robe blanche. Je devais être relativement adorable, marchant d'un pas solennel dans l'allée centrale, les deux mains tendues vers le prêtre pour recueillir le polystyrène sacré, pressé de noyer ce morceau du Corps du Christ dans ma première gorgée du Sang sirupeux du Christ.

Le vin rouge
ne parvient pas à me
séduire. Je me révèle athée.

Ne le dites pas à mon père,
qui à chaque Noël m'offre une
bouteille de vin de messe fait par des moines.

Le prénom catholique de Ba est Joseph, comme moi. Celui de ma mère, Maria. Comme tant d'autres immigrés et réfugiés avant eux, Ba Má deviennent des sacrifices humains, qui se jettent dans les barbelés afin que je puisse marcher sur leur dos jusqu'à cet étrange nouveau monde. Ils travaillent sans relâche, presque chaque heure de la journée, presque chaque jour de l'année, sauf à Pâques, au Tết et à Noël.

À chaque jour sa
station de la croix.

Une des choses qui me font comprendre aujourd'hui qu'ils nous ont aimés, mon frère et moi, c'est qu'ils nous faisaient rarement travailler au SàiGòn Mới. Ce qui explique pourquoi, un réveillon de Noël vers 1980, j'ai neuf ans, mes parents sont au SàiGòn Mới alors que mon frère et moi restons à la maison.

Au SàiGòn Mới, Ba portait chemise et pantalon, et Má chemisier et pantalon, ou une jupe à mi-genoux, peut-être avec un veston assorti. Dans le monde situé hors de chez nous, ils sont toujours bien mis, présentables, « semi-formels », sans trace de leurs origines rurales. Super-héros déguisés en parents, ils nous sauvent, non par des exploits hollywoodiens tout en hélicoptères, voitures rapides et reparties supposément spirituelles, mais depuis un QG secret camouflé en SàiGòn Mới.

Bientôt ils vont rentrer à la maison, dans une cuisine équipée d'un lave-vaisselle qu'ils n'utilisent jamais et une salle à manger avec sol en lino et lustre à six lampes en verre, dont une que je casse dès le premier soir de notre installation : je suis tellement excité que je cours partout en criant et me cogne la tête contre le luminaire très bas. Mon frère ramasse les bris de verre au balai et mon père, exaspéré, me tance. Ce soir-là, mon frère et moi attendons nos parents dans une maison qui était parfaite et neuve jusqu'à ce que je casse cette lampe. Je regarde la télévision.

Par les fenêtres du château de sable de ma mémoire, j'entends l'océan de l'amnésie, perpétuel, invincible.

Quand Ba Má rentreront à la maison, épuisés mais peut-être contents d'être, une fois de plus, leurs propres patrons, ils prépareront le dîner pour leurs enfants qui attendent. Des années plus tard, mon père décrira mon frère, hormis cela obéissant, comme difficile avec la nourriture, contrairement à moi qui mange tout ce que mes parents cuisinent. Peut-être qu'être difficile avec la nourriture est pour mon grand frère, hormis cela responsable, une manière de résister à ses obligations. Peut-être ai-je l'intuition que préparer un repas, c'est montrer de l'amour sans jamais dire je t'aime.

S'ils rentrent à la maison à bord de la fourgonnette bleue dont Ba se sert pour aller chercher les marchandises du SàiGòn Mới et qu'il gare dans l'allée, ils arrivent par la porte d'entrée. S'ils rentrent à bord de la Ford blanche avec capote et finitions bordeaux, ils se garent dans le garage et arrivent par là. Ils se déchaussent devant la porte et enfilent leur tenue d'intérieur, tee-shirt et short blancs pour Ba, robe de nuit pour Má. Trop fatigués pour se soucier de leur apparence, trop occupés pour avoir le temps d'acheter des survêtements, ou des joggings, ou peu importe ce que les parents américains qui travaillent sont censés porter chez eux. Leurs fils sont les seuls témoins oculaires de leur vulnérabilité, de leur chair, de leurs coups de sang occasionnels.

Ba Má partageront la cuisine, son plan de travail en formica et ses néons. Contrairement à l'homme vietnamien moyen, Ba, qui a été tailleur, fait la moitié des tâches ménagères et de la cuisine, ainsi que les travaux de raccommodage, de couture et de retouche. Il confectionne les rideaux et fait les ourlets de mes jeans, tandis que Má leur fait des plis au fer à repasser. Mes camarades de classe se moquent de moi car je débarque tellement que je porte des jeans plissés.

Ba mérite d'être salué parce qu'il en fait beaucoup plus que la plupart des hommes vietnamiens sans s'adonner à leurs vices – fumer, jouer au billard, boire, avoir des maîtresses, tuer le temps avec les copains dans des cafés homosociaux où les clients tirent des bouffées de cigarette autant que de nostalgie. Mais Má mérite encore plus d'être saluée pour avoir fait ce qu'on attendait d'elle en tant que femme vietnamienne, le triple service, travailler hors de la maison, faire les tâches ménagères et élever les enfants.

Má n'est pas une grande cuisinière, faute non pas de talent, mais de temps. Une fois à la retraite, elle maîtrise quelques plats raffinés, telles les crevettes géantes à la sauce à l'ail, qui apparaissent chaque fois que je viens dîner. Mais à la fin de 1980, son répertoire, comme celui de mon père, est simple. Le repas qu'ils ont fait en ce réveillon de Noël comportait trois plats, comme toujours: un accompagnement de légumes, par exemple du rau muống poêlé ou des tranches de concombre à la vinaigrette; une simple soupe, certainement du canh cà chua, dont les tomates sont calcinées par le bouillon brûlant, rehaussées par une poignée de petites crevettes séchées; et une viande, souvent des abats de bœuf ou de poulet bouillis servis avec une sauce faiblarde, du nước mắm dilué dans l'eau, ou avec du sel et du poivre flottant dans du jus de citron.

J'avale sans protester, peut-être parce que je ne connais pas mieux, sauf que je connais sans doute mieux. Je vois les *meat loafs*, les rosbifs et les plats mijotés que les Blancs mangent à la télé. J'avale parce que j'aime mes parents et que je ne connais pas d'autre moyen de les remercier que de manger leurs plats et de tenter d'être comme ils veulent que je sois à presque tous les repas: gentil, obéissant, respectueux. J'interprète ces commandements ainsi: faire ce qu'on me demande. Bien me tenir. Ne pas poser de questions.

Quand Ba Má ont le temps, ils font frire une demi-douzaine ou plus de côtes de porc dans une sauce au soja et au sucre caramélisée, mon plat favori. Mon père s'assure que j'en mange deux, trois ou quatre, soit plus qu'il n'en prend lui-même. La pièce maîtresse du repas et de la table est le rice cooker National à un bouton, trapu et spacieux, qui ne sait faire qu'une chose, cuire du riz blanc, contrairement à l'appareil chic Zojirushi que je possède aujourd'hui, capable de faire également du riz sushi et du porridge. Le mignon Zojirushi, avec sa puce intelligente, relève du dessin animé japonais et tombe facilement en panne. L'analogique National résiste, comme tout ce que possèdent Ba Má. Comme Ba Má eux-mêmes.

Peut-être, puisque c'est le réveillon de Noël, Ba Má vont-ils rapporter une bouteille de champagne Cook à 3,99 dollars achetée au supermarché Lucky, à deux ou trois rues du SàiGòn Mới. Cette boisson me donne mal à la tête et me fera croire, des décennies durant, que je n'aime pas le champagne. Mais le dîner du réveillon de Noël n'arrive jamais. En lieu et place du champagne qu'on débouche, c'est le téléphone qui sonne dans la cuisine, et mon frère me laisse en plan dans le salon, devant des dessins animés. Quand il réapparaît, je suis en train de rigoler.

Ba Má se sont fait tirer dessus, dit mon frère.

Peut-être que je rigole comme mon fils
de neuf ans aujourd'hui devant
les dessins animés : à gorge
déployée, en extase.

Ba Má se sont fait tirer dessus, répète-t-il.

Je

Qu'est-ce qui te prend ?

cesse

Pourquoi tu ne dis rien ?

de rire.

Tu ne *ressens* rien ?

Franchement, non.
L'indifférence est-elle
un sentiment ?

Ton frère, qui a sept ans de plus, est en train de pleurer.

Tu gardes les yeux rivés sur
la télévision, sans rien
dire, ce qui sera un de
tes grands talents.

Tu ne te rappelles plus comment tu dors cette nuit-là, ni comment ou quand Ba Má rentrent de l'hôpital le lendemain, mais tu sais qu'ils se remettent vite au travail. Ce ne sont pas de simples blessures superficielles qui vont les arrêter, du moins c'est ce que tu penses à l'époque. Ba Má sont inévitables. Ba Má sont immortels.

Plus facile de penser à eux en ces termes,
ou de ne pas du tout penser à eux, que de
les imaginer allongés sur leur lit de cent
soixante à leur retour, en train de panser
leurs plaies, voire de pleurer, terrifiés par la
journée et la nuit qui suivront au SàiGòn Mới.

Ta famille ne parle jamais de cet incident, de même que tu ne parleras jamais de tant de choses, de même que tu ne pleures jamais pour les stigmates que tu ne demandes pas à voir et que Ba Má ne montrent pas, blessures que baigne la lumière rouge fluorescente de ce film de leur vie que personne ne réalisera.

Dommage que tu deviennes écrivain plutôt que cinéaste.
Aujourd'hui, tu vis à Los Angeles. Quand tu dis
aux gens que tu es écrivain

ça n'intéresse personne.

hollywood ? y a quelqu'un ?

Vous êtes des réfugiés, pas des exilés.
Vous êtes des réfugiés, pas des expatriés.
Vous êtes des réfugiés, pas des migrants.
Vous êtes des réfugiés, pas des immigrés.
Vous êtes nombreux, pas que quelques-uns.
Vous êtes nombreux, pas qu'un seul.
Mais bien que vous soyez
une horde, vous n'êtes aussi
rien. Vous autres,
réfugiés.

Peut-être que certains réfugiés de la Seconde Guerre mondiale ont eu droit au traitement hollywoodien, mais très rares sont les films hollywoodiens qui vous montrent, vous les réfugiés des dernières décennies, alors que vos vies ont tout ce que désire Hollywood : le drame ! le tragique ! la guerre ! l'amour ! les amants séparés ! les enfants orphelins ! les familles divisées ! les probabilités impossibles ! les histoires de retrouvailles et de réussite qui font chaud au cœur ! (Oublions ceux qui ne se retrouvent pas, ceux qui ne réussissent pas.)

MAIS –
et c'est un grand

MAIS

– vous autres, réfugiés, il vous manque un élément crucial dont Hollywood a besoin :

Vous. N'êtes. Pas. Blancs.

Vous êtes propriétaires d'une maison ou vous louez un appartement. Vous vivez avec votre famille ou seul. Vous vous réveillez le matin et vous prenez votre café ou votre thé. Vous conduisez une voiture ou une moto, ou bien vous prenez le bus. Vous allez au travail et vous allumez votre ordinateur. Vous sortez le soir, vous draguez et vous flirtez. Vous regardez des films, des émissions de télé, et vous rêvez de vous voir à l'écran. Vous vivez dans une petite ville ou dans une grande ville, ou peut-être à la campagne. Vous avez des espoirs, des rêves, des attentes. Vous ne doutez pas de votre humanité. Vous croyez encore en votre humanité quand une catastrophe fait de vous un sans-abri. Le feu et la fumée enveloppent votre ville, petite ou grande, ou votre campagne. Vous roulez, courez ou attrapez un bus jusqu'à la frontière ou la mer. Ce n'est que là, ayant fui, espérant partir, ou traversant la frontière ou la mer, à pied, en bateau, en radeau, en camion, que vous comprenez que ceux qui ne sont pas des réfugiés vous voient, vous les réfugiés, comme les zombies du monde, les morts-vivants surgis des États agonisants pour marcher ou nager jusqu'aux frontières des vivants, par vagues infinies et effrayantes.

Ceux qui sont de l'autre côté ne vous voient pas du tout comme des humains.

Telle est l'expérience terrifiante qui consiste à rejoindre les cent trois millions de personnes déplacées de force dans le monde, comme les désigne le haut-commissariat des Nations unies pour les réfugiés. Les réfugiés fuyant l'invasion de l'Ukraine par la Russie ont droit à un accueil plus chaleureux parce qu'ils sont une rareté : ils sont blancs. Peut-être même que Hollywood fera un film sur l'odyssée de réfugiés ukrainiens fuyant le Mexique et demandant asile à la frontière américaine, avec Angelina Jolie dans le rôle d'une réfugiée en haillons et néanmoins magnifique. Mais Hollywood ne fera sans doute pas de film sur les réfugiés africains fuyant l'Ukraine, maltraités à la frontière polonaise, ou ceux d'Amérique centrale qu'on fait attendre à la frontière américaine tandis que les Ukrainiens blancs passent.

La nation des déplacés est plus peuplée que la Nouvelle-Zélande ou l'Irlande, la Norvège ou le Danemark, Singapour ou Hong Kong, la Suisse ou l'Autriche, le Portugal ou la Grèce, la Belgique ou les Pays-Bas, Taïwan ou l'Australie, la Corée du Sud ou le Royaume-Uni, l'Arabie Saoudite ou l'Espagne, l'Italie ou la France, le Cambodge ou la Thaïlande, l'Allemagne ou l'Iran.

Pourquoi vous comparer à une nation ?
Les gens vous détestent, se définissent contre vous,
qui ne faites plus partie d'une nation, qui rappelez
la fragilité des foyers et des nations, qui menacez
l'existence des nations. Même s'ils ne vous
détestent pas, ils voient en vous une crise.

Vous autres, réfugiés.

Cette nation des déplacés est un peu plus peuplée que le Việt Nam, quatre-vingt-dix-sept millions d'habitants, quinzième nation la plus peuplée du monde. Sous leurs airs pudiques, tes compatriotes adorent se reproduire ! Mais, pour mus par Éros qu'ils puissent être, peut-être sont-ils hantés aussi par Thanatos, dans l'ombre des trois millions de morts dus à la guerre et des centaines de milliers, voire des millions de morts qui les ont précédés lors des autres conflits, famines et colonisations du siècle précédent. Tu es fier de tes compatriotes libidineux et fertiles, tu étais l'un d'eux jusqu'à ce que tu sois

Déplacé.
  Dé-placé.
    Dys-placé.
      Cet endroit qui n'est pas un endroit qui est quand même ton endroit.

Parmi les personnes déplacées de force on compte les personnes déplacées à l'intérieur d'un pays et les demandeurs d'asile, ainsi que trente-deux millions et demi de réfugiés (soit une nation plus peuplée que la Malaisie et moins que l'Angola). Les pays qui envoient ou font partir de force le plus grand nombre de réfugiés sont la République arabe syrienne, le Venezuela, l'Ukraine, l'Afghanistan et le Soudan du Sud. Les réfugiés existent par la force et la violence. Les réfugiés sont façonnés par la peur et la terreur. Les réfugiés subissent des choses avant de faire des choses comme s'échapper. Fuir. Dire s'il vous plaît. Et merci.

Au sujet des Juifs européens qui ont survécu à l'Holocauste et sont devenus des réfugiés, Hannah Arendt a écrit :

> On nous disait d'oublier ; et nous avons oublié plus vite que l'on peut l'imaginer.

Tu as fait de ton mieux pour
oublier. Tu es devenu très fort pour
oublier. Et aujourd'hui il t'est difficile,
ayant oublié tant de parties de toi et de ceux que
tu aimes, de re-composer tes nombreux morceaux disparus.

Les pays qui reçoivent le plus grand nombre de réfugiés sont la Turquie, la Colombie, l'Allemagne, le Pakistan et l'Ouganda. Jusqu'à l'invasion de l'Ukraine par la Russie en 2022, ce n'était pas l'Occident qui avait accueilli le plus de réfugiés dans le monde depuis la Seconde Guerre mondiale, malgré les cris d'orfraie de certains Occidentaux aux yeux desquels on exige trop du généreux, libéral et cosmopolite Occident, lequel a inventé, entre autres chefs-d'œuvre de civilisation, la fourchette – tellement plus facile à manier que les baguettes, tellement plus propre que la main –, ainsi que le napalm déversé sur Phan Thị Kim Phúc, la caméra et la pellicule qui l'ont filmée brûlée et nue, et tout l'appareil de reproduction mécanique qui l'a gravée dans la mémoire des gens aux quatre coins du monde, au point que son visage et son corps incarnent aujourd'hui le Việt Nam, pays de guerre, pays de victimes, méritant la pitié de l'Occident et de presque tout le reste du monde.

Es-tu un Occidental ?
Tu dois être un Occidental.
San José est à l'ouest, et tu
connais la route de San José.

Tu es né à Ban Mê Thuột, aujourd'hui Buôn Mê Thuột ou Buôn Ma Thuột. Son nom a été modifié par les vainqueurs, parmi plein d'autres choses. Se débarrasser des influences françaises, restaurer certaines racines sinisées, ou simplement rebaptiser d'après de nouveaux héros. Sài Gòn devient Hồ Chí Minh-Ville, et si tu atterris à l'aéroport et que tu l'appelles phi trường au lieu de sân bay, ou si tu appelles une banque nhà băng au lieu de ngân hàng, les gens sauront que tu es parti en 1975. Pour ce qui est de ta ville natale, Buôn Ma Thuột est plus proche de Buôn Ama Thuột, le nom employé par l'ethnie qui y a vécu en premier, les Ê Đê.

Tu n'as aucun souvenir de ce que le *New York Times* qualifiait de

charmante petite ville endormie des hauts plateaux

où le dernier empereur, Bảo Đại, possédait jadis des pavillons de chasse. Au moment de ta naissance, ce sont des conseillers militaires américains qui occupent ces pavillons. Des Jeeps et des camions fabriqués en Amérique vrombissent sur les routes et les rues goudronnées à deux voies, conduites par des soldats du Sud. Ban Mê Thuột a changé, car quand le président Ngô

Đình Diệm s'y est rendu en 1957, à peu près à l'époque où Ba Má s'y sont installés, ce n'était guère plus qu'un village avec des routes de terre, connu pour son café, ses chutes d'eau et ses minorités ethniques, dont les Rades, qui

marchaient pieds nus dans les rues
ou chevauchaient d'énormes éléphants.

Les Rades sont désormais les Ê Đês. Minorité ethnique aux États-Unis, tu es la majorité, les Kinhs, au Việt Nam.

Les Kinhs sont un peuple impérial, guerrier, descendu
de Chine pour prendre les terres des Chams, des
Cambodgiens et de dizaines d'autres peuples
indigènes des hauts plateaux que les Français
appelaient les Montagnards. Vous les avez
appelés Mọi. « Sauvages. » Vous, les
colonisateurs désormais colonisés
par les Français, peuplez la
bureaucratie coloniale
française, presque
blancs mais pas
tout à fait.

Si un film était fait sur le parcours épique de ta famille réfugiée, vraisemblablement un projet à petit budget auquel tiendrait un réalisateur vietnamien ayant un passé diasporique comme toi, il commencerait par un prélude tranquille dans lequel, au début de mars 1975, ton bel homme de père s'envole vers Sài Gòn pour affaires. Il transporte à bord de l'avion une mallette remplie d'or et de billets afin d'acheter une maison à Sài Gòn. Le but étant que toi et ton frère fassiez votre scolarité là-bas plutôt que dans votre petite ville de province.

Peut-être que Má t'emmène à l'aéroport Phụng Dực, sa tour de contrôle orange brûlé et son petit terminal long comme deux ou trois wagons de fret. Peut-être que Ba te prend dans ses bras pour te dire au revoir, car tu viens d'avoir quatre ans et tu as encore besoin de câlins. Peut-être que tu fais au revoir avec la main et regardes son avion décoller de la piste de terre rouge, au milieu des hélicoptères et transporteurs militaires. Tu rentres chez toi, à l'ouest de l'aéroport, dans la rue Ama Trang Long. Ta famille loge au-dessus du magasin familial. Celui-ci vend des bijoux et des pièces automobiles, et il a évolué depuis le premier établissement grâce auquel Ba Má ont commencé leur ascension : un magasin général où Má vendait du tissu et Ba faisait les travaux de couture, un service unique en son genre dans l'économie locale.

Tu n'as pas conscience d'être sur le point d'entrer dans l'Histoire. Non loin de là, l'armée communiste est en train de constituer dix-neuf divisions avant de déclencher l'invasion décisive, et surprise, du Sud. Sa première cible : Ban Mê Thuột.

Tu es bien content de ne pas te rappeler toutes ces choses. Tu ne te rappelles pas le barrage d'artillerie qui commence à 3 heures du matin le 9 mars, les attaques des commandos sur l'aéroport Phụng Dực, les coups de canon échangés entre les troupes du Nord et du Sud, celles-ci étant armées de M16 et protégées par des casques américains. Les bruits de la guerre étaient familiers aux oreilles de Má, puisque plusieurs parties de la ville avaient été incendiées presque exactement sept ans auparavant, en février 1968, lors de l'offensive du Tết.

Des dizaines d'années plus tard, à San Gabriel Valley, en Californie, lors d'une soirée chez un inconnu en banlieue, l'hôte sort un AK-47 et tire par terre pour fêter le Nouvel An. Le bruit est assourdissant. Tu sens l'impact des balles dans le sol quand le tireur vide son chargeur. Il faut multiplier ça par mille pour produire le volume sonore, la vélocité du métal en vol et la peur ressentie par ta mère. Tu quittes la fête aussi rapidement que possible quand l'hôte, qui a vingt ans et des poussières, se promène avec son AK-47 en serrant des mains. Tes amis te racontent qu'il fronce les sourcils en te voyant partir, mais tu t'en fiches. Tu es un lâche. Tu comptes bien le rester.

De ton océan d'amnésie jaillit une image de soldats du Nord en uniforme vert olive et casque colonial juchés sur des chars, mais aucune de ta mère, folle d'angoisse parce qu'elle ne peut pas appeler ton père, toutes les communications ayant été coupées. Má prend une décision. Elle s'enfuit avec Bác Quý, ton frère âgé de dix ans, et toi, abandonnant ta sœur (adoptée) de seize ans, qui devra garder la propriété familiale. Ta mère croit que ta famille reviendra. Cela fait des années que la guerre va et vient. Pourquoi est-ce que ça ne continuerait pas ?

À seize ans, tu es un lycéen qui fait son premier petit boulot, au parc d'attractions Great America. Ta principale préoccupation : trouver une petite amie. Ta sœur (adoptée) de seize ans affronte un autre genre de passage à l'âge adulte. Elle regarde sa mère et ses frères qui l'abandonnent. Était-ce en plein jour ? Ce devait très certainement être la nuit, afin d'éviter les patrouilles communistes. Elle ferme la porte, la verrouille. Son cœur bat vite. Elle pleure seule. Une enfant confrontée à un avenir immense et terrifiant.

Tu ne sais pas qu'il s'est passé tout ça, mais qu'aurait-il pu se passer d'autre ? Tu ne sais pas si tu pleures quand tu la quittes, mais tu l'espères, manière de lui indiquer qu'elle sera aimée et regrettée.

Tu ne te rappelles pas du tout cet instant, ni ta sœur
(adoptée). Tes parents ne la reverront pas pendant
près de vingt ans. Tu ne la reverras
pas avant près de trente ans.

C'est une histoire de guerre.

Ton frère se rappelle les parachutistes morts suspendus dans les arbres, mais pas toi. Tu ne te rappelles pas non plus si tu as parcouru seul les cent quatre-vingt-quatre kilomètres jusqu'à Nha Trang, ou si ta mère t'a porté, ou si vous avez été emmenés par les voitures, camions, charrettes, motocyclettes et bicyclettes qui encombraient la route. Peut-être s'en souvient-elle, mais tu ne l'interroges jamais sur l'exode, sur les dizaines de milliers de réfugiés civils et de soldats en déroute, sur la cohue désespérée pour pouvoir prendre un bateau à Nha Trang, certains soldats tirant sur les civils pour se frayer un passage, armés de M16 américains plutôt que d'AK-47.

Má a engagé des inconnus pour te porter, dit ton frère.
Má a attaché de l'or aux jambes de ton frère, dit ton père.
Mais quarante-cinq ans plus tard, dit aussi Ba,
je ne sais pas vraiment ce que ta mère a subi.

Tu ne te rappelles pas le temps qu'il faisait, mais en ces mois de mars et d'avril il devait être agréable, ni trop chaud ni trop humide. Tu ne te rappelles pas avoir retrouvé ton père à Sài Gòn, ni avoir attendu encore un mois avant que l'armée communiste attaque la ville, ni que tes parents devaient être terrifiés, ni qu'ils passaient leurs journées à essayer de trouver le moyen de quitter la ville, ni que le dernier jour avant la prise de la ville – ou sa libération, selon le point de vue –, vous avez tenté d'entrer dans l'aéroport, puis dans l'ambassade américaine, puis vous êtes débattus dans la foule, sur les quais, pour rejoindre un bateau, que ton père a été séparé de vous, mais a décidé de sauter à bord d'un bateau tout seul, que ta mère a fait la même chose, l'un et l'autre s'en remettant à Dieu mais aussi, comme toujours, prenant leur propre vie en main, et que vous vous êtes retrouvés ensuite sur un plus grand navire, que vous avez flotté trois jours durant, que ta famille fait partie de LA CHUTE DE SAÏGON, avec la photo d'un hélicoptère sur un toit, une file d'êtres humains en train de devenir des réfugiés grimpant en haut d'une échelle.

Es-tu un témoin de l'Histoire
parce que tu y étais ?
Peux-tu être un témoin de l'Histoire
si tu ne t'en souviens pas ?

Tu te rappelles un homme gentil partageant son lait avec ta mère, pour toi, ou peut-être te rappelles-tu seulement Má te racontant cette histoire. Peut-être que le lait est rance. Ou alors, même si le lait est bon, tu associes son goût à un bateau bondé, des gens apeurés, une mer que tu n'as encore jamais vue. Plus tard, Má mettra du sucre dans le lait pour que tu le boives, mais tu ne surmonteras jamais ton dégoût du lait et du fromage, suffoquant même devant les mous et fades morceaux de Vache qui Rit que Ba aime manger avec des morceaux de banane. Tu penses que tu aurais pu dépasser le mètre quatre-vingts sans ton allergie aux produits laitiers, une conséquence mineure de l'état de réfugié gravée dans tes papilles et dans ton corps.

Ou peut-être es-tu tout simplement
intolérant au lactose.

Tu te rappelles la mer bleue. Tu te rappelles des soldats, sur le bateau, ouvrant le feu sur un plus petit bateau de réfugiés qui tentait d'approcher.

Ton frère dit, Tout ça n'a jamais existé.

Et s'il se trompait ?

New Life, Nouvelle Vie – tel est le nom de l'opération bâclée des Américains pour sauver leurs alliés de la République du Việt Nam, un pays qui n'existe plus, sauf dans l'imagination des plus de cinq millions de réfugiés qui constituent sa diaspora, un pays que l'essentiel du monde se rappelle sous le nom de Sud-Việt Nam. Après une guerre qui aura tué trois millions de Vietnamiens, plusieurs centaines de milliers de Laotiens, de Cambodgiens et de Hmongs, plus de cinquante-huit mille Américains, quelque cinq mille Sud-Coréens, et des centaines de gens originaires d'autres pays, peut-être que c'est le nom qui convient.

Ah, vraiment ?
L'AMÉRIQUE™, une
nation pro-vie, indivisible,
sous l'autorité de Dieu, a
arrosé ses noires prairies
avec le sang versé par
la colonisation,
le génocide,
l'esclavage et
la guerre.

Né pendant l'année du Cochon sous le nom de Nguyễn Thanh Việt, né une deuxième fois en AMÉRIQUE™ sous celui de Viet Thanh Nguyen. L'Histoire se charge de ta césarienne, comme elle le fait avec tous les réfugiés en AMÉRIQUE™, te mettant au monde sous la forme de ce sujet mythologique, le Nouvel Américain amnésique, déraciné, synthétique.

Contrairement aux sentiments et aux compliments convenus,
les nouveau-nés – violets, gluants, braillards, les yeux
fermés à double tour face à la lumière surnaturelle –
sont généralement plutôt moches.
Tu ne fais pas exception.

Le château de sable de ta mémoire commence véritablement à se dresser après ton passage par une série de bases militaires américaines aux Philippines, à Guam et, enfin, en Pennsylvanie. De leurs bases des Philippines et de Guam – ainsi que de la Thaïlande et du Japon –, les États-Unis lançaient leurs bombes sur le Việt Nam, le Laos et le Cambodge, avec des B-52 Stratofortress fabriqués par Boeing, la même entreprise qui produit les avions dans lesquels tu voles aujourd'hui autour du monde. Mais au moment où tu atterris d'un pas hésitant sur ces bases, ahuri et perdu, ils ont momentanément cessé de donner la mort pour accorder une Nouvelle Vie aux réfugiés fuyant des pays jadis colonisés par l'Empire français. Tu t'enfuis vers

L'AMÉRIQUE™

(Envoyez la chanson du même titre par Neil Diamond
fils d'immigrés juifs polonais et russes, dont
le nom de naissance est vraiment Diamond et
dont tu n'as pas les moyens de reproduire les textes.)

La Grande Amérique !
L'Exceptionnelle Amérique !
Un pays
fondamentalement
opposé à
l'impérialisme et
au colonialisme !

Sauf quand L'AMÉRIQUE™ colonisait les Philippines, Guam,
Hawai'i, Porto Rico, Samoa, les îles Vierges, les treize
colonies, et à peu près les trois quarts occidentaux
de ce qui est maintenant les États-Unis d'Amérique,
qui ont bel et bien acheté deux millions cent
quarante-quatre mille cinq cents kilomètres
carrés à un Français pour 15 millions de
dollars, l'équivalent dans l'histoire
mondiale de toi achetant sur un
parking une PlayStation Sony
toute neuve et vraiment bon
marché, sortie du coffre
d'un type qui t'explique,
C'est réglo, mec.

À partir des bases de l'empire américain dans le Pacifique, cent trente mille d'entre vous sont emmenés, sans doute à bord d'appareils Boeing, dans des piaules provisoires à Fort Chaffee, dans l'Arkansas ; à la base aérienne d'Eglin, en Floride ; à Camp Pendleton, en Californie ; et à Fort Indiantown Gap, en Pennsylvanie. Depuis ces bases militaires intérieures, le dispositif de l'État et des organisations caritatives vous disperse aux quatre coins du pays, diluant votre intensité de réfugiés afin que le corps politique américain puisse avaler plus facilement votre étrangeté et votre amertume. Les Hmongs, autres réfugiés du Laos, se retrouvent aussi bien dans les États froids du Minnesota et du Wisconsin que dans la Californie ensoleillée. Ta famille arrive en Pennsylvanie. Vous autres, réfugiés, qui dites Cali pour Californie, Los avec un long *o* pour Los Angeles et *Chick-ah-go* pour Chicago, avez dû voir le nom de l'État de Benjamin Franklin et pousser un long, très long soupir.

Tes parents, Joseph et Maria ? Deux fois réfugiés.
Joseph et Marie de la Bible ? Une fois réfugiés.

Au début de l'été 1975, toi et vingt-deux mille autres réfugiés vietnamiens et cambodgiens arrivez dans l'État au nom imprononçable. Au lieu de l'étable qu'ont trouvée Joseph et Marie, vous êtes hébergés dans un des nombreux baraquements à deux niveaux du fort, marqués d'un *T*, comme « temporaire », bien qu'ils aient été construits dans les années 1930.

Chaque baraquement peut loger soixante soldats ou quatre-vingt-seize réfugiés sur des châlits. 6,6 mètres carrés par soldat, 3,7 mètres carrés par réfugié. Pas de cloisons pour garantir l'intimité. L'unique salle de bains commune comporte une rangée de W.-C. ouverts et des douches exiguës, sombres, sans fenêtre ni cabines. Ces détails, tu les remarques le jour où tu y refais un tour, quarante-sept ans plus tard, mais tu ne te rappelles rien du camp, certainement pas les leçons de prononciation et de vocabulaire qui, d'après le comique Richard Pryor, y sont données :

Vous avez tous ces Vietnamiens, dans les camps militaires,
qui passent des examens et des tas de trucs,
qui apprennent à dire « nègre »
pour pouvoir devenir
de bons citoyens.

Tes compatriotes sont forts pour passer des examens. Tu l'as réussi, celui-là ?

Pryor n'a pas tort, si ce n'est que certains réfugiés connaissent déjà la différence entre les Noirs et les Blancs. Ton américanisation commence au Việt Nam, où les Américains exportaient tout, y compris leur racisme, comme les Français avant eux. Ce qui explique que tant de Vietnamiens méprisent beaucoup plus les enfants amérasiens ou eurasiens nés d'un père noir que ceux nés d'un père blanc.

Bien que tu sois semi-américanisé, tu as besoin de parrains américains pour quitter le camp. Dans tout le pays, des familles et des églises recueillent des familles de réfugiés. Personne ne veut de ta famille au complet. Un parrain emmène tes parents, un autre ton frère. Un troisième vient pour toi. Tu as quatre ans.

Va là où ça fait mal,
t'a dit un jour l'écrivaine Bharati Mukherjee, ta professeure.
Va à l'os.

C'est ici que… ça fait mal.

commencement de la mémoire

Cette phrase classique de Nietzsche que tu cites sans arrêt parce qu'elle est vraie :

> On applique une chose avec un fer rouge pour qu'elle reste dans la mémoire : seul ce qui ne cesse de faire souffrir reste dans la mémoire.

Quelques mauvais souvenirs peuvent être plus indélébiles qu'une vie entière de bons ou de médiocres souvenirs. On remarque la cicatrice, pas la peau. Avoir été séparé de tes parents est marqué au fer rouge entre tes omoplates, et cette brûlure, tu ne la vois généralement pas jusqu'à ce que tu t'examines dans les miroirs de ta propre écriture.

Tu ne te rappelles pas avoir été emmené la première fois, mais ton parrain t'amène voir Ba Má un soir, puis, inévitablement, t'arrache encore.

Tu hurles et tu cries. Tu as quatre ans.
Tu penses que Má pleure, elle aussi. Peut-être
que tu espères seulement qu'elle a pleuré.

Tu te souviens des hurlements, mais pas de la pièce, de la maison ou de l'appartement où ils ont retenti, ni du parrain qui t'a conduit là et t'a emmené. Tu es le bruit et la sensation physiques, l'essence de toi-même, un cri, l'inverse du célèbre tableau de Munch, de sorte qu'au lieu de voir le cri silencieux tu ne peux que l'entendre. Le bruit te rend bien content de ne pas te rappeler le départ de Ban Mê Thuột, de Nha Trang et de Sài Gòn. Mais si tu te *rappelais*...

... ce serait incroyable pour ton travail d'écriture !

Réfléchis-y –
si seulement tu pouvais t'en souvenir
suffisamment, tu pourrais être
UNE VOIX POUR LES SANS-VOIX.

Le dilemme de l'écrivain :
être suffisamment marqué pour être un bon écrivain,
mais pas marqué au point d'en être véritablement fracassé.
Tu as trouvé l'équilibre magique !
Félicitations !!!

Tes premiers parrains sont un jeune couple. Par couple, tu entends un homme et une femme. Par homme et femme, tu entends un homme et une femme blancs. Ils vivent dans une caravane ou un mobile home. Ils ont l'air gentils, mais ton séjour est bref. Tu n'es peut-être pas si mignon que ça, contrairement aux orphelins de l'opération Babylift, qui ne sont pas tous de vrais orphelins, et dont soixante-dix-huit d'entre eux meurent le jour où leur avion s'écrase à Sài Gòn. Mais les survivants devaient être ultramignons, comme le sous-entend Richard Pryor :

> C'était marrant, franchement, de défendre les orphelins et tout le bordel. [Il imite une femme blanche.] *Oh, mais il faut qu'on fasse quelque chose. Ces petits orphelins, oh mon Dieu.* L'enfoirée... À cause d'elle, j'ai failli prendre un orphelin. Des gens du Mississippi,

des Blancs de Géorgie et tout, en train d'adopter des bébés. Cette connerie a duré à peu près un an. Et le racisme est revenu. [Il imite un homme blanc.] *Bordel. Mais qu'est-ce qu'on nous a refourgué, Margot ? Tes yeux vont jamais s'arrondir ou quoi ? Tu ressembles à un des nègres du quartier.* Et je suis pour les orphelins, attention. J'aime bien les orphelins. Mais merde, y a dix millions de négros ici qui auraient besoin d'être adoptés. [Applaudissements.]

Tu n'as pas conscience que n'être pas noir est ton premier avantage. Pauvre petit Asiatique chanceux : de parfaits inconnus prêts à t'accueillir ! Ta deuxième famille d'accueil a des enfants, au moins un qui a environ le même âge que toi, d'une blondeur étincelante. Ces gens-là aussi sont gentils, mais sans le vouloir ils te mettent mal à l'aise en te demandant de leur apprendre à manier les baguettes, ce qui devait être assez exotique dans la Pennsylvanie des années 1970. À la table du dîner, tu regardes leurs visages gentils et pleins d'espoir, le père et la mère, les enfants à la fois curieux et sceptiques qui se demandent qui peut bien être cet enfant étrange dans leur maison, cet enfant qui capte l'attention de leurs parents, qui les oblige à tripoter des baguettes. Les parents ont-ils commandé des plats chinois pour accompagner les baguettes ? Où auraient-ils pu trouver des baguettes ailleurs que dans un restaurant chinois ? Tu as quatre ans. C'est beaucoup de pression. Et malheureusement tu ne sais absolument pas comment manger avec des baguettes. Pas très futé, tu es déjà – *argh !* – en train de *perdre tes racines.*

Curieusement, tu ne sais plus quand
tu as fini par apprendre à manger avec des baguettes,
sans doute avec tes parents.
Les Américains savent-ils
quand ils ont appris à manier
la fourchette ?

Tu ne te rappelles plus leur maison, dans quelle chambre tu dormais, si tu la partageais, quelles nourritures étranges tu mangeais – des céréales ? Des macaronis au fromage ? De la salade de pommes de terre ? Des plats mijotés ? Des sandwichs au thon ? –, ni comment tu communiquais avec eux quand tu ne connaissais pas un mot d'anglais. Si toutefois tu parlais.

Ça aurait été aussi hilarant que dans une sitcom, non,
si les seuls mots d'anglais à ta disposition avaient été
GI number one ! et *Hey, GI ! You want boom-boom ?*.
Comme les petits enfants dans les films ?
Envoyez les rires enregistrés.

Mignon ou pas, tu devais être un invité difficile. Quatre ans, séparé de tes parents.

Tu es censé être reconnaissant ?

Tu ne gardes aucun souvenir non plus d'un certain Joseph H. Windish, un ancien de la guerre de Corée qui a parrainé ton père et ta mère. Quand ton père cherchait du travail, M. Windish a écrit une lettre de recommandation, aujourd'hui encadrée dans l'armoire du salon de ton père où se trouvent des verres à vin, un bol en cristal et une photo de ton frère avec le président Obama, dont le sourire charismatique irradie même à travers l'image. Dans sa lettre, M. Windish décrit ton père comme

digne de confiance et stable, un père de famille,
avec une femme et deux enfants dont
il s'occupe manifestement bien.

C'est la première description faite de toi en anglais, un hommage à Ba Má.

Vous êtes minoritaires en tant que réfugiés et qu'Asiatiques, mais c'était aussi le cas de M. Windish, qui a le même prénom que ton père (et que toi). Contrairement à M. Windish, la majorité des Américains ne veulent pas accepter de réfugiés d'Asie du Sud-Est. Certaines craintes de la majorité deviennent réalité. Certains parmi vous, réfugiés, commettent des crimes, y compris des meurtres, ce qui vaut à une connaissance de la famille, en Pennsylvanie, d'aller en prison. Certains parmi vous vivent grâce aux aides sociales. Mais certains parmi vous deviennent médecins, avocats, ingénieurs, soldats, marins. L'un de vous invente même une des armes les plus mortelles jamais conçues :

C'est un engin terrifiant. La bombe thermobarique
écrase les abris souterrains au moyen d'un souffle
brûlant capable de détruire les organes internes à une
distance de quatre cents mètres. Son explosion est censée
pénétrer dans des souterrains complexes, pulvériser
quiconque s'y cache, jusqu'à une profondeur de trois cent
trente mètres, puis incinérer tout ce qu'il reste.

De bombardé à inventeur de bombes – le RÊVE AMÉRICAIN™ !

Et n'oublie pas la fois où Tippi Hedren rend visite à son amie comédienne Kiều Chinh (qui pourrait également jouer ta mère dans le film de sa vie) à Camp Pendleton et a tellement pitié des réfugiés qu'elle demande à sa manucure de former certaines de ces femmes.

Et voilà comment, près d'un demi-siècle plus tard,
vous, les Vietnamiens, représentez 58 pour cent
du secteur des ongleries de ce pays.

Vos échecs – et vos succès – viennent non pas nécessairement du fait que vous êtes des réfugiés ou originaires d'Asie du Sud-Est, mais du fait que vous êtes des humains. À quatre ans, tu ignores que certaines personnes ne te perçoivent pas comme un humain, mais comme un réfugié, un Vietnamien, une victime que l'on doit prendre en pitié ou en mépris, que l'on doit sauver ou rejeter. Néanmoins le premier coup a été porté. Être séparé te montre ta vulnérabilité et l'impuissance de tes parents. Le plus clair de ta vie, tu te souviendras de cet instant comme d'un simple fait, non comme d'une blessure.

Ce n'est pas vrai.

Tu commences à te re-composer quand ton fils fête ses quatre ans, en 2017. Tu l'as prénommé Ellison en hommage au romancier Ralph Ellison, dont *L'Homme invisible* t'a profondément impressionné, à l'université. Le deuxième prénom de Ralph est Waldo, d'après Emerson, le philosophe, dont tu as également lu les essais à l'université. La cohérence est le spectre des petits esprits, aime à se dire ton ego incohérent.

Prénommer ton fils d'après Ralph Ellison, c'est le situer dans une généalogie américaine noire et blanche de penseurs et d'écrivains qui ont affronté la question de savoir qui L'AMÉRIQUE™ inclut et exclut, qui elle idolâtre et diabolise, qui elle sanctifie et sacrifie. Tu veux que ton fils comprenne qu'il est chez lui, dans la langue de ces écrivains et penseurs, autant qu'en AMÉRIQUE™. Tu veux qu'Ellison comprenne, en fin de compte, qu'être un Américain –

et Ellison est un Américain, bien de chez nous,
en droit d'être le président !

– c'est être pris en étau entre ces opposés que sont la commémoration et le meurtre, c'est osciller dialectiquement tant que L'AMÉRIQUE™ existera, car L'AMÉRIQUE™ elle-même est et sera toujours une contradiction. Quand Ralph Ellison décrit son narrateur pris entre l'invisibilité et l'hypervisibilité, tu comprends que cela décrit aussi ta situation existentielle, ton être et ton devenir, en AMÉRIQUE™.

En attendant, ton malheureux fils a
simplement envie de jouer à *Minecraft*.

Quand Ellison fête ses quatre ans, [redacted] a été élu président des États-Unis. Il jure d'arrêter ce qu'il appelle le carnage américain et promet que

Vous ne serez plus jamais ignorés.

Ce « vous », de toute évidence, tu n'en fais pas partie,
invisible sous un Dieu indivisible, et ton fils
n'en fait vraisemblablement
pas partie non plus.

Dans le pays de [redacted], tu es, en tant qu'Asiatique, l'Autre, personne et rien, qu'on ne voit pas jusqu'à ce qu'on le voie partout. Mais tu n'es pas encore au premier rang des Autres pour [redacted] et ses partisans. Ton tour viendra bien assez tôt, mais les brutes et les démagogues commencent par les plus faibles, les immigrés sans papiers venus du Sud, des autres pays américains éclipsés par L'AMÉRIQUE™. Eux aussi sont invisibles jusqu'à devenir, aujourd'hui, hypervisibles. Pour décourager ces immigrés, [redacted] sépare les parents de leurs enfants et les entrepose dans des cages.

Brutaliser tels ou tels immigrés et réfugiés, à savoir ceux
qui ont la peau plus foncée, des présidents aussi bien
démocrates que républicains le font, même si [redacted]
insiste pour faire de la cruauté bureaucratique
un spectacle politique, théâtral.

Voir ton fils de quatre ans te fait penser à toi au même âge, quand la brève séparation d'avec tes parents paraissait éternelle. Ce à quoi tu as essayé de ne pas penser pendant des décennies ressurgit. Une force plus puissante que tes parents t'a emmené pour laisser le temps à ton père et à ta mère de devenir autonomes. Mais un enfant ne comprend que l'impuissance, l'abandon, le son de ses cris.

La solution, c'est que les parents reviennent.

Les parents ne reviennent pas.

L'autre solution : cesser de ressentir.

Les enfants dans les camps et les parents séparés d'eux n'oublieront jamais. Leur séparation n'est pas bienfaisante. Leur séparation brûlera.

Leur séparation ne prendra peut-être jamais fin.

Tu ne penses jamais à ce que tes parents endurent quand ils sont contraints de te confier à autrui. Mais le jour où ton fils fête ses quatre ans, tu finis par voir Ba Má tels qu'ils étaient à l'époque, plus jeunes que toi quand tu es enfin devenu père. Leurs corps pleins de vie, leur vieillesse future une abstraction, leurs enfants absents la réalité.

Ta séparation d'avec tes parents prend fin. Il n'existe aucune photo de vos retrouvailles. Tes photos de famille ne saisissent que les bons moments qui suivront. Sur l'une d'elles, prise en Pennsylvanie, tu poses en short et en sandales, tout joyeux, dans un endroit boisé. Tu aimes particulièrement la photo de toi vêtu d'une grosse combinaison de ski, debout dans la neige avec ta mère. Ce doit être pendant l'hiver 1975 ou 1976. Tes parents ont été transférés des tropiques vers un Noël sous la neige, moins d'un an après que la radio militaire au Việt Nam a diffusé *White Christmas* pour demander aux Américains qui restaient de fuir.

Sur cette photo comme sur toutes les autres, Má sourit et est élégante. Ba Má ont acheté la maison devant laquelle ils se tiennent, leur toute première dans ce pays, grâce à une partie de l'or qu'ils ont emporté avec eux en AMÉRIQUE™. Ils ont perdu l'essentiel de leur fortune, mais ils ne sont pas arrivés pauvres. Malgré l'or, ils travaillent d'abord dans la blanchisserie d'une maison de retraite. Tes parents ne sont pas devenus riches en étant prodigues. Quand Ba se fait licencier parce qu'il est trop lent, il trouve du travail chez Olivetti, le fabricant de machines à écrire. Má démissionne parce que son travail est trop dur. Son anglais n'est pas aussi bon que celui de ton père. Elle ne retrouve pas de travail.

À Ban Mê Thuột, Nguyễn Thị Bãy était une *self-made woman* qui avait travaillé toute sa vie et savait conduire la Toyota. À Harrisburg, le nom de Bay Thi Nguyen devient aussi plat que sa vie de femme au foyer, coincée à la maison, seule et finalement au chômage.

Avec toi.

Má t'amène à l'arrêt de bus chaque matin. Ses cheveux sont longs et noirs, et tu sais qu'elle t'aime parce qu'elle a mis ton déjeuner dans un panier-repas avec un personnage de cartoon sur le couvercle – tu as oublié lequel –, ce que tu trouves très américain. La Thermos contient du Seven Up et non du lait, objet de moquerie de la part des autres enfants parce qu'ils croient que c'est de l'eau. Tu n'as aucune idée de ce que Má fait à la maison en ton absence, car dans ton esprit Má existe uniquement pour s'occuper de toi.

Tu aimes tes jeunes enfants, mais quand tu te retrouves piégé chez toi avec eux pendant plusieurs mois, lors de l'épidémie qui tue des millions de personnes au moment où tu écris ces lignes, tu comprends la situation de ta mère. Le travail donne un sens à sa vie. Le travail arrive juste après Dieu – voire, sacrilège, peut-être à égalité.

Un jour, Má disparaît.

Tu te rappelles vaguement être assis sur des marches, peut-être à l'arrière de ta maison, avec ton père et ton frère. Il y a une explication en cours, mais tu ne la comprends pas, cette prémonition de ce qui va suivre. On ne peut voir une prémonition que plus tard.

Ta mère revient, pourtant
tu ne te souviens pas de son retour.
Má est de nouveau là, tout simplement.

Malgré sa brève, ou peut-être longue, absence, tu aimes la vie à Harrisburg, ignorant que tu es des difficultés de tes parents. Tu passes une journée dans un parc de loisirs, financée par l'entreprise de Ba, et tu apprends à jouer au bingo. Ba ou Má gagne. Ils chargent ton frère d'aller récupérer le prix. Comme il met du temps – il doit avoir seulement onze ou douze ans, mais il tient déjà le rôle de l'interprète qu'il sera jusqu'à la fin de sa vie –, l'animateur du bingo lui dit qu'il n'a pas droit au prix. Quelqu'un l'a déjà récupéré. Tu dors, tu perds – autre leçon américaine.

Il est plus facile de se souvenir
des privations que des joies.
Les unes brûlent. Les
autres s'effacent.

Essaie de re-composer les joies. Mais puisque toutes les familles heureuses se ressemblent, comme l'écrivait Tolstoï, le malheur est un sujet de lecture et d'écriture plus intéressant. Ton bonheur est prosaïque : un grand frère qui partage ta chambre, joue au Monopoly avec toi, te protège des petits durs du quartier qui te volent tes bonbons de Halloween. Les pique-niques et les vacances que tes parents peuvent partager avec toi parce qu'ils ne sont pas encore submergés de travail. New York est sale et bruyante, mais tu peux alors admirer la vue du haut de la statue de la Liberté et de l'Empire State Building.

Des années durant, une réplique miniature de l'Empire State Building faisant office de thermomètre trônera dans la bibliothèque du salon, à côté d'une inquiétante poupée aux cheveux roux, aux yeux bleus et à la peau rose que ta mère adore et qui t'effraie avec ses lèvres ourlées et ses yeux toujours ouverts. La bibliothèque chichement décorée, dont tes parents sont les gardiens, ne contient aucun livre.

Peut-on imaginer chose plus triste ?

Peut-être ceci : des années auparavant, Ba Má sont assis dans le bureau d'un camp de réfugiés à Fort Indiantown Gap, un jour de la fin de l'été ou du début de l'automne, et apprennent qu'ils seront séparés de leurs enfants. Ton père a quarante-deux ans, ta mère trente-huit. Des adultes ayant la maîtrise totale de leur vie et de leurs enfants. Jusque-là. Parce qu'ils sont des réfugiés.

Tu es certainement dehors, en train de courir et de jouer.
Ton frère s'en souvient comme d'une période agréable,
comparée à Guam où vous deviez faire la queue une
heure pour manger. Ici, on ne fait pas longtemps la queue

pour manger. Les baraquements sont bondés mais valent
mieux que les tentes. Beaucoup de lumière naturelle
pour jouer, beaucoup de lucioles. Des parents absorbés,
trop occupés à réfléchir à la prochaine étape pour se
soucier outre mesure de leurs enfants. Un lieu idyllique.
Un camp de vacances. Pour enfants.

Peut-être Ba Má sont-ils habillés de vêtements rapportés du Việt Nam, peut-être sont-ils habillés de vêtements donnés par de généreux Américains. Quelqu'un – un officier, un humanitaire, un bénévole chrétien – leur explique en anglais ce qui va se passer. Peut-être se sont-ils déjà faits à l'idée en lisant *Đất Lành*, la gazette du camp ronéotypée créée par d'autres réfugiés, en anglais et en vietnamien. *Đất Lành* annonce les mariages, les retrouvailles, les événements sportifs, les visites par des chrétiens et le cirque, donne des leçons de culture américaine comme

Vous êtes chez vous dans une caserne

qui informe les réfugiés que personne ne peut entrer chez eux sans autorisation, car

Charbonnier est maître chez lui

même si

aujourd'hui on dirait peut-être,
Charbonnier (charbonnière) est maître(sse) chez lui (elle).

Quelqu'un est en train de dire à Ba Má que la meilleure solution pour eux est de séparer la famille. Quelqu'un est en train de leur dire *quelque chose*. D'envoyer leurs fils chez des inconnus. *Quelquechosequelquechosequelquechose*. L'anglais de Má est limité. Celui de Ba est suffisamment bon pour les affaires, donc peut-être comprend-il tout ce qui se dit, ou comprend-il l'essentiel de ce qui se dit. C'est ce qu'il ne comprend pas, les 10 ou 20 pour cent manquants, qui sème la confusion.

Quelquechosequelquechosequelquechose. Ba a-t-il bien entendu ? Cette personne a-t-elle bien dit ce qu'il croit qu'elle a dit ? Ba Má acquiescent, montrant qu'ils écoutent, à défaut de tout comprendre. *Quelquechosequelquechosequelquechose.* Peut-être qu'un autre réfugié traduit, ou peut-être que l'interprète est un de ces étudiants vietnamiens, déjà présents aux États-Unis, ayant bénévolement proposé leur aide.

La réalité met des minutes, voire des heures, à être absorbée par l'esprit et la chair. Peut-être que Ba Má se disputent. Peut-être que l'un est pour, l'autre contre. Peut-être que les deux sont contre. Tu ne peux pas imaginer que l'un et l'autre acceptent la séparation. Mais en fin de compte ils le font. La personne compatissante qui les aide leur dit peut-être que c'est leur première, leur meilleure chance de quitter le camp. S'ils ne la saisissent pas, ils risquent d'être coincés ici beaucoup plus longtemps. Ba Má soupèsent les avantages et les inconvénients qu'il y a à rester dans le camp avec leurs fils, à quitter le camp sans eux. Ils minimisent les dégâts émotionnels qui seront infligés à leurs fils, à eux-mêmes. Má se rappelle qu'elle a abandonné sa mère et toutes ses nombreuses sœurs. Má se souvient de ta sœur (adoptée), seule. Que devient sa fille (adoptée) ? Ba repense à la manière dont il a laissé son père, ses frères et sa sœur en 1954, la première fois qu'il est devenu un réfugié. Il ne les a pas revus depuis. Et il s'en est bien sorti. Non ?

C'est une histoire de guerre.

Tu imagines la souffrance de Ba Má mais tu ne la ressens pas, car si tu peux t'imaginer séparé de ton fils, tu ne peux pas le ressentir. Entre imaginer une émotion et la ressentir, il y a la même distance qu'entre l'empathie et l'expérience. Le fossé auquel sont confrontés l'écrivain comme le lecteur quand l'empathie les rapproche des autres mais ne peut pas les faire devenir ces autres. L'empathie ne peut pas transformer un fils en ses père et mère, même si le fils est également un père. Tu n'as pas à prendre les décisions que Ba Má ont dû prendre. Et à la fin des fins, tu t'en sors bien. Non ?

Malgré cette trace de l'Autre marquée au fer rouge entre tes omoplates, c'est toi le chanceux, séparé seulement quelques mois de parents que tu sens être une partie de toi. Ton frère, qui a sept ans de plus, ne rentrera pas à la maison avant deux ans.

Et c'est comme ça,
dit ton frère,
qu'on sait que
Papa et Maman t'aiment
plus que moi.

le seul genre de modèle que tu seras jamais

Ton frère plaisante. Crois-tu. Mais c'est une plaisanterie qui recèle peut-être une vérité, comme souvent les plaisanteries.

Comme toi, anh Tùng est mû par le fait qu'il est un réfugié, qu'il voit Ba Má souffrir et se sacrifier. Mais il trouve sa motivation plus rapidement que toi. Sept ans après être arrivé aux États-Unis à l'âge de dix ans, sans parler l'anglais, il sort d'un des pires lycées publics de San José et entre à Harvard.

Alors ne sois pas trop
triste pour lui.

Ba Má t'inscrivent au lycée privé le plus élitiste de San José. Tu les remercies en te faisant rembarrer par toutes les universités auxquelles tu as postulé, sauf une. Lors du premier soir dans ton université dernier choix, tes nouveaux camarades se rassemblent, se jettent des regards dépités, et vous vous demandez tous ce que vous avez fait mal fait.

En gros, vous avez été foireux.

« Foireux » est un terme relatif.

Tu avais B+ de moyenne !

Également connu sous le nom de F asiatique.

F comme « foireux ». A comme « asiatique ».

Le stéréotype de la minorité modèle vaut encore pour ta famille et les catégories d'Asiatiques que tu connais. C'est une bête noire si puissante que, tout en te moquant de son inexactitude, tu te comportes souvent comme une minorité modèle – discret, poli, studieux, travailleur, soucieux de son statut.

S'il t'arrive de faire des vagues, pour l'essentiel tu vogues diligemment.

Les minorités modèles, affirme l'universitaire erin Khuê Ninh, craignent de se couvrir de honte, elles et leurs parents, en étant ou en paraissant imparfaites. Accablées par la dette émotionnelle et la piété filiale, frappées du sentiment de culpabilité d'avoir peut-être dilapidé le légendaire sacrifice parental, elles font en sorte d'être des petits rouages de la machine capitaliste, tournant parfaitement jusqu'au jour où, peut-être, ils ne pourront plus tourner.

La peur sournoise de ton propre échec est le lubrifiant dont tu as besoin. Tu jures de travailler aussi dur qu'il le faudra pour intégrer l'université de tes rêves. Tu passes à l'UCLA l'année suivante, mais n'y restes que jusqu'à l'automne 1989, avant d'être enfin accepté, au printemps 1990, par l'université de tes rêves, l'Université des Communistes à Berkeley.

Encore une blague ! Les communistes sont tolérés
au sein de l'établissement, mais les gens qui
essaient de te convertir quand tu traverses
Sproul Plaza ont plus de probabilités
d'être des chrétiens évangéliques.

Visitant Berkeley avec ta petite amie du lycée, J, tu as le coup de foudre. De Telegraph Avenue au campus en passant par Sproul Plaza, où le Free Speech Movement des années 1960 avait rassemblé des foules énormes, tu sens que c'est là que tu as toujours voulu être. Quelque chose plane dans l'air, et pas seulement la marijuana.

Marijuana que tu n'as même encore jamais vue. Tu n'es pas sauvé en étant rebelle ou cool comme tes camarades de Berkeley qui s'habillent de noir, portent des Doc Martens, fument des cigarettes sur les marches du Sproul Hall et publient des magazines d'art pour les gens de couleur intitulés *smell this* et *in your face*. Tu veux être un gothique ou un mod, mais tu n'es qu'un polard. Tu portes des lunettes depuis le CE1, parce qu'à force de lire dans le noir tes yeux se sont abîmés. Tu veux toujours être un excellent étudiant, pas seulement un bon étudiant.

Et tu es fier de ton frère, anh Tùng. Au lycée, il joue au football américain et dirige le journal. La chaîne de télévision locale lui tresse des louanges, tandis que le *San José Mercury* intitule le portrait qu'il fait de lui :

«Un lycéen vietnamien brille malgré les barrières».

Des années plus tard, à Berkeley, un étudiant asio-américain te confie, Ma mère m'a montré cet article en me disant que je devrais être comme ton frère.

Où est le film sur la vie extraordinaire de ton frère ?
Encore que, si Hollywood faisait ce film, ce serait
l'histoire du professeur blanc qui appelle ton frère
«Tongue Win» et l'intéresse au RÊVE AMÉRICAIN™.

Les gens comme ton frère et toi ne figurent
pas dans des films de Hollywood, seulement dans
des émissions spéciales de la télé sur la minorité modèle.

Être admiré des autres peut être une bonne chose, mais se considérer comme un modèle ? Suffisance. Quelqu'un de plus puissant qui te considère comme un modèle ? Insidieux.

La prétendue majorité hisse les Asio-Américains sur un piédestal, où cette bonne minorité soit montre aux mauvaises comment réussir, soit leur fait honte de leurs échecs. Certains Asio-Américains apprécient la vue du haut de ce piédestal. Vous voyez le genre.

Travaille dur. Fais de bonnes études. Ne compte que sur toi-même. Ne dépends pas des aides sociales. N'impute pas tes problèmes au passé ou à la société. Respecte les professeurs. Considère les policiers comme tes amis. Crois que le droit est de ton côté. Insiste sur le fait que tu es venu ici légalement. Obéis à la loi et ne parle d'aucun proche, ami, parent ou grand-parent qui contourne la loi, ni de ton propre contournement de la loi. (« Contourner la loi », c'est ainsi que les gens respectables désignent leur non-respect de la loi.) N'exprime pas ton désaccord trop bruyamment. Voire, ne marque pas ton désaccord tout court. Sois calme si une promotion te passe sous le nez. Tiens-t'en pour responsable. Reste discret. Garde la tête baissée. Sois un bon disciple. Internalise ta propre domination, ta propre subordination, ton propre refoulement. Méfie-toi de ta colère et de ta rancœur face au racisme, face à la manière dont la prétendue majorité te marginalise et te méprise. Épanche ta rage sur les autres prétendues minorités. Sur ta femme, ton mari, ton amant, ta maîtresse, tes enfants. En public, sous le regard blanc, réprime tes sentiments. Appelle-les, dit la poétesse et essayiste Cathy Park Hong, des sentiments mineurs.

Ta gêne devant tes parrains blancs qui t'offraient
des baguettes, était-ce un sentiment mineur ?

Ta sidération quand des gamins blancs t'ont volé tes bonbons
de Halloween à Harrisburg, était-ce un sentiment mineur ?

Tes cris et tes hurlements quand tu as été séparé
de tes parents, était-ce un sentiment mineur ?

Si Ba Má se font tirer dessus lors d'un braquage et qu'ils
repartent au travail le lendemain, qui es-tu pour
ressentir quoi que ce soit ?

Puis cet épisode dans la chronique des sentiments mineurs :

Dix ou onze ans, début des années 1980,
non loin du SàiGòn Mới,
marchant seul, tu vois
un panneau à la
vitrine d'un
magasin :

ENCORE UN COMMERCE
AMÉRICAIN COULÉ PAR
LES VIETNAMIENS

Imprimé ou écrit à la main ? Tu ne te souviens plus.

Le genre de commerce ? Tu n'y prêtes pas attention.

Qui est américain ? Tu ne te poses jamais la question.

Tu ne peux pas encore formuler ce que tu as vu, même si tu comprends que le panneau désigne des gens comme tes parents. Tu as peut-être même pensé à Ba Má, qui osent donner à leur magasin un nom qui n'est pas traduit. Cette personne ne voit pas tes parents comme des Américains. Très bien. Quand Ba Má disent les Américains, ils parlent des autres, pas d'eux-mêmes.

Mais Ba Má sont-ils dangereux ? Ba Má, qui ne prennent jamais de vacances ? Ba Má, qui vont à la messe chaque dimanche et récitent le rosaire tous les soirs ? Ba Má, qui envoient de l'argent à toute la famille, au pays, pour qu'elle ne meure pas de faim ? Ces faits et gestes prouveraient l'héroïsme et l'humanité des Blancs. Accomplis par Ba Má, ces mêmes faits et gestes prouvent une envie de travailler fanatique, inhumaine, qui terrifie et fait enrager certains Américains.

Comment peut-on travailler trop dur
dans un pays dont le capitalisme
et la mythologie exaltent
le travail trop dur ?

Ba Má se réconfortent avec un micro-ondes ; une console stéréo avec cadre en bois et enceintes intégrées, un lecteur de cassettes et un lecteur 8-pistes ; une télévision avec un cadre en bois et un énorme écran de vingt-cinq pouces qui devient ton instrument d'américanisation personnel ; et un magnétoscope élégant, ultramoderne. Technologie dernier cri pour l'époque, comme le fut jadis le gramophone. Tu introduis une petite boîte noire dans une grande boîte argentée afin de visionner un film, ni plus ni moins.

Tu les loues, ces films, dans un vidéoclub vietnamien exigu et sombre situé près du SàiGòn Mới, après le salon de beauté vietnamien, le café vietnamien, la sandwicherie vietnamienne, le restaurant vietnamien. Leur aspect étranger aux yeux des non-Vietnamiens est parfois tempéré par des noms français : le Paris Beauty Salon, Les Amis Café.

Vous avez investi le centre-ville de San José.

Et vous l'avez amélioré.

Ba t'accompagne du SàiGòn Mới au vidéoclub. Un compatriote à la fine moustache t'accueille. Derrière le comptoir, un mur avec des VHS dans des boîtes noires. Tu choisis les films dans des classeurs avec des titres sur des pages. Ton père paie sans se méfier, sans savoir que tes choix pourraient contenir des choses que les enfants ne devraient pas voir.

Cela entraîne des problèmes.
Cela contribue à faire de toi un écrivain.

Après avoir vu *La Guerre des étoiles* une dizaine de fois, tu regardes *Opération dragon* et *La Fureur du dragon*, avec Bruce Lee. Sa maîtrise des arts martiaux t'impressionne, mais il ne peut pas être un modèle pour un gringalet polard et maladroit comme toi. Puis –

– tu vois *Apocalypse Now*.

Tu adores les films de guerre. Tu as vu John Wayne combattre les Japonais dans *Iwo Jima*, et Audie Murphy, le soldat le plus décoré de la Seconde Guerre mondiale, se battre contre les boches dans *L'Enfer des hommes*. C'est en vrai fan que tu connais les batailles, les armes, les uniformes, les campagnes et l'argot, mais tout ce que tu sais d'*Apocalypse Now*, c'est qu'il y est question de la guerre qui t'a transporté ici.

C'est le week-end. Si c'est un dimanche, le matin tu as assisté à la messe en vietnamien à l'église Saint-Patrick avec Ba Má, à t'ennuyer sur un banc en bois dur pendant que tu écoutes un sermon que tu ne comprends pas. Après la messe, tu roules vers le nord, sur quelques rues, jusqu'au SàiGòn Mới, avec Ba Má, qui te donnent des sous pour acheter chez Winchell's Donuts House, sur le trottoir d'en face, l'édition dominicale du *Mercury* ainsi qu'une dizaine de donuts, rien que pour toi. Puis Ba te ramène en voiture à la maison. Tu te retrouves seul, comme tous les week-ends, avec le journal, les donuts, tes livres et un congélateur rempli de plats surgelés, de pots entiers de tranche napolitaine ou de glace à la menthe. Un congélateur rempli d'amour. Ba, quand il tombe sur quelque chose qu'à son avis tu aimes, fait en sorte que tu en aies un stock inépuisable. Chaque week-end, par rotation, tu manges un assortiment de steak Salisbury et de *meat loaf*, de *Tater Tots* et de purée, de tarte aux pommes et de *cobbler* à la pêche, enfin de la glace à même le pot. Soit tu es au paradis, soit tu es tout seul. Tu as onze ans.

Après avoir lu le journal de la première à la dernière page, mangé quelques donuts et réchauffé un plateau-télé pour le déjeuner, tu introduis la cassette vidéo dans le magnétoscope. Tu t'installes sur le tapis devant la télé, ou peut-être sur le canapé de faux velours rouge. La maison est silencieuse, bien que les fenêtres du salon donnent sur une rue toujours très passante. San José n'est pas une ville où les gens klaxonnent.

Le film commence. On entend une chanson bizarre, intitulée *The End*, des Doors. Plus tard, tu découvriras que le père du chanteur Jim Morrison était un amiral, en charge de l'opération New Life. Des avions de chasse survolent la jungle. Le napalm explose. C'est cool.

Martin Sheen, que tu as vu à la télévision dans *The Execution of Private Slovik*, incarne le capitaine Willard. Il titube dans une chambre, presque nu, en faisant maladroitement des gestes d'arts martiaux. Il fracasse un miroir avec sa main et gît par terre, dans son sang, en pleurant. Tu es désarçonné.

Malgré son étrangeté, le film te fascine. J'adore l'odeur du napalm le matin ! s'exclame le colonel Kilgore. Son escadrille d'hélicoptères bombarde un village Việt cộng au son de *La Chevauchée des Walkyries* de Wagner. Tu entendras de nouveau cette chanson des années plus tard en voyant le Ku Klux Klan cagoulé de blanc chevaucher pour porter secours à des femmes blanches aux prises avec des Noirs, dans le blockbuster suprémaciste blanc *Naissance d'une nation* (véritable *Guerre des étoiles* de son temps, le film s'inspire d'un roman intitulé *The Clansman*, écrit par un ami du président Woodrow Wilson, lequel, en 1915, montre le film à la Maison Blanche). Les hélicoptères tuent de nombreux Vietnamiens, les Việt cộngs tuent quelques Américains, mais c'est la guerre, et la guerre c'est l'enfer, avec toutefois plus de vulgarités et de psychédélisme que dans les films sur la Seconde Guerre mondiale. Ces derniers ne montrent pas des *playmates* Playboy à moitié nues déguisées en cow-boys et en Indiens, qui ajoutent au charme, du moins pour certains types de spectateurs comme toi. D'aucuns pensent qu'*Apocalypse Now* est un film pacifiste, mais l'US Marine Corps montre le film à ses recrues pour les préparer au combat. Les films de guerre ne peuvent pas être des histoires pacifistes quand ils excitent de jeunes hommes avec le spectacle de fusillades et d'armements sexy.

Qu'est-ce qu'une histoire pacifiste ?
Quid des histoires ennuyeuses au sujet de Ba Má,
de ta sœur (adoptée) et des milliers d'autres
réfugiés et civils pris dans
des guerres qu'ils n'ont
ni faites, ni choisies ?

Ensuite, un patrouilleur intercepte un sampan rempli de civils. Une femme se précipite pour protéger un panier qu'un matelot cherche à ouvrir. Les jeunes marins, apeurés et furieux, noirs et blancs, ouvrent le feu et massacrent les Vietnamiens bafouillants, incompréhensibles. Le matelot ouvre le panier. Il contient un chiot tout mignon.

Hormis le chiot, la seule survivante est la femme, à moitié morte.

Le capitaine du bateau veut l'emmener dans un hôpital, mais cela retardera la mission de Willard, à savoir trouver et éliminer Kurtz, le colonel américain véreux. Willard dégaine son pistolet, tire une balle dans la poitrine de la femme

et
te
coupe
en
deux

Es-tu les Américains qui tuent ? Ou les Vietnamiens qu'on tue ?

Jusqu'à présent,
les histoires t'ont sauvé.
Maintenant, tu découvres
la capacité des histoires
à te décomposer.

Tu regardes le film jusqu'au bout, jusqu'à sa conclusion déroutante, au Cambodge, avec Marlon Brando dans le rôle de Kurtz, le Blanc devenu indigène. Sauvage. Même sauvage, cela reste un Blanc. Le roi des indigènes. Il caresse son crâne rasé et marmonne, L'horreur, l'horreur, avant que Willard le tue à coups de machette. Pendant que Kurtz meurt, les hommes de la tribu cambodgienne, joués par des Igorots des Philippines, pays où le film a été tourné, abattent un buffle. Ils tuent vraiment un pauvre buffle ! *Foutrement* authentique, cette machette qui découpe des morceaux de chair de buffle. On ne fait plus de films comme ça. La faute aux gauchistes amis des animaux.

Quand Willard, couvert de sang, repart avec la machette dans une main et le journal de Kurtz sous le bras, à son passage la foule des Cambodgiens/Igorots/indigènes/sauvages s'écarte et s'agenouille.

Avec le recul, tu comprends qu'il s'agit là d'un fantasme blanc.
Seul l'homme/fils blanc peut tuer l'homme/père blanc,
tandis que les sauvages attendent leur homme/dieu blanc.

Les Kānakas Maolis de Hawai'i ne partageaient pas
ce fantasme quand ils ont tué le capitaine
Cook, sur la plage, en 1779.

Tu termines le film et tu ne le reverras pas avant des décennies, mais tu ne l'oublieras jamais. Cependant, le choc consistant à être coupé en deux est trop grand, et tu enfermes tes sentiments mineurs jusqu'au jour où, à Berkeley, dans un cours sur le cinéma asio-américain, le professeur te demande de raconter une scène de film qui t'a marqué.

Tu te lèves devant la salle remplie d'étudiants asio-américains et tu comprends qu'eux, plus que quiconque, comprendront ce que tu ressens. Tu commences par décrire le massacre sur le sampan. Tu es surpris par ta propre voix vacillante.

Le bouchon saute.
Tu trembles de colère et de rage.
Sentiments majeurs.

Ta réaction forte atteste le pouvoir d'*Apocalypse Now*, de la vision et de l'engagement artistiques du réalisateur Francis Ford Coppola. Les histoires ne sont pas là seulement pour distraire, te faire du bien, te renvoyer une image positive de toi-même. Elles sont là aussi pour te secouer, te perturber, t'amener à porter un regard neuf sur toi-même. *Apocalypse Now* est un chef-d'œuvre cinématographique dérangeant, où les Vietnamiens, les Cambodgiens et les Igorots servent de prétexte au spectacle blanc. Nul doute que le film condamne la violence meurtrière de Willard et de Kurtz, et le racisme anti-asiatique de l'armée américaine, comme quand un mitrailleur d'hélicoptère, tirant sur une civile vietnamienne qui a fait sauter un hélicoptère américain à l'aide d'une grenade, dit :

Bordel !
C'est une sauvage !
Je vais pas la louper, la niakoué.

Mais une œuvre d'art qui condamne le racisme peut être raciste aussi, comme l'affirmait Chinua Achebe à propos d'*Au cœur des ténèbres* de Joseph Conrad, qui a inspiré *Apocalypse Now*. Une œuvre qui met au centre et en avant le racisme et la violence des Blancs tout en faisant taire les Autres, les déformant, les exploitant ou les effaçant, sans rien révéler de leur subjectivité, cette œuvre est implicitement raciste.

L'acteur blanc qui incarne le mitrailleur anonyme de l'hélicoptère figure au générique. Tout comme les acteurs qui jouent le « sergent de la police militaire n° 2 », le « soldat blessé » et le « mitrailleur ». La jeune Vietnamienne à la grenade, qui a le droit de prononcer quelques mots avant de mourir, n'est pas mentionnée au générique. Aucun Vietnamien ne l'est, malgré les dizaines de Vietnamiens tués dans le film, qui se trouvaient tous être des Vietnamiens réfugiés dans des camps aux Philippines.

Aucun nom vietnamien, cambodgien, laotien ou
hmong n'apparaît non plus sur le Mémorial des anciens
combattants du Vietnam à Washington, DC, dédié à
tous les soldats américains tués pendant la guerre. Les
gens d'Asie du Sud-Est, même s'ils sont aussi des anciens
combattants du Vietnam, ne sont que des figurants
dans une œuvre américaine principalement blanche,
et parfois noire.

Ton impression que les gens d'Asie du Sud-Est, en tant que figurants, ne sont guère plus que des accessoires est confirmée le jour où, des décennies plus tard, tu visites le domaine viticole de Coppola à Geyserville, en Californie. Tu déambules jusqu'au bar à vin, tu étudies la carte, puis tu remarques la présence d'un musée à côté du bar. Les clients bavardent joyeusement autour de toi tandis que tu t'approches de la vitrine du musée. On y voit des costumes d'*Apocalypse Now*, des clichés du film, les appareils du photographe incarné par Dennis Hopper. Et un tas de crânes humains.

Ces crânes devaient certainement décorer le funeste camp de Kurtz, témoignage de sa transformation en indigène parmi les indigènes sauvages. Mais un tas de crânes humains issus d'un décor de cinéma au Cambodge, cela te rappelle les tas infinis de crânes humains que tu as vus au Cambodge, dans certains des lieux où les Khmers rouges ont massacré leurs victimes. Les crânes sont conservés dans des mémoriaux et des musées dédiés aux âmes perdues assassinées dans les charniers de Choeung Ek, près de Phnom Penh, à la prison S21 de Phnom Penh ou dans les grottes de Battambang. Quand tu visites ces sites, dans le cadre de tes recherches pour ton livre

Jamais rien ne meurt. Vietnam, mémoire de la guerre, tu transpires abondamment à cause de l'humidité, puis tu retournes aussi vite que possible à ta chambre d'hôtel sur la moto ou le tuk-tuk de tes guides, après quoi tu passes le reste de la soirée sans le moindre appétit ni la moindre envie de boire du vin, incapable d'oublier le sort des torturés et des assassinés.

Au domaine viticole de Coppola, les crânes – vrais ou faux – regardent les clients commander des verres de Sofia Brut Rosé ou d'Eleanor Red, du nom de la femme et de la fille du réalisateur.

Remets-toi, chochotte, marmonne un lecteur.
Ce n'est que du divertissement. Ce n'est qu'un film.

Tu essaies de te dire que ce n'est qu'un film le jour où, adulte, sur le toit d'un hôtel chic du centre-ville, tu vas au bar et, admirant la vue sur Los Angeles, verre de martini à la main, tu aperçois un film en train d'être projeté sur le mur d'un immeuble voisin. Le capitaine Willard émerge d'une eau boueuse, visage camouflé, machette en main. Tu sirotes ton martini, au milieu des *beautiful people* de Los Angeles, pendant qu'il massacre Kurtz.

Mais quel geignard, marmonne un lecteur.
Si ça ne te plaît pas,
fais ton propre
film à la noix.

Tu es écrivain, pas cinéaste. Tu écris ton propre livre à la noix, *Le Sympathisant,* qui contient le portrait d'un célèbre Auteur dont le talent n'a d'égal que son ego, et qui ressemble bigrement à Coppola mais n'est pas lui. Qui que soit l'Auteur, beaucoup de gens de Hollywood ont lu ton livre, et personne n'a contesté ta description de l'Auteur, qui pourrait aussi bien être un autre très célèbre réalisateur d'un très célèbre film de guerre américain qui se passe au Việt Nam, un homme auquel, à la demande d'un ami commun, tu dédicaces à contrecœur un exemplaire du *Sympathisant*, édition limitée du Pulitzer. Pour finir, tu le retrouves, cet exemplaire, avec ta signature et ta dédicace au réalisateur, vendu sur eBay pour 499 dollars.

Si ton Auteur tourne un film qui ressemble bigrement à *Apocalypse Now*, il s'agit en fait d'un condensé des films de L'AMÉRIQUE™ sur la guerre du Vietnam, que tu as presque tous vus, exercice que tu ne recommandes à personne, surtout si le spectateur est vietnamien.

Tu ricanes tout seul pendant les deux ans que tu mets à écrire le roman, qui est ta petite revanche sur Hollywood et que tu trouves plutôt drôle, en plus d'être relativement tragique, car tu es obligé de rire, si tu ne veux pas pleurer, devant l'absurdité, dans l'imaginaire américain, de ce fantasme qui a pour nom guerre du Vietnam. C'est toi le dindon de la farce, après tout. Même un roman qui cartonne aura de la chance s'il est lu par des dizaines de milliers de lecteurs, alors que des millions de personnes regarderont un film de Hollywood ou une émission de télévision, même mauvais. Les seuls qui se font vraiment cartonner sont les Vietnamiens et tous les Autres qui hantent l'imaginaire américain.

Le pouvoir hypnotisant de Hollywood, le ministère officieux de la propagande de L'AMÉRIQUE™, est dirigé sur toi et des millions d'autres, en AMÉRIQUE™ et dans le monde entier, depuis longtemps, chaque fois que tu allumes la télé ou que tu vas au cinéma. Par définition, tu n'as même pas conscience d'être hypnotisé. Avec le recul, tu vois l'hypnose à l'œuvre quand, quelques années après avoir découvert *Apocalypse Now*, tu intègres, à la demande de tes parents, un lycée jésuite exclusivement masculin. Le corps enseignant, presque exclusivement blanc, presque exclusivement masculin, comporte un professeur noir et un professeur asiatique. Tu as de la chance que ton professeur principal soit une des rares femmes, et une féministe, qui te fait lire *La Couleur pourpre* d'Alice Walker et *La Cloche de détresse* de Sylvia Plath. La plupart des trois cents garçons de ta promotion sont blancs, hormis quelques élèves latinos et de rares Noirs. La minorité la plus importante, ce sont les Asiatiques. Vous êtes trois douzaines. Tu perçois ta différence vis-à-vis des élèves blancs. Chaque jour, au déjeuner, vous êtes nombreux à vous réunir, d'instinct, dans un coin du campus et vous vous surnommez

L'INVASION
ASIATIQUE

Vous vous moquez de vous-mêmes parce qu'on s'est déjà si souvent moqué de vous. À Saint-Patrick, un camarade de classe demande, Tu avais un AK-47 pendant la guerre ? Un autre dit, *Ah-so, asshole !* tout en s'inclinant et en joignant les mains.

Encore aujourd'hui, tu te rappelles
leurs noms et leurs visages.

Avant même d'arriver au lycée, tu sens que les Japonais dans les films sur la Seconde Guerre mondiale diffèrent peu des niakoués dans les films sur la guerre du Vietnam. Pourtant, l'Invasion Asiatique ne le dit pas tout fort. Chacun se retrouve tout seul pour réfléchir à Mickey Rooney ayant recours à de fausses dents, des yeux bridés et un anglais approximatif afin d'incarner un propriétaire japonais dans *Diamants sur canapé*, ce qui vient ternir ton coup de cœur pour Audrey Hepburn, obligée d'accepter cette bouffonnerie. Tu médites en silence sur la sémiotique du nom de l'étudiant étranger Long Duk Dong dans *Seize bougies pour Sam*, le classique adolescent. Tu grimaces devant les blagues tching-tchang-tchong qui empoisonnent les ondes radio.

Et pas seulement les ondes radio. Grâce à ce que Ba Má te donnent parfois, tu réunis quelques sous et fréquentes le rayon comics du 7-Eleven en face de chez toi. Tu achètes tes premiers numéros de *Spider-Man, Captain America, GI Joe* et *Sgt. Rock*. Tu découvres également Fu Manchu et l'Empereur Ming. Chop-chop, le cuisinier chinois à dents de lapin, membre de l'escadrille de chasse des Blackhawks. Des comics de guerre racoleurs, avec des soldats japonais qui crient Banzaï ! Une marée humaine de communistes chinois qui attaquent la Corée. Des niakoués se faisant dégommer par des M16, arroser de roquettes, incinérer au napalm, anéantir par des bombes qui explosent en l'air.

Tu commences à comprendre
que tu es le Péril Jaune, même si,
quand tu regardes ta peau et celle de
tous les autres Asiatiques que tu
connais, elle n'est jamais jaune.

Quelques années plus tard, tu es en première année à l'université. 1989. Tu ouvres le journal ou tu allumes la télé – tu ne sais plus comment tu apprends la nouvelle. Un tireur solitaire blanc armé d'un AK-47 a ouvert le feu sur l'école élémentaire Cleveland à Stockton, en Californie, non loin de San José, tirant cent cinq balles qui font cinq morts et trente blessés parmi les écoliers (cette fusillade ne doit pas être confondue avec l'autre fusillade à l'école élémentaire Cleveland de San Diego, en 1979, quand une jeune fille de seize ans a tué le directeur et un appariteur). À l'époque, les tueries de masse sont rares en AMÉRIQUE™. Le tollé national qui s'ensuit porte davantage sur l'AK-47 du tireur que sur le fait que les enfants morts sont cambodgiens ou vietnamiens, et qu'ils sont ici parce que L'AMÉRIQUE™ était là-bas.

Rathanan Or, 9 ans
Oeun Lim, 8 ans
Ram Chun, 8 ans
Sokhim An, 6 ans
Thuy Tran, 6 ans

Selon les témoignages de connaissances, le tireur de vingt-quatre ans, qui avait fréquenté la même école,

détestait les immigrés vietnamiens.

Son ancienne école était devenue à 70 pour cent originaire d'Asie du Sud-Est, et il pensait que les Vietnamiens prenaient le travail de ceux qu'il appelait

les Américains de naissance.

Ses dernières paroles connues ont été :

Ces foutus Hindous et *boat people* ont tout.

Une seule de ses victimes est vietnamienne.

Vous vous ressemblez tous.

Aujourd'hui, ces enfants auraient la quarantaine. Certains, peut-être tous, seraient des parents ayant des enfants du même âge que le leur quand ils ont été assassinés.

Si très rares sont les gens qui se rappellent les noms de ces enfants, voire la fusillade elle-même, quelques personnes se souviennent encore de Vincent Chin, un Sino-Américain frappé à mort en 1982, à Detroit, par deux ouvriers de l'industrie automobile qui l'avaient pris pour un Japonais.

Ils n'iront jamais en prison.

Même si tu ne savais pas qui était Vincent Chin en 1982, tu connais l'industrie automobile japonaise, dont les modèles économiques et fiables concurrencent les gros véhicules américains, gloutons et peu fiables. Tu aurais préféré que Ba Má s'achètent une agile Honda ou Toyota, plutôt que les énormes bagnoles américaines qu'ils semblent préférer, de la Ford Granada à l'Oldsmobile Cutlass.

Les nouvelles télévisées amplifient la menace japonaise sur les emplois américains, un sentiment majeur relayé par ces ouvriers assassins à travers leur batte de base-ball.

Mais l'Invasion Asiatique ne dit rien. Les films de guerre ne sont que des histoires. Les blagues ne sont que des blagues. Tu ne peux pas accepter une blague ? Les Américains ont le droit d'être en colère. Ne viennent-ils pas de perdre leurs boulots ?

Et de quoi est-ce que tu te plains ?
On n'a pas fait une guerre pour vous ?
On ne vous a pas tous accueillis, vous les réfugiés ?
On ne vous a pas sauvés du communisme et donné
la possibilité de poursuivre

le RÊVE AMÉRICAIN™ ?

Tu… devrais être reconnaissant.

colonisateur et colonisé

Ne dis rien.
Sois poli.
Ne parle que quand on te parle.
Cela, tu l'apprends en tant qu'enfant vietnamien et en tant que réfugié.

Mais tu as un défaut.

Tu es ingrat.

Tu découvres ce trait de ton caractère avec ta petite amie du lycée, J, rencontrée pendant l'été que tu passes au parc d'attractions Great America. Elle et sa sœur jumelle, également J, te sourient au moment où tu les installes dans la nacelle de l'attraction où tu travailles, le Homard. Ta partie du Great America a pour nom Yankee Harbor, et s'il est difficile d'avoir l'air cool quand on travaille pour quelque chose qui s'appelle le Homard, affublé d'un tricorne sur la tête, d'une longue chemise blanche en polyester et à jabot, enfin d'un pantalon pattes d'ef noir, en tout cas tu t'y efforces. Tu te débrouilles sans doute pas trop mal, puisque tu atteins le principal objectif de ta vie à seize ans et te trouves une petite amie.

Née aux Philippines, J a émigré en AMÉRIQUE™ à l'âge de dix ans. Elle a seize ans également, elle est aussi américanisée que toi, étant donné que les Philippines ont vécu quatre siècles dans un couvent espagnol et cinquante ans à Hollywood, pour citer Jessica Hagedorn dans sa pièce *Dogeaters*. Au sujet de la guerre américaine qui a amené Hollywood aux Philippines, guerre au cours de laquelle les soldats américains ont tué des centaines de milliers de Philippins au nom de leur démocratisation et de leur christianisation, Mark Twain a écrit ces vers, sur l'air du *Battle Hymn of the Republic*, qui pourraient aisément décrire la Guerre Perpétuelle de L'AMÉRIQUE™ au XXIe siècle :

Mes yeux ont vu l'orgie de l'Épée dégainée;
Elle traque les trésors où s'amasse la fortune de l'étranger;
Elle a déchaîné ses éclairs funestes, et par le malheur
et la mort a tout raflé;
Sa cupidité est en marche.

Quand tu rencontres J, les États-Unis ne colonisent plus officiellement les Philippines mais conservent la base navale de Subic Bay et la base aérienne de Clark. Pour J, avec son nom de famille à consonance espagnole, arriver en Californie, elle-même inévitablement espagnole, ç'a dû être comme retrouver un foyer qu'elle connaissait déjà.

J et toi, jeunes gens colonisés venus d'Asie du Sud-Est, ressentez une affinité réciproque immédiate au Yankee Harbor. Portant les signes vestimentaires de la révolution et de l'indépendance américaines, tu ne t'es jamais senti aussi patriote de ta vie. Ton équipe d'adolescents supervise le relativement sûr Homard, un ensemble de cabines en rotation qui décollent à peine du sol, ainsi que le Raz de Marée, énorme machine dans laquelle un long train de wagons fonce le long d'une boucle et revient, ses passagers faisant deux fois le voyage tête en bas. Pour cela, tu es payé 3,35 dollars de l'heure, soit le salaire minimum.

Ton collègue plus chevronné, un roux de dix-sept ans, emprunte le Raz de Marée pendant ses heures de travail sans que la barre de sécurité soit abaissée sur ses genoux, les mains levées en l'air et rien qui le retienne sur son siège. Quand il revient sans être tombé en hurlant à la mort, il hausse les épaules et dit, Force centrifuge.

Pour la première fois de ta vie, tu fais montre de courage physique, ou de bêtise, et tu suis son exemple. Tu cries joyeusement pendant que tu te propulses dans la boucle, aller et retour. Tout content de survivre, tu risques ta vie, sans arrêt. Et puis un soir, après la fermeture du parc, les membres de ton équipe et toi montez à bord de la Révolution, un bateau qui décrit un cercle jusqu'à se figer à l'envers, laissant ses passagers suspendus plusieurs secondes. Tu empruntes la Révolution avec les sangles aux épaules mais sans la ceinture ventrale, si bien que tu te retrouves tête en bas, les jambes autour des oreilles, hilare.

Une personne vraiment pas cool a dû vous dénoncer, les autres membres de l'équipe et toi, à la direction. Pour ce que tu as fait à bord de la Révolution, les patrons te virent sommairement de Great America.

Quelle manière splendide
de terminer l'été.

Et tu as J. Tu lui écris des lettres d'amour et des poèmes trop romantiques. La nuit, tu fais le mur pour assister à son bal de fin d'année et au tien. Tes parents ignorent totalement son existence, puisqu'ils t'ont dit que tu ne pouvais pas avoir de petite amie au lycée. Et quand tu peux en avoir une, les seules filles convenables sont des Vietnamiennes catholiques. Tout ça est donc très déraisonnable. J est catholique, mais ça ne suffit pas. Malgré tout, tu ne veux pas blesser tes parents. Et tu les crains. Donc J reste un secret, ton plus gros mensonge à Ba Má jusqu'à présent.

Tu ne vois aucun moyen de concilier tes désirs avec les leurs, néanmoins ça n'explique pas pourquoi, le jour où la mère de J t'emmène en voiture de leur maison jusqu'à la gare du BART, tu oublies de la remercier. À compter de cette première rencontre, Mme C ne t'aime pas et ne cesse de soupçonner que ton manque de gratitude trahit une facette plus sombre de ton caractère. Elle n'a peut-être pas tort.

J te pardonne, elle voit ce que tu as de meilleur, alors même que tu es également trop sûr de toi, arrogant, prompt à juger les autres. Toi, l'ingrat de naissance, tu t'agaces en voyant des Vietnamiens âgés chercher parfois la reconnaissance des Blancs, peut-être parce que toi-même tu te montres aussi très gentil avec les Blancs. Chez les tiens, on cherche rarement la reconnaissance des autres, à moins d'avoir terriblement besoin de quelque chose. Mais quand il s'agit des Blancs, les tiens espèrent se racheter du fait qu'ils ne sont pas américains, qu'ils ne parlent pas bien l'anglais, qu'ils rappellent aux Américains une guerre qu'ils préféreraient oublier, qu'ils sont des invités dans le pays d'un autre, alors que vous êtes moins nombreux à vivre ici – 2,2 millions – que les Américains à s'être battus là-bas, chez vous – 2,7 millions.

Mais les tiens ne cherchent pas à plaire à *tous* les Américains. Combien de fois les entends-tu dire

les Mexicains

avec dédain ou mépris. Tu ne les entends pas autant dire

les Noirs

car il y a beaucoup moins de Noirs à San José que de Latinos, que les Vietnamiens appellent simplement Mexicains. La plupart des Vietnamiens ne savent pas faire la distinction entre les populations latinos, mais d'un autre côté beaucoup de Latinos emploient le mot « Chino » pour décrire n'importe quel Asiatique qui pourrait avoir l'air chinois.

Tu n'es pas si offensé que ça. Les Latinos qui
t'appellent Chino ne t'ont jamais agressé,
physiquement ou verbalement,
et n'ont jamais tourné de films
racistes à ton sujet.

La leçon que tu apprends à San José : les Vietnamiens ne sont pas américains ; les Américains sont, par défaut, blancs ; les Noirs et les Latinos peuvent être américains, mais les Vietnamiens les appellent Noirs ou Mexicains ; les Vietnamiens parlent sans fard des Blancs dans leur dos, mais devant eux sont obséquieux.

Dans l'obsession américaine
autour d'une binarité blanc-noir,
es-tu noir, blanc, ou ni l'un ni l'autre ?

La minorité modèle comprend quelle est sa place dans la hiérarchie raciale de ce pays et du monde, en tout cas du point de vue du colonisateur. Les Blancs au-dessus, ensuite les Asiatiques, puis les Latinos, des plus clairs aux plus foncés. Le bas est-il occupé par les Noirs ou par les nations autochtones ? Voilà qui prête à discussion. La minorité modèle est bien contente de ne pas être noire, et pense rarement au fait de ne pas être autochtone. Tu es le dernier modèle en date de la minorité modèle. En 1975, Richard Pryor te remet à ta place :

> Les Blancs en ont ras le cul de nous, aussi. Ils se trouvent des nouveaux négros. Les Vietnamiens. [Rires, applaudissements.] Mais faites-les venir. Faites-les tous venir. Les négros en auront rien à foutre. Sauf qu'on nous a rien demandé. C'est nous, les cons qui allons devoir leur laisser nos boulots.

L'AMÉRIQUE™ a toujours besoin de nouveaux Autres qui fournissent la main-d'œuvre la moins chère, qui absorbent le racisme, qui font honte aux plus vieux Autres de ne pas travailler assez dur et ne pas chanter assez fort dans le chœur américain. Si le langage de Pryor choque encore, s'il enfreint encore la limite de l'indicible, c'est peut-être parce qu'il refuse la respectabilité du langage poli ou des mots censurés pour décrire la violence et la létalité intrinsèques, fondamentales, obscènes, de la vie américaine, une vie qui a toujours exigé la mort des Autres et l'oubli de ces morts.

Mais Pryor, comme beaucoup d'Américains, ignore ou oublie le Laos, où des dizaines de milliers de Hmongs – peut-être même un quart de tous les hommes et garçons hmongs alliés aux Américains – ont été tués dans les combats. Les États-Unis les ont remerciés pour leur sacrifice en abandonnant la plupart d'entre eux.

Ceux qui parviennent à rejoindre L'AMÉRIQUE™ sont-ils
reconnaissants ? Qu'est-ce qui est le plus obscène ? Que
les Hmongs meurent ou que les Américains attendent
des survivants qu'ils leur soient reconnaissants ?

La minorité modèle exprime sa gratitude, entre autres, en réussissant, en validant le RÊVE AMÉRICAIN™, en devenant médecins, avocats, ingénieurs. Mais policiers ?

Le policier Tou Thao est fils de réfugiés hmongs. Il tourne le dos à son collègue de Minneapolis, Derek Chauvin, pendant que ce dernier assassine George Floyd en s'agenouillant sur son cou pendant neuf minutes et vingt-neuf secondes.

Je peux plus respirer, dit Floyd.

Avant même l'assassinat de George Floyd, Ta-Nehisi Coates avait écrit :

Ce policier porte en lui le pouvoir et la puissance
d'un État américain et le poids de l'héritage
national, deux choses qui font que parmi
l'ensemble des corps détruits chaque année,
le nombre des corps noirs est bien supérieur,
et ce dans des proportions hallucinantes.

et

en Amérique, c'est une tradition
de détruire le corps noir –
c'est un héritage.

Tou Thao s'est réclamé de cet héritage. Son visage te hante, à la fois comme le tien et pas comme le tien, de même que celui de George Floyd est comme le tien et pas comme le tien. L'AMÉRIQUE™ dit que toi et Tou Thao, vous vous ressemblez en tant qu'Orientaux, que niakoués ou qu'Asio-Américains, mais est-ce que ça veut dire que vous êtes pareils ?

Les Asio-Américains sont plus de vingt-deux millions, soit 6 pour cent de la population du pays, mais ils sont aussi divers que l'Asie. Tu accèdes au monde universitaire. Tou Thao entre dans la police. Tu viens d'un pays de colonisateurs, alors que Tou Thao est issu d'un peuple sans État. Aux États-Unis, où en 2015 le taux de pauvreté est de 15,1 pour cent chez l'ensemble des Américains et de 24,1 pour cent chez les Noirs, il est de 28,3 pour cent chez les Hmongs. Si une communauté d'Asie du Sud-Est peut prendre la place des Noirs, ce sont bien les Hmongs, soumis à la guerre américaine et aux allocations américaines.

Et méditez ce qu'écrivait Frantz Fanon dans *Peau noire, masques blancs*, à propos de la colonisation française :

> Ce n'est pas parce que l'Indochinois a découvert
> une culture propre qu'il s'est révolté. C'est parce
> que « tout simplement », il lui devenait,
> à plus d'un titre, impossible de respirer.

Quand George Floyd se fait assassiner, d'aucuns,
sur les réseaux sociaux, citent Fanon au sujet de
l'impossibilité de respirer, mais oublient de mentionner
l'Indochinois. L'argument de Fanon est que, sous
le régime de la colonisation, aucun d'entre nous ne
peut respirer. Une fois que nous avons reconnu cela,
nous pouvons tous chercher de l'air ensemble.

À Minneapolis, Tou Thao apprend-il l'insulte que Richard Pryor profère avec une telle désinvolture ? Entend-il les mêmes blagues racistes qu'on entend en Californie ? Que pense-t-il de Fong Lee, cet autre Américain d'origine hmong, âgé de dix-neuf ans, qui reçoit huit balles dans le corps, dont quatre dans le dos, en 2006 ? Un jury exclusivement blanc acquitte de son meurtre le policier de Minneapolis Jason Andersen.

Ta famille déménage chez les Américains blancs de la classe ouvrière et de la classe moyenne. Beaucoup de Hmongs s'installent dans des communautés de Noirs pauvres, où ni ceux-ci ni ceux-là ne sont préparés à l'Autre. Quand les pauvres sont forcés de vivre ensemble, ils se combattent parfois. Mais après qu'Andersen a tué Fong Lee, des militants noirs se mobilisent. Shoua, la sœur de Lee, dit

Ce sont eux qui nous ont défendus
avec le plus de véhémence.
Ils n'ont pas demandé à venir.
Ils sont simplement venus.

Tou Thao vient et tourne le dos.

La poétesse Mai Der Vang écrit :

Pars vivre la conscience tranquille
après ce que tu n'as pas fait
Pars et sois abandonné.

et

Être complice en ajoutant à la
perpétration du pouvoir sur un cou…

et

N'être jamais vraiment accepté,
toujours un pion.

Tou Thao comprend-il ce que la poétesse, également hmong, également américaine, dit ailleurs à son sujet ?

Le rêve américain ne nous sauvera pas.

C'est sacrilège dans une AMÉRIQUE™ où l'immigré et le réfugié doivent toujours invoquer le RÊVE AMÉRICAIN™ et doivent toujours dire merci

d'être ici
(dis-le tout haut)
et de ne pas être noir, de ne pas être autochtone
(dis-le à toi-même, ou ne le dis pas du tout).

Enfant, tu ne sais des Indiens que ce que tu en lis dans l'histoire des Pèlerins et des Indiens apprise à l'école à l'occasion de Thanksgiving. Adulte, tu parles de Thanksgiving dans le *New York Times* et écris que c'est à la fois un rituel familial réconfortant ET la célébration d'un génocide.

Ouh là.
Ne. Pas. Emmerder.
les Blancs avec leur Thanksgiving,
même si tu n'as essayé de faire que ce que
le Grand Romancier Américain Blanc
F. Scott Fitzgerald appelait de ses vœux.

Tu cesseras d'appeler Fitzgerald le
Grand Romancier Américain Blanc le jour
où les gens cesseront de t'appeler écrivain
vietnamo-américain. Adjectifs pour tous,
ou adjectifs pour personne.

Fitzgerald dit que la marque d'une intelligence de premier plan est qu'elle est capable de se fixer sur deux idées contradictoires sans pour autant perdre la possibilité de fonctionner. Donc : Thanksgiving peut être en même temps un délicieux moment de retrouvailles et l'acceptation tacite d'un génocide. Un silence poli.

Certains de tes lecteurs ne sont pas convaincus.
Comment oses-tu politiser Thanksgiving !
Nous ne faisons que remercier
les Indiens d'avoir aidé les Pèlerins !

Mais si nous voulons vraiment remercier :
pourquoi ne pas rendre la terre ?
Payer des réparations et des impôts fonciers ?
S'engager sur le chemin de la vérité et de la réconciliation ?
Ou simplement se rappeler l'Histoire ?

Comme le fait Tommy Orange dans son roman *Ici n'est plus ici* :

En 1621, peu après une cession de terres, les colons anglais invitèrent Massasoit, chef des Wampanoags, à un banquet. Massasoit arriva avec quatre-vingt-dix de ses guerriers. C'est en mémoire de ce repas que nous partageons toujours le dîner de Thanksgiving en novembre. Pour le célébrer en tant que nation. Mais ce repas-là n'était pas un repas d'action de grâces. C'était un repas scellant une cession de terres. Deux ans plus tard, il y en eut un autre, identique, pour symboliser une amitié éternelle. Deux cents Indiens furent décimés ce soir-là par un poison inconnu.

Curieusement, beaucoup des Américains qui nient que Thanksgiving soit une affaire de génocide ne discuteront jamais de génocide le lendemain ou n'exigeront pas qu'on l'enseigne à leurs enfants.

Se rappeler est le moins qu'on puisse faire.
Mais ça fait mal de se rappeler un génocide.
Et parfois se rappeler ce que l'on
ne devrait pas se rappeler est
impoli.

Comme la plupart des autres peuples, y compris les Vietnamiens, les Américains préfèrent les mythes singuliers à deux idées conflictuelles. De ceux qui arrivent dans leur pays, ils attendent qu'ils adhèrent aux mythes, qu'ils apprennent quoi se rappeler et quoi oublier, comme une manière de se montrer reconnaissants d'avoir été accueillis. Mais si faire un cadeau peut être généreux, en escompter des remerciements ne l'est pas. Dina Nayeri – réfugiée, autrice – dit

> La gratitude est une donnée de la vie intérieure d'un
> réfugié ; elle n'a pas besoin d'être réclamée...
> Ma gratitude est personnelle et vaste...
> Mais c'est la mienne. Je n'ai plus besoin
> de la brandir en signe d'apaisement
> à des gens qui n'avaient aucun
> lien avec mon sauvetage.

Une partie de ces gens qui attendent de la gratitude devant la grandeur et la magnanimité de leur nation attendront aussi une certaine forme d'ignorance ou d'amnésie face à ses méfaits. En tant qu'enfant ingrat, tu ne sais rien des génocides, si ce n'est l'indice que John Wayne livre en tuant des hordes d'Indiens dans ces westerns tant appréciés des Américains et célèbres dans le monde entier. Dans son classique de 1957, *Portrait du colonisé*, Albert Memmi, écrivant en Tunisie, en français, dit que

> la fameuse épopée nationale du Far-West
> ressemble beaucoup à un massacre systématique.

Le génocide transformé en divertissement cinématographique et en folklore innocent. C'est là un des plus grands triomphes de la propagande du colonisateur, le fait que les enfants du monde entier jouent aux cow-boys et aux Indiens. Petit garçon, tu t'identifies à John Wayne et aux colons blancs, puisqu'un génocide ne peut être commis contre ces Indiens sauvages sans pitié, comme la Déclaration d'indépendance nomme les nations autochtones.

Mais dans la binarité de L'AMÉRIQUE™
autour du colonisateur et du colonisé,
le réfugié que tu es
est-il le colonisé ou
le colonisateur ?

Peut-être que tu es les deux. Il arrive que les binarités soient inadaptées. Au Việt Nam, tu étais colonisé mais aussi colonisateur. En 1954, quand le pays est divisé, huit cent mille catholiques vietnamiens, dont Ba Má, se déplacent du Nord au Sud, emmenés par des prêtres catholiques vietnamiens, encouragés par la CIA, transportés par des bateaux américains et français. Dans le Sud, vous constituez le socle du président catholique Ngô Đình Diệm. Les États-Unis soutiennent Diệm et contribuent au financement de la migration.

Est-ce là que l'américanisation commence pour Ba Má ? Ton américanisation commence-t-elle au jour de ta naissance à Ban Mê Thuột, dans les hauts plateaux du Centre ? Les Montagnards y vivent déjà. Le fait d'être un colonisateur chez eux te prépare-t-il à être sauvé par un autre pays colonisateur ?

Est-ce que tu *devrais* être reconnaissant ?

Un jour, Má évoque les Montagnards qui vivaient à Ban Mê Thuột et aux alentours. J'étais si triste pour eux, dit-elle. Ils étaient si pauvres.

De temps à autre, tu interrogeais tes parents sur leur vie à Ban Mê Thuột, mais jamais tu ne leur as demandé comment ils en sont venus à s'installer là, parmi les Montagnards. Le jour où tu poses la question à Ba, il a quatre-vingt-huit ans. Il répond, On nous a donné un petit lopin de terre à Đa Lạt, qu'on a essayé de cultiver. On l'a vendu et on s'est installés près de Ban Mê Thuột. On a vendu cette terre-là et on s'est installés en ville pour lancer notre activité.

La colonisation est toujours une affaire de terre.

Le régime Diệm considère les hauts plateaux du Centre, où tu es né, comme sous-peuplés, ou peuplés uniquement de Montagnards. Installer des catholiques vietnamiens sur ces hauts plateaux permettra de civiliser les peuples indigènes, comme les Français ont essayé de civiliser les Indochinois.

Certains Montagnards n'ont pas envie d'être civilisés. En 1957, ils créent le BAJARAKA, nom formé à partir de Bahnar, Jarai, Rade et Kaho, quatre tribus importantes parmi les Montagnards, également connus sous le nom de Degars. Le BAJARAKA réclame l'indépendance pour les Degars. Ce que le régime Diệm appelle l'assimilation des Degars – politique poursuivie par le gouvernement communiste après 1975 –, le BAJARAKA l'appelle un

programme génocidaire.

Tu n'as pas l'habitude qu'on porte contre
tes compatriotes l'accusation de génocide.
Tes compatriotes se voient comme victimes
des Chinois, des Français, des Japonais,
des Américains, ou alors victimes les uns
des autres. Jamais comme des bourreaux.
Or le BAJARAKA affirme que

> Diệm écrasa le mouvement BAJARAKA en envoyant l'armée et les chars, fit assassiner des gens et emprisonner tous ses leaders... [Le] gouvernement américain savait ce qui se passait entre nos peuples et les Vietnamiens, mais il n'avait aucune intention d'empêcher [le] gouvernement Diệm de détruire nos peuples, nos villages, notre culture et notre mode de vie traditionnel.

L'AMÉRIQUE™, fondée sur la colonisation, aide les
Français comme les Vietnamiens dans leurs efforts de
colonisation. Faire partie de cette colonisation que
tu n'as pas choisie, voilà qui te surprend.

> Il [Diệm] prit de force nos meilleures terres agricoles et... rejeta nos peuples vers les terres rocailleuses. Les réfugiés vietnamiens que Diệm installa sur nos terres commencèrent à voler nos foyers, notre bétail, à prendre nos champs... [I]ls disaient que nous étions les peuples influencés par les Français. Puis ils nous torturèrent, nous emprisonnèrent et nous assassinèrent

et appelèrent les assassinats

accident.

En mars 1975, alors que Ban Mê Thuột est prise par
les forces du Nord, le *New York Times* reprend le point
de vue des Montagnards, décrivant tes compatriotes comme

> des étrangers – qui avaient prospéré grâce à leurs ruses et
> à leurs réseaux, souvent malhonnêtement, ou aux dépens
> des simples Montagnards parmi lesquels ils vivaient.

Tu fais partie de ce Vietnamien collectif aux yeux duquel Diệm était un héros. Dans les années 1980, le mari de ta cousine, un homme qui pourrait être ton père, accroche le portrait de Diệm dans la salle à manger, chez lui, à San José. Pour lui, Diệm – assassiné par ses propres hommes en 1963, lors d'un coup d'État approuvé par John F. Kennedy – était aussi un martyr.

Si tu retournes à Buôn Ma Thuột, le feras-tu en fils prodigue ? Ou en colonisateur ? Si tu te dis tel, tes camarades colonisateurs te traiteront-ils d'ingrat ?

Peut-être que le visage de Tou Thao te hante
parce que vous vous ressemblez plus que
tu ne veux bien l'admettre.

Peut-être as-tu tourné le dos à cette histoire
des hauts plateaux du Centre parce que être
un colonisateur signifie ne pas exiger de savoir
ce que le colonisé n'a jamais oublié
et ne peut se permettre d'oublier.

Quant aux colonisateurs comme toi, lorsque
le colonialisme est véritablement efficace,
vous n'avez même pas conscience
d'être des colonisateurs.

Vous savez seulement que
vous devriez être reconnaissants.

sauveurs blancs et autres

Les Montagnards qui combattent aux côtés des États-Unis sont formés par les forces spéciales de l'armée américaine. Peu de temps après *Apocalypse Now*, tu vois à la télévision *Les Bérets verts*, le film de 1968 avec John Wayne. Il se peut que certains Montagnards aient vu *Les Bérets verts*, puisque les conseillers militaires américains leur montraient des films hollywoodiens. Malheureusement, quand il s'agissait des histoires de cow-boys et d'Indiens, les Montagnards applaudissaient les Indiens.

Les Bérets verts est un western américain transplanté au Việt Nam. Wayne y joue un colonel des Bérets verts envoyés par JFK au Việt Nam pour sauver les gentils Vietnamiens épris de liberté (c'est-à-dire toi) des griffes des méchants Vietnamiens épris de communisme (c'est-à-dire aussi toi). Kennedy, à l'époque où il était sénateur, a un jour dit ceci à propos de l'Indochine :

> C'est notre progéniture... Et si elle est victime
> d'un des périls qui menacent son existence
> – le communisme, l'anarchie politique, la pauvreté
> et tout le reste –, alors les États-Unis, non sans raison,
> seront tenus pour responsables, et notre prestige
> en Asie tombera encore plus bas.

Le prince de Camelot aurait-il pu prédire qu'un jour un réfugié indochinois comme toi prononcerait un discours à la John F. Kennedy Presidential Library and Museum ? Debout dans l'impressionnant amphithéâtre, prêt à rendre le Grand Homme fier d'un de ses nombreux rejetons, tu murmures :

Salut, Papa. Je suis revenu.

Finalement, tu t'aperçois que *Les Bérets verts* est une œuvre de propagande si spectaculaire et si atroce que seuls le IIIe Reich ou Hollywood peuvent l'avoir produite. Dans les genres classiques de la propagande américaine – le western et le film sur la Seconde Guerre mondiale –, des hommes blancs héroïques ont recours à la force violente pour dominer le mal ou le danger sans visage incarné par les Indiens, les Japonais et les Allemands. Les bons Indiens, les bons Japonais ou les bons Allemands aident les hommes américains blancs, et s'ils ne les aident pas, ou même s'ils le font, ils ont la délicatesse de mourir noblement.

Dans la dernière scène, John Wayne rentre d'une mission au cours de laquelle un de ses hommes a été tué par un horrible piège Việt cộng, conçu par des sauvages incapables de se battre face à face. Le mort avait adopté un petit garçon vietnamien, et quand Wayne lui apprend la mort de son père adoptif, le petit, de nouveau tout seul, pleure. Wayne lui pose sur la tête un béret vert. C'est pour toi, tout ça, dit Wayne en marchant avec lui vers le coucher de soleil. Le soleil se couche sur la mer de Chine. Dommage que cette mer soit à l'est du Việt Nam, mais les Américains ont toujours été mauvais en géographie, condamnés par l'erreur de Christophe Colomb confondant les Bahamas et l'Inde. La scène fonctionnerait mieux si le soleil se levait sur la mer orientale et si une nouvelle aurore survenait, mais Hollywood ne demande pas aux Vietnamiens leur avis sur leur propre pays.

Tu ne revois plus jamais ce petit garçon. Le nom de son personnage est… Ham Chunk, « Bout de Jambon ».

Ham Chunk est joué par Craig Jue, qui n'est pas vietnamien,
bien qu'il soit né dans l'année du Cochon, comme toi.
Jue mourra à quarante-six ans, d'un cancer,
après quelques rôles à la télévision.

John Wayne est le colonel Mike Kirby, un nom américain parfait pour un sauveur blanc qui repousse les sauvages tout en sauvant les autres Blancs et les bons petits indigènes. Les soldats américains au Việt Nam appelaient « pays indien » les territoires situés hors de leurs camps retranchés. Dans l'imaginaire des colonisateurs américains, tous les indigènes sont des Indiens. Vous jouez le rôle des bons et des mauvais Indiens encerclant des Blancs cernés de toutes parts, comme le général Philip Sheridan, qui dit, en 1869, Un bon Indien est un Indien mort. Un siècle plus tard, les soldats américains disent, Un bon niakoué (*gook*) est un niakoué mort.

Theodore Roosevelt, le futur président, était plus compatissant en 1886 : Je n'irais pas jusqu'à penser que les seuls bons Indiens sont les Indiens morts, mais je crois que cela vaut pour neuf Indiens sur dix.

Pas étonnant que certains Vietnamiens
aient tellement envie de prouver aux Blancs
qu'ils représentent les bons 10 pour cent.

Est-ce que *gook* devrait porter une majuscule ?
Je suis sincèrement curieux.

Certains Coréens affirment être les premiers à avoir été affublés du terme *gook*, parce qu'ils appelaient L'AMÉRIQUE™ *Miguk*, soit le « beau pays ». Des GI américains ont entendu des Coréens s'appeler eux-mêmes *gooks*. Les États-Unis ont engagé plus tard trois cent mille *gooks* sud-coréens afin qu'ils tuent un nombre indéterminé de *gooks* vietnamiens. La romancière Han Kang en parle dans *Celui qui revient*, ainsi que du massacre de civils coréens à Gwangju par leur propre armée :

J'ai aussi entendu parler d'une unité coréenne envoyée au Vietnam. Les soldats ont rassemblé des femmes, des enfants et des vieux dans la salle des fêtes du village et les ont tous tués en y mettant le feu. Ils ont reçu des récompenses pour cela et certains d'entre eux sont venus nous massacrer avec ce souvenir en tête. Avec la même cruauté gravée dans les gènes que celle qui a régné sur l'île de Cheju, au Kanto, à Nanjing, en Bosnie, sur tous les continents.

Les Coréens refont ce qu'ils ont subi de la part des Japonais, qui imitent ce que les colonisateurs blancs ont infligé aux pays non blancs. Cette inhumanité est un trait extrêmement humain. Après que l'Empire britannique eut armé les sikhs et les Gurkhas, et les Français déployé des Marocains et des Sénégalais en Indochine, ces sikhs, ces Gurkhas, ces Marocains et ces Sénégalais ont combattu aux côtés de leurs colonisateurs contre les autres peuples colonisés.

Certains de ces soldats coréens louaient des chambres chez Ba Má, à Ban Mê Thuột. Tu ne t'en souviens pas, ou alors ils y ont habité avant ta naissance. Mais ton frère dit

J'avais très peur d'eux, bien plus que des soldats blancs.
Leur réputation de terreur était à ce point mauvaise.

La brutalité des soldats coréens avait déjà été démontrée pendant la guerre de Corée, quand les Coréens massacraient leurs ennemis coréens, vrais ou soupçonnés, sous la houlette de Syngman Rhee, décrit par la poétesse Don Mee Choi comme l'ange du génocide soutenu par les Américains. Et le dictateur militaire coréen qui ordonne le massacre de civils coréens à Gwangju ? Un vétéran de la guerre au Việt Nam.

La haine de soi rend les opprimés
plus méchants et plus cruels que leurs oppresseurs.

Ceux qui se haïssent eux-mêmes déverseront leur haine
sur ceux qui leur rappellent eux-mêmes.

Autre théorie : *gook* serait une variante de *goo-goo*, terme employé par les soldats américains pour désigner les Philippins. Beaucoup des soldats américains combattant les rebelles aux Philippines étaient d'anciens combattants des guerres contre les peuples indigènes de l'Ouest américain. L'Ouest n'a fait que se déplacer plus à l'ouest, dans le Pacifique, jusqu'à ce qu'un jour l'Ouest devienne l'Est en Corée et au Việt Nam. Qui a dit : L'Est est l'Est, et l'Ouest est l'Ouest, et jamais ils ne se rencontreront ?

Les Philippins ralliés aux Américains sont devenus les petits frères basanés de l'Oncle Sam pendant les quatre décennies de domination américaine. La « minorité modèle » n'est qu'un synonyme de petits frères basanés, de bons indigènes, de potes. La fonction de la minorité modèle est d'être sauvée par l'homme blanc, d'être éduquée par lui, de l'aider à porter le fardeau de l'homme blanc, et…

si ça se corse, ce que nous
n'espérons pas, mais juste au cas
hautement improbable où le
scénario du pire arriverait,
c'est là, écrit en tout petit

… de mourir pour l'homme blanc (ou la femme blanche).

Les gentils petits frères et sœurs modèles potes basanés, comme les autres réfugiés vietnamiens

et peut-être comme toi

savent où est leur place. Vous ne pouvez pas vous permettre d'être en colère contre les Américains, sauf en vietnamien, quand certains diront, hors de portée des oreilles américaines, que les Américains vous ont abandonnés. Il est remarquable, dans ces conditions, que certains anciens combattants vietnamiens prennent enfin la parole, en anglais, ou peut-être soient enfin entendus, à l'occasion de la fin de la guerre américaine en Afghanistan. Les parallèles entre la chute de Sài Gòn et celle de Kaboul sont peut-être inexacts, mais ils sont évidents aux yeux de ces anciens combattants. Un ex-lieutenant-colonel, Uc Van Nguyen, dit

à la fin nous nous sommes sentis trahis.

Il fait allusion au refus des Américains d'aider les Sud-Vietnamiens à se défendre en 1975. Un autre ancien combattant, l'ex-sergent artilleur des marines Ly Kai Binh, dit

Aujourd'hui, je suis citoyen américain…
Mais tout de même, nous devons
tenir nos promesses. Ça n'a
pas été le cas au Vietnam.

Ces critiques de la trahison américaine sont encore étouffées, contrairement à la colère que vous ressentez les uns à l'encontre des autres. Vous épanchez votre rage les uns sur les autres. Dans ton pays natal, la moitié de tes compatriotes ont combattu l'autre moitié. Mais au moins, là-bas, chez toi, certains ont aussi combattu les Blancs. Chez toi, où sont le foyer et la blessure. Chez toi, où les Vietnamiens t'inviteront toujours, sans s'attendre à ce que tu acceptes, mais si tu viens, ils te serviront à tout le moins un thé et des sablés danois dans une boîte en fer-blanc bleue.

Chez toi, où les gens savent prononcer ton nom.
Chez toi, où les gens peuvent te faire mal tout en souriant.
Chez toi, où les gens te remettent à ta place.
Chez toi, où tu mènes une guerre civile.
Chez toi, où des révolutions ont lieu.

Dans le San José des années 1980, le crime que tu redoutes le plus est l'invasion du domicile, quand des voyous vietnamiens prennent d'assaut les domiciles vietnamiens, conscients que c'est là que sont cachés l'or et l'argent.

Comment appelle-t-on l'invasion du Sud
par le Nord ? De qui est-ce le pays natal ?

Tes parents te disent de ne jamais ouvrir la porte à des Vietnamiens que tu ne connais pas. Mais quand ils te parlent de voyous vietnamiens qui brûlent des bébés avec des cigarettes, tu n'as pas peur. Ils t'ont déjà sauvé une fois.

Tu es sûr et certain qu'ils pourront te sauver encore.

DEUXIÈME PARTIE

« La tache de la mémoire se fixe et s'assombrit
sur le drap clair informe, un trou dont la taille
ne fait qu'augmenter, jusqu'à ce qu'il assimile
les contours et devienne lui-même informe.
Seulement mémoire. Qu'il occupe l'entièreté. »

Theresa Hak Kyung CHA, *Dictée*

sentiments mêlés

Tu n'aimes pas quand les livres épiques ont besoin d'arbres généalogiques au début pour orienter le lecteur. Tu n'aimes pas non plus voir dans les livres des cartes qui ont la même fonction. Exception faite de livres tels que *Le Seigneur des anneaux* et les fictions de William Faulkner, car la Terre du Milieu et Yoknapatawpha sont des mondes inventés pour lesquels tu as bel et bien besoin de cartes.

Mais l'immigré ou le réfugié venu de quelque coin grouillant et torride des obscurs second- et tiers-mondes, dont

l'Asie

l'Afrique

l'Amérique latine

ou, en gros,

LA MAJORITÉ DU MONDE

(et leurs nombreuses diasporas)

… cet immigré ou ce réfugié a besoin d'un arbre généalogique et d'une carte pour orienter le lecteur occidental (c'est-à-dire minoritaire), en partant du principe que toi, de la majorité globale, tu es un étranger ?

Étranger pour qui ?

D'un autre côté, tu ne peux remonter la trace de ta famille que jusqu'à tes grands-parents, que tu n'as jamais connus. Tu aimerais avoir ce privilège et ce luxe qu'ont d'autres Américains, de ne rien savoir de leurs origines, pour pouvoir recommencer de zéro, une *tabula rasa*. Tu cours le risque d'être traité de déraciné par les Vietnamiens, mais que signifie être enraciné dans un pays que tu as quitté à l'âge de quatre ans ? Les Blancs ne sont jamais accusés d'être déracinés dans une AMÉRIQUE™ implicitement blanche. Les arbres généalogiques sont optionnels pour ceux qui se présument enracinés en AMÉRIQUE™ en même temps qu'ils s'attendent à ce que tu sois enraciné ailleurs.

Mais ton rapport à tes racines, à tes compatriotes vietnamiens et à ta terre natale est compliqué. Un jour, alors que tu es adulte et détenteur d'un PhD, tu rencontres une universitaire vietnamienne, à peu près du même âge que toi, lors d'une soirée académique au Royaume-Uni. Histoire de discuter, tu lui dis que tu es vietnamien, toi aussi.

Non, vous n'êtes pas vietnamien, répond-elle.

Tu restes tellement sans voix que tu n'insistes pas pour savoir ce qu'elle entend par là. Tu mens à propos de ta vietnamité ? Tu es d'origine vietnamienne mais de nationalité américaine ? Tu serais vietnamien de nom mais pas d'esprit ?

Mất gốc, dit-on en vietnamien.
Whitewashed, « blanchi », en anglais.
Banane.

Tu tires sur tes racines, même si ce sont peut-être celles, relativement courtes, d'un bananier. D'après la légende familiale, tu supposes que tes grands-parents paternels et maternels viennent de la province de Hà Tĩnh, où tes parents sont nés – le village de Nghĩa Yên, district de Đức Thọ. Tu le supposes parce que ton héritage paraît éternel, pur, authentique, étant donné le nombre de fois où Ba, dans ton enfance, t'explique que

TU ES 100 POUR CENT VIETNAMIEN

ce qui est curieux, puisque tu as l'air vaguement chinois, du moins d'après certains Chinois. Hà Tĩnh se trouve dans le Nord, à huit cent cinquante kilomètres de la Chine, qui a occupé le pays pendant mille ans. Il y a par conséquent 100 pour cent de chances que Chinois et Vietnamiens aient procréé les uns avec les autres.

Une fois, à l'université, une amie
qui connaît ta famille dit,
Il y a une rumeur selon laquelle
tu as été adopté. Elle regarde ton nez.
C'est vrai, regarde un peu ton nez.
Tu as eu recours à la chirurgie esthétique ?

Tu ris, mais aussitôt qu'elle est partie tu vas inspecter ton nez, qui, à ta connaissance, ressemble à n'importe quel autre nez vietnamien, voire à tous les nez vietnamiens. Quand tu racontes cette histoire à tes parents, ton père est furieux. Je ferai un test ADN, dit Ba. Tu es mon fils !

Tu n'acceptes jamais sa proposition.

Plus tard, ton frère dit,
Tu sais pourquoi tu n'es pas un enfant adopté ?
...
Maman ne t'a pas abandonné.

Cela aussi te laisse sans voix.

Car c'est probablement vrai.

Ta sœur (adoptée), chị Tuyết, a été abandonnée dans un pays qui possède la cinquième plus grande armée du monde tout en étant le cinquième pays le plus pauvre, en tout cas c'est ce que tu apprends dans une encyclopédie au début des années 1980. La famille doit crever de faim. Au dîner, toujours abondant, Ba Má disent, Si tu étais encore là-bas, tu serais enrôlé dans l'armée. Un bộ đội au Cambodge ! Tu pourrais marcher sur une mine et te faire tuer ! Dieu soit loué.

Tu n'as aucune idée de ce qui se passe au Cambodge.
Tu ne dis rien. Tu as rarement des choses à dire
à Ba Má, et absolument rien à dire à Dieu.
Les enfants doivent obéir, et non répondre.

Dix-neuf ans après avoir quitté le Việt Nam, Ba Má y retournent quelque temps. Tu n'es pas invité, mais ça ne te dérange pas. Tu t'attaches à être un Américain et un Vietnamo-Américain. Quand tu y retournes à ton tour, huit ans plus tard, vingt-sept ans après en être parti, tu y vas en tant que touriste et tu évites de rencontrer la famille, ce qui sera émotionnellement difficile. Tu as du mal à affronter les difficultés émotionnelles, sauf dans ton écriture. Avec les gens en chair et en os, tu préfères que tes émotions soient comme tes routes, lisses, droites et peu fréquentées. Une mission de reconnaissance pour inspecter le paysage, le climat, les gens et les traditions semble s'imposer avant que tu rencontres pour de bon ta vaste famille.

De ton retour au pays natal, tu n'attends pas qu'il soit un retour à la complétude, à une origine aussi authentique que le ventre de ta mère, où tu seras submergé par l'envie de tomber à genoux dans l'aéroport Tân Sơn Nhất et d'embrasser le sol.

Tu ne crois ni à la complétude ni à l'authenticité,
qui exigent leurs contraires que sont
le manque et l'inauthenticité.

Supposément déraciné et blanchi, tu soupçonnes tout le monde d'avoir un manque au plus profond de soi, surtout ceux qui ont le plus tendance à accuser les autres d'inauthenticité.

Pauvre petit ! Écartelé entre l'Est et l'Ouest !
Si seulement tu pouvais surmonter le choc des
cultures et fondre tes personnalités troublées,
afin de faire un tout du vide que tu as en toi !

Ainsi va le cliché de la crise d'identité, où les minorités supposées se retrouvent aliénées à elles-mêmes. Si tes personnalités divisées sont le problème, alors les solutions doivent être personnelles. Elles exigent une réconciliation culturelle. Choisir entre :

A. épouser une personne blanche
B. essayer d'être blanc
C. développer la cuisine fusion
D. trouver la guérison sur la terre ancestrale

Ces solutions pourraient fonctionner chez ceux qui cherchent à être des ponts entre les mondes. Mais les crises d'identité reviennent collectivement de génération en génération, non parce que être divisé entre l'Est et l'Ouest serait inné, mais parce que la colonisation et les conquêtes qui ont amené l'Ouest à l'Est continuent en certains endroits. Si la colonisation ne continue pas, ses effets, oui, qui se prolongent à travers l'attrait des privilèges et du pouvoir, et les manières dont ils divisent les peuples entre ceux qui possèdent plus et ceux qui possèdent moins, division que certains rejettent et que beaucoup trop d'autres acceptent.

Tu ne souffres pas d'une crise d'identité
parce que l'individualisme américain
et le collectivisme vietnamien
s'affrontent en toi.

Tu es aux prises avec une crise politique, parce que les
Français ont brutalement colonisé le Việt Nam et que
L'AMÉRIQUE™, la Chine et l'Union soviétique se sont

impliquées dans la guerre civile qui en a résulté entre des
Vietnamiens ayant des visions différentes de l'indépendance,
t'envoyant, toi et des millions d'autres, dans la diaspora,
où vous n'avez plus qu'à vous re-composer.

Bien que le personnel soit politique, la solution à ta crise politique ne peut pas être seulement un nouvel hybride culinaire, ou une célébration transculturelle, ou une tentative pour devenir plus authentiquement vietnamien ou plus profondément américain.

La solution à la colonisation est la décolonisation.

Tu arrives dans ton pays d'origine officiellement décolonisé à bord d'un vol de nuit bondé de la China Airlines, qui propose le billet le moins cher. On est en 2002, soit huit ans seulement après que les États-Unis ont rétabli des relations avec le Việt Nam, après avoir fait la guerre pendant dix-neuf ans par d'autres moyens, blocus et sanctions. Les revêtements en béton qui servaient autrefois à protéger les avions de chasse sont encore présents sur la piste de l'aéroport Tân Sơn Nhất, mais les appareils américains sont partis depuis longtemps ou ont été récupérés par les vainqueurs vietnamiens. L'aéroport est passablement moderne, avec carrelage au sol, sièges en plastique, fenêtres nombreuses, climatisation. Les passagers qui débarquent foncent vers les douanes, occupées par des agents portant chemise vert citron et grande casquette ronde, et dont certains, paraît-il, te feront passer plus rapidement si tu glisses quelques dollars américains dans ton passeport. Tu ne le fais pas, et l'agent te pose une question de pure forme sur le fait que tu sois né dans ce pays. Des comme toi, il en a sans doute déjà vu des centaines, qui rentrent au Việt Kiều.

En quittant l'aéroport cette première fois et à chacune des autres occasions au cours des douze années suivantes, tu es choqué par la chaleur et l'humidité, après une vie entière passée dans les douceurs de la climatisation. Parmi les centaines de locaux qui attendent leurs proches devant l'aéroport, aucun n'a l'air dérangé par la température, et tu te demandes comment les Français ont pu coloniser ce pays en portant costumes, chemises à manches longues et plusieurs couches de vêtements. Tu portes des tee-shirts, des shorts et des sandales ouvertes, mais tu dois quand même te doucher deux ou trois fois par jour, puisque le simple fait de rester dehors quelques heures te met en nage. Il y a vingt-sept ans, ton corps devait être habitué à ce climat, mais il a changé autant que ton esprit. Tu as beau y retourner plusieurs fois, ton corps ne s'y fait jamais, et c'est sans doute ta faute, à toi qui ne t'es jamais sevré de la climatisation.

Tu négocies un prix avec un taxi afin qu'il t'emmène au centre de Sài Gòn. Le tarif est raisonnable, mais tu ne peux pas en être certain. Lors des deux semaines suivantes et à l'occasion de voyages ultérieurs, tu découvres que les étrangers se voient souvent imposer des prix plus élevés. Les gens te considèrent parfois comme un de ces étrangers, incapable de passer pour un local. Trop grand, trop clair, pas les bons vêtements, accent correct mais vocabulaire hésitant. Tu essaies d'éviter les situations qui exigent une négociation, comme marchander pour des mangues ou des litchis avec un vendeur ambulant, presque toujours une femme, couverte des pieds à la tête et du cou aux poignets malgré la chaleur, la tête protégée par un chapeau pointu. Quand tu marchandes, tu le fais vraiment à contrecœur, et seulement parce que tu passerais pour naïf en ne le faisant pas.

Má est experte en marchandage. Elle négociait tous les jours avec les clients, calculant rapidement dans sa tête. Comment se fait-il que tu n'aies pas hérité cette technique de survie ? Comme ces vendeuses qui toute la journée marchent avec un joug sur les épaules, elle aussi a eu la vie dure. Quand on est arrivés dans le Sud, te raconte-t-elle alors que tu es enfant, à la table du dîner, une des rares fois où elle se confie sur son passé, je devais ramasser les bouses de buffle pour essayer de gagner un peu d'argent.

Pourquoi lui raconter ce genre d'histoires ?
marmonne Ba.

Pourquoi pas ? Peut-être Má est-elle fière du chemin qu'elle a parcouru, femme d'affaires instinctive, accomplie et autodidacte qui s'est extirpée d'une enfance pauvre et rurale sans aller plus loin que l'école primaire.

Ne parle pas de ça,
dit Ba, autant à toi qu'à Má,
dont le manque d'instruction est un sujet de honte.
Cependant, tu penses que la honte ne retombe
pas sur elle ou sur ta famille, mais sur
la société dans laquelle elle a grandi.

Dans le Sud, Má est une adolescente, une jeune mariée, une réfugiée pour la première fois, ayant fui son village du Nord avec sa famille et ton père, lequel a abandonné la sienne. Au même âge, tu es un étudiant qui apprend par cœur Byron, Shelley et Shakespeare parce que leurs poèmes sont sublimes. Tu rêves de devenir écrivain, de voir tes études payées par tes parents. Peut-être est-ce pour cette raison que tu n'as jamais appris à marchander.

Tu dois marchander pour garder un peu de fierté vis-à-vis des chauffeurs de xe ôm, ces hommes extrêmement bronzés, portant sandales à bout ouvert et chemises et pantalons élimés, qui attendent à chaque coin de rue, juchés sur la selle étroite de leur moto. Même en payant un peu plus cher, le prix d'une course à moto n'est que 2 ou 3 dollars. Le Việt Nam est le pays le moins cher que tu aies jamais visité, quelques dollars pour un repas au restaurant et 30 dollars pour une chambre d'hôtel confortable avec l'eau chaude et ta climatisation adorée. Le seul inconvénient de ces mini-hôtels familiaux est qu'ils ferment leurs portes à clé la nuit, t'obligeant à réveiller les employés qui dorment à même le sol du lobby.

Tu ne peux pas te résoudre à séjourner dans les hôtels luxueux ou à manger dans les restaurants luxueux. Tu mets un point d'honneur à trouver les restaurants qui proposent les saveurs les plus puissantes, les aliments les plus locaux, équivalents ou supérieurs à ce que l'on sert dans les Little Sài Gòn des États-Unis, même si cela exige de s'asseoir sur de minuscules tabourets en plastique bleus ou rouges, dans des salles moites. Pourquoi les Vietnamiens apprécient-ils ces minuscules tabourets et ces tables à hauteur de genoux ? Tu ne le sauras jamais.

Après dîner, tu fréquentes des boîtes de nuit qui s'appellent par exemple l'Apocalypse Now ou le Heart of Darkness et vibrent au rythme des derniers tubes américains. Tu y vas si souvent, pour frayer avec ceux que le gouvernement nomme les fléaux sociaux, ou au moins les observer, que tu vois les policiers vert citron faire des descentes dans chacun d'elles. À l'Apocalypse Now, la musique s'arrête et les lumières se rallument tandis qu'une équipe de policiers entre dans le bureau, visible depuis la piste de danse. Passé un délai de rigueur, ils ressortent, et l'un tient une mallette à la main. Les lumières baissent et la musique des Black Eyed Peas reprend. Au Heart of Darkness, toutes les femmes locales qui n'ont pas leurs papiers d'identité sont arrêtées et emmenées dans un fourgon. La police part du principe que ce sont toutes des prostituées, ce qui n'est pas vrai. Une de ces malheureuses est ta colocataire, logée dans une autre chambre de la maison qui les loue. Il est presque 1 heure du matin quand ta propriétaire s'en va la sauver au commissariat de police.

Si tu devais un jour prendre ta retraite à Sài Gòn, tu ouvrirais peut-être un bar dont l'enseigne changerait. Le jour : THE QUIET AMERICAN. La nuit : THE UGLY AMERICAN*.

---

* *The Quiet American*, roman de Graham Greene paru sous le titre français *Un Américain bien tranquille*, et *The Ugly American*, roman d'Eugene Burdick et William Lederer, traduit en français sous le titre *Le Vilain Américain*. (*Toutes les notes sont du traducteur.*)

N'importe laquelle de ces deux références littéraires vaudrait mieux que le Craters, le bar de Phonsavan, près de la plaine des Jarres, au Laos, qui tire son nom des destructions causées par les bombes américaines. Le soir où tu passes devant ce bar, ses seuls clients sont de jeunes Américains en civil, volontaires de l'armée de l'air en mission médicale pour aider les Laotiens du coin. Le seul aviateur auquel tu parles à l'aéroport n'a jamais entendu parler de la campagne américaine de bombardements qui a anéanti une grande partie du Laos des plaines.

D'où le nom de Guerre secrète,
à ne pas confondre avec la série *Guerres secrètes*
des Marvel Comics, au milieu des années 1980,
que tu as lue et aimée bien avant de découvrir
l'existence de la vraie Guerre secrète.

Avec ses rizières vert vif, la campagne vietnamienne est bucolique, sans trace visible de cratères de bombe, même si les obus américains non explosés sont un danger qui tue et mutile des milliers de campagnards, ici comme au Laos ou au Cambodge. Les impacts de balle constellent encore les murs du palais impérial de Huế ravagé par la guerre, avec ses majestueuses tombes impériales le long de la rivière des Parfums. Après avoir sué toute une journée en visitant les tombes, tu te douches et t'en vas passer une soirée plus fraîche à bord d'un bateau où musiciens et chanteurs vous donnent la sérénade, à toi et aux autres touristes, cependant que tu regardes des lanternes en papier flotter sur les eaux noires. Dans l'équivalent de Savile Row à Hội An, tu dépenses trop d'argent chez des tailleurs qui confectionnent des costumes sur mesure bon marché en moins de vingt-quatre heures. Le fil de ton pantalon grande mesure se défait au bout d'un an à peine.

Après Hội An, tu prends le bus de nuit, uniquement rempli de touristes étrangers, jusqu'à Hà Nội et ses romantiques villas couleur ocre. Tu es séduit par le fourmillant Vieux Quartier, son réseau d'allées et d'échoppes, tandis que le temple de la

Littérature rappelle l'époque pittoresque où les mandarins qui dirigeaient le pays devaient connaître la littérature.

Lors d'un voyage de nuit à la baie d'Hạ Long, tu as droit à ta propre cabine à bord d'une jonque romantique. La baie d'Hạ Long sert de décor au film romantique français *Indochine*, sorti en 1992, dans lequel une sculpturale Catherine Deneuve domine ses esclaves – pardon, ses *travailleurs* – vietnamiens accroupis, mais sans jamais transpirer, même le jour où éclate une révolution antifrançaise. 1992, c'est l'année où tu commences à envisager de retourner au Việt Nam, ce que tu feras dix ans plus tard. Cette année-là sort au cinéma non seulement *Indochine*, mais *L'Amant*, adaptation du roman de Marguerite Duras, qui se déroule pendant la période encore plus exotique des années 1920, contribuant à populariser auprès des Français l'image d'un Việt Nam décor torride pour les amours coloniales et les regrets, la mélancolie et l'émotion.

L'amant, un Chinois riche et plus âgé aux cheveux parfaitement plaqués en arrière, séduit une jeune Française enthousiaste incarnée par Jane March, actrice britannique qui te semble blanche, mais dont tu découvres plus tard qu'elle a des origines vietnamiennes. Tony Leung Ka-fai figure au générique dans le rôle du

Chinaman

et si Duras a en effet écrit, Il dit qu'il est chinois, ce n'est pas pour autant un *Chinaman*. Elle le décrit aussi comme « l'homme élégant », ce qui est tellement mieux que *Chinaman*.

Mais, licence cinématographique oblige, alors que Duras dépeint un amant chinois plutôt menu et pas même très attirant, les créateurs du film transforment le Chinois en engageant le très beau et physiquement imposant Leung (à ne pas confondre avec le très beau Tony Leung Chiu-wai, vedette de certains films de Wong Kar-wai, qui pourrait aussi jouer ton père). Le cinéma transforme notre regard sur les êtres, les choses et les lieux, et si le Việt Nam produit des films, rares sont ceux qui les regardent en dehors du pays. À la fin du XXe siècle, ce sont les Américains et les Français qui se servent du cinéma pour façonner l'image internationale du Việt Nam, oscillant entre deux fantasmes cinématographiques différents : d'un côté une guerre américaine tragique et brutale, de l'autre une colonie française sensuelle et élégante. Les deux appâtent les touristes, y compris toi.

Ces fantasmes ne concernent pas trop les Vietnamiens, à moins qu'ils travaillent dans le secteur du tourisme ou dans le secteur mémoriel des musées historiques, qui assènent toujours le même récit : l'héroïque Parti communiste a sauvé le pays de la férule des Français et des Américains, puis a mené la nation vers la prospérité économique grâce à l'industrie.

Bien que ce récit contienne une grande part
de vérité, le gouvernement n'autorise
aucune nuance supplémentaire
et pas d'autres récits.

Ce qui te gêne, dans le communisme vietnamien, c'est que ce n'est pas du communisme. Si le peuple ne possède pas les moyens de production, il le devrait. Le troublant paradoxe est que ce qui passe pour du communisme au Việt Nam est du capitalisme de parti unique, où le prolétariat et la paysannerie ne sont pas plus aux commandes qu'en AMÉRIQUE™.

Ce qui te dérange aussi, dans le prétendu communisme vietnamien, c'est son fondamentalisme, cette manière de n'autoriser qu'une seule interprétation du passé et du présent, politiquement conflictuels. Tu es vraiment chez toi dans le langage et l'écriture, et il t'est impossible de penser à ce pays comme à un chez-toi quand son gouvernement n'autorise pas les écrivains à être libres.

Pendant une brève période des années 1980, le gouvernement autorise les écrivains à publier des livres qui disent la vérité, ou tout du moins une vérité, sur ce qui s'est passé pendant la guerre et après.

Nguyễn Huy Thiệp, considéré comme le meilleur nouvelliste de sa génération, publie *Un général à la retraite*, qui contient des portraits cinglants du désespoir de l'après-guerre et de gens se battant pour leurs intérêts propres.

Dương Thu Hương, ancienne combattante et ex-membre du Parti, écrit *Les Paradis aveugles*, sur la désastreuse réforme agraire des années 1950 et les Vietnamiens envoyés en Europe de l'Est en tant que travailleurs invités, ainsi que *Roman sans titre*, le deuxième meilleur roman sur la guerre.

Le meilleur roman sur la guerre – du moins pour toi – est *Le Chagrin de la guerre*, de Bảo Ninh, lui aussi un ancien combattant du Nord, qui a survécu par miracle au conflit. Dans ce classique de la littérature de guerre, il est question des idéaux et des désillusions, de l'horreur et des regrets ; le temps et le récit s'y replient sur eux-mêmes autour d'une mémoire traumatique, astuce que tu finis par emprunter pour ton roman *Le Sympathisant*.

Nguyễn Huy Thiệp, le plus singulier, continuera de publier sporadiquement jusqu'à sa mort. Dương Thu Hương, qui a condamné sans fard la corruption du Parti communiste, sera assignée à résidence, et ses œuvres interdites. Finalement, elle s'exilera à Paris. Bảo Ninh, qui a détruit le mythe de l'ancien combattant noble et héroïque, ne publiera son deuxième roman que trente-deux ans plus tard – dans sa traduction anglaise, mais pas en vietnamien.

Aujourd'hui, les écrivains qui dénoncent les abus de la police et du gouvernement, ou qui réclament davantage de liberté, sont emprisonnés par le gouvernement.

Si tu vivais et écrivais au Việt Nam, tu devrais écrire ce que tu penses et risquer la prison, ou tu te tairais.

Tu ne te fais pas d'illusions
sur ton degré de courage.

Le dernier jour de ton premier retour au Việt Nam, assis dans un café du centre-ville de Sài Gòn, tu prends des notes sur ton voyage pour un livre qui ne peut pas encore être publié au Việt Nam. Tu attends que la mousson s'arrête pour prendre un taxi jusqu'à l'aéroport. Les motards vêtus de capes de pluie bleues, jaunes et vertes affrontent le déluge. Un moment de cinéma parfait, écrit par Graham Greene et adapté par Wong Kar-wai, excepté toi, l'Américain débraillé en short et tee-shirt.

Sur les photos qui immortalisent ton
séjour, tu n'es pas élégant.
Tu es trempé.

À l'aéroport, tu quittes le pays à rebours, passant de la chaleur, de l'humidité, du bruit et de la circulation dense à l'ordre climatisé du terminal où tu as commencé. Tu repars plus chargé qu'à l'aller, à cause des livres de photographie et d'art vietnamiens que tu as achetés, et qu'on ne trouve qu'au Việt Nam, et tu dois hisser ton bagage du guichet jusqu'à un bureau distinct afin de payer l'excédent. Tu arrives à la porte d'embarquement juste à temps pour le départ. Tu es soulagé de pouvoir enfin te rafraîchir et te détendre au moment où tu rejoins ton siège dans l'avion climatisé. Avec leurs áo dài écarlates, les hôtesses de l'air, aussi sveltes que leur voix est douce, incarnent ce que le pays veut être, un mélange apaisant de modernité et de tradition. Le Boeing décolle. Par le hublot, tu regardes le patchwork du paysage laisser place à un vert intense, illimité

et
en
un
clin
d'œil

tu n'as qu'une seule envie, revenir.

donc… d'où est-ce que tu viens pour de vrai ?

Cette envie de revenir chez toi est relativement innocente, mais le début de l'épidémie mondiale en 2020 complique les notions d'origine et d'appartenance. L'épidémie infecte non seulement le corps des individus, mais le corps politique de chaque pays qu'elle touche. Le corps politique convulse, tressaille – et se souvient.

Le corps politique occidental se rappelle
la peur d'une invasion asiatique.

En AMÉRIQUE™, la diabolisation des Asiatiques commence par le président [redacted], qui appelle l'épidémie le « virus chinois ».

[redacted] adore son rôle de mégadiffuseur d'un nationalisme blanc, nocif et ignare qui a toujours rôdé en AMÉRIQUE™. Un nationalisme blanc qui continue de tuer : par les armes à feu que détiennent des hommes blancs furieux et apeurés. Par le fait que le racisme, comme l'écrit l'universitaire abolitionniste Ruth Wilson Gilmore, est

la production et l'exploitation, validées par l'État
ou extralégales, d'une vulnérabilité à la mort
prématurée variant selon les groupes

qu'on trouve chez les victimes de la guerre et des sanctions, de la violence policière et de l'emprisonnement, de l'exploitation et de la discrimination, des macro-agressions et des micro-agressions, et des maladies comme l'épidémie.

Le nationalisme blanc est l'identité américaine dominante, et ce depuis des siècles, mais quand les Blancs exercent un contrôle total, le nationalisme (blanc) passe pour du nationalisme ( ). Quand ce nationalisme ( ) est remis en cause –

par
des gens de couleur,
des féministes
et
des queers,

parce que le nationalisme ( ),
en plus de diaboliser les Autres raciaux,
subordonne aussi
les femmes et
régule la sexualité et
condamne le queer

– ce nationalisme ( ) s'affirme,
enflamme le corps politique,
devient ostensiblement,
résolument blanc.

Le fait que parmi les partisans de [redacted] figurent des femmes, des Latinos, des Asiatiques, voire certains Noirs, signifie que les femmes et les personnes non blanches peuvent s'aligner sur la blanchitude et la masculinité hétérosexuelle, se prémunissant contre le nationalisme blanc en désignant quelqu'un de plus foncé, de plus féminisé, de plus aisément stigmatisé, tout en espérant recevoir une partie du salaire de la blanchitude (masculine).

Se ranger du côté des puissants et cibler les plus faibles comme autant de menaces virales, voilà qui est humain, trop humain. [redacted] a lancé sa campagne présidentielle en faisant des Mexicains des dealeurs et des violeurs, a continué en excluant les musulmans comme autant d'importateurs du terrorisme et d'une religion étrangère, et aujourd'hui, avec l'épidémie, en s'en prenant aux Chinois.

Cela fait longtemps que l'Occident redoute les Chinois comme source de contagion. Au XIXe siècle, des Américains ont brûlé des Chinatowns, les accusant d'être des enclaves de morbidité. L'incendie du Chinatown de San José a eu lieu en 1887. Aujourd'hui, à sa place, se dresse le luxueux Fairmont Hotel, où tu as dormi. Lors de sa construction dans les années 1980, nouvel emblème de la gentrification du centre-ville à quelques rues du SàiGòn Mới, tu écris pour le journal de ton lycée un article où tu décris son architecture.

Tu ne parles pas de Chinatown parce que
toi, l'Invasion Asiatique, tu ignores
l'existence de son fantôme.

[redacted], un bâtisseur d'hôtels, un homme qui ignore l'Histoire, dit que le virus chinois est également le Kung Flu*.

Certains de tes camarades de Saint-Patrick
trouvaient hilarant de demander,
C'est Nam, ton nom de famille ?
[redacted] ricane sur le même registre.

Le virus chinois ou le Kung Flu vise les Chinois mais, aux yeux de certaines personnes, tous les Asiatiques se ressemblent.

* Jeu de mots sur le kung-fu et *flu*, qui signifie « grippe » en anglais.

La violence anti-asiatique monte aux quatre coins de L'AMÉRIQUE™, au Canada, en Australie, en Allemagne, en France, et ailleurs.

Les Français d'origine asiatique déclarent
#JeNeSuisPasUnVirus.

En AMÉRIQUE™, une femme se fait asperger d'acide sur le pas de sa porte ; un homme et son fils se font agresser à coups de couteau ; de nombreuses personnes se font traiter de « virus chinois » ou de « virus chinetoque », ou s'entendent dire de retourner en Chine ; des gens se font cracher dessus parce qu'ils sont asiatiques ; des gens ont peur de sortir de chez eux.

Nous n'avons pas le coronavirus,
écrit Cathy Park Hong.
Nous *sommes* le coronavirus.

Être le coronavirus choque certains Asio-Américains. Certains parmi vous croyaient avoir dépassé le niveau viral. Quand ton lycée, près de trente ans après l'Invasion Asiatique, t'invite à parler devant ses mille six cents garçons réunis, tu remarques que vous êtes beaucoup plus nombreux. Vous, la minorité modèle : camarades de classe désirables et voisins recherchés, les personnes de couleur inoffensives.

Vraiment ?

Un camarade blanc de ton lycée te raconte que, dans les années 1980, dans sa banlieue résidentielle de Saratoga, au sud-ouest de San José, les Blancs ont commencé à partir quand les Asiatiques ont commencé à arriver.

Après ton discours, deux étudiants asio-américains te disent à quel point ils se sentent étrangers, surtout s'ils sont musulmans ou basanés, ou perçus comme tels. C'est la même ambiance que celle de ta jeunesse, quand tu as appris à avoir honte, ou en tout cas à être gêné, de ce qui te rendait supposément étranger : ta nourriture, ta langue, ton style vestimentaire, ton odeur.

Tes parents.

Mais c'étaient là des sentiments mineurs. Que pèsent les sentiments mineurs quand l'hostilité anti-asiatique reste un réservoir de sentiments majeurs ?

Le racisme anti-asiatique décrète que la place des Asiatiques est en Asie, qu'importe le nombre de générations depuis lesquelles ils vivent dans des pays non asiatiques. Bien que vous soyez supposés envahir tous ces pays, vous n'êtes pas assez nombreux pour que les gens hésitent à parler de virus chinois et de Kung Flu, ou à demander le classique

D'où est-ce que tu viens ?

Demander ça à
une personne d'origine asiatique
dans un pays non asiatique
n'est pas une question innocente :
elle relève au mieux de l'ignorance,
au pire de la malveillance.

Mais d'où est-ce que tu viens *pour de vrai* ?

Est-ce que les Blancs
s'entendent jamais poser cette question
dans un pays à dominante blanche ?

Peut-être s'ils ont un accent. Mais même les individus d'origine asiatique qui parlent couramment l'anglais, le français, l'allemand et ainsi de suite peuvent se l'entendre poser. Supposer l'extranéité est la première étape du rejet de la faute. Faire des Asiatiques en pays non asiatiques les boucs émissaires des maux de la société remonte au XIXe siècle, en tout cas aux Amériques.

Quand l'utilité des travailleurs chinois disparaît avec la fin de la construction du chemin de fer transcontinental, hommes politiques, journalistes et patrons les diabolisent afin d'apaiser les travailleurs blancs qui se sentent menacés par la concurrence chinoise.

À Torreón, au Mexique, en 1911, la foule
assassine plus de trois cents personnes d'origine
majoritairement chinoise, et un peu japonaise.

Les foules blanches en AMÉRIQUE™ lynchent aussi des immigrés chinois et les chassent de nombreuses villes. Dans le centre de Los Angeles, en 1871, non loin de là où tu vis aujourd'hui, plusieurs centaines de personnes assassinent dix-huit Chinois, hommes et garçons. En 1875, le Congrès vote le Page Act, qui vise à interdire l'arrivée de femmes chinoises. L'hostilité antichinoise atteint son comble avec le Chinese Exclusion Act de 1882, la première loi sur l'immigration, dans l'histoire du pays, qui soit racialement discriminatoire. Les Chinois deviennent les premiers immigrés hors-la-loi et sans papiers en Amérique.

Que signifie être hors-la-loi
quand la loi est injuste ?

Toute l'histoire américaine voit se répéter ce cycle : les grandes entreprises ont recours à la main-d'œuvre asiatique bon marché, ce qui menace la classe ouvrière blanche, dont les craintes sont attisées par des hommes politiques et des médias qui jouent avec le feu racial, menant à la catastrophe pour les Asiatiques :

le Gentlemen's Agreement de 1907 met fin
à l'immigration japonaise après que les
Japonais, qui remplacent les Chinois,
sont devenus trop visibles

les passages à tabac, pendant tout le début
du XXe siècle, de travailleurs philippins,
qui remplacent les Japonais et
découvrent des panneaux disant
INTERDIT AUX CHIENS ET AUX PHILIPPINS

l'incarcération des Nippo-Américains
entre 1942 et 1945, qui permet à
leurs voisins blancs d'acheter (voler)
leurs biens à des prix
outrageusement bas

les attaques du Ku Klux Klan contre
des pêcheurs vietnamiens dans
les années 1980 au Texas

le déclassement social des immigrés coréens
éduqués, qui ouvrent des magasins d'alcool
et d'autres commerces dans les communautés
noires et latinos de Los Angeles, où, pendant
la révolte de 1992, la police boucle Koreatown
et laisse le quartier se faire incendier –

L'émeute, dit Martin Luther King Jr., est le langage de ceux qu'on n'entend pas.

Les Américains imputent aux Chinois et à tous ceux qui leur ressemblent la perte des emplois américains, alors même qu'ils comptent sur la Chine et d'autres pays asiatiques pour fournir les produits bon marché qui aident les Américains à vivre le RÊVE AMÉRICAIN™.

ENCORE UN COMMERCE
AMÉRICAIN COULÉ
PAR LES ________

est une histoire toujours disponible pour les Américains apeurés et ceux qui veulent les effrayer. Les gens qui racontent cette histoire se méprennent sur un fait élémentaire :

L'AMÉRIQUE™ repose sur
le commerce consistant à couler
les commerces des autres.

Ba Má excellent dans ce cycle de vie capitaliste. Dans les années 1970 et 1980, personne n'a envie d'ouvrir de nouveaux commerces dans le centre-ville délabré de San José, sauf des gens comme Ba Má. Il est plus facile de les accuser, eux, un pays étranger ou la classe politique, que d'identifier les entreprises et les élites économiques qui délocalisent les emplois à l'étranger, maximisent les profits aux dépens des travailleurs et n'ont rien à faire des gens qui travaillent, pour une partie desquels

être raciste
est plus facile que
d'accuser le capitalisme.

Pour de trop nombreux Asio-Américains, la solution consiste à faire ses preuves. Prouver son américanité. Prouver son humanité. Se draper dans le drapeau américain, donner de l'argent à ses voisins et concitoyens blancs nécessiteux, et mourir dans les guerres de ce pays, comme les soldats nippo-américains qui se sont battus pendant la Seconde Guerre mondiale alors que leurs familles étaient détenues dans des camps de concentration.

Bravoure et médailles, sang et mort, tout ça pour prouver ce qui ne devrait pas être prouvé à des gens qui gloussent, pouffent, ricanent, rient et se moquent quand ils vous disent, ou disent aux caméras, devant des millions de personnes, voire seulement devant leurs enfants, qui répètent ce qu'ils entendent –

Jap
Nip
Chinetoque
Bouffeur de chiens
Bridé
Kung Flu
Virus chinois
Tu sais faire du kung-fu ?
Objet Vietnamien Non Identifié
Retourne d'où tu viens
University of Caucasians Lost among Asians
Vous parlez très bien l'anglais
Me love you long time
Tu l'aimes ou tu la quittes
Tching-tchang-tchong
Chinaman
Niakoué

oublié

Certaines de ces insultes, tu les apprends par le racisme ordinaire de la télévision, de la radio et des camarades de classe. Mais tu en apprends aussi quelques-unes dans les livres de la bibliothèque publique, l'immense cube blanc de West San Carlos Street qui porte le nom de Martin Luther King Jr. Tous les dimanches matin, Ba te dépose devant la bibliothèque, où tu attends, avec un petit groupe d'autres lecteurs fanatiques, que les portes s'ouvrent. Peut-être Má et lui pensent-ils que la bibliothèque est un lieu sûr pour toi, même si c'est un lieu qu'ils ne comprennent pas nécessairement. Tu grandis dans un foyer sans livres, à l'exception des manuels scolaires et des livres de la bibliothèque que ton frère et toi rapportez à la maison. Aucune bible dans quelque langue que ce soit, malgré la religiosité de tes parents ; rien que des journaux, des magazines et des bulletins de l'église, en vietnamien. Parfois, tu t'aventures dans le salon et découvres ta mère en train de lire à l'aide d'une loupe. Elle ne lit que le vietnamien. Lentement et à haute voix.

Que pensent Ba Má quand
ils te voient avec tes bouquins ?

Tu empruntes toutes les semaines un sac à dos entier de livres et tu les lis l'un après l'autre, totalement absorbé. Plus tu la pratiques, plus cette langue t'éloigne de Ba Má. Des décennies plus tard, tu te rends compte que c'est peut-être ce que tu souhaitais. Tu as beau vouloir être plus près de Ba Má, ils travaillent trop, ils ont si peu de choses à te dire. Ils te confient aux bons soins de la bibliothèque mais ne comprennent pas que la bibliothèque va t'arracher à eux. Et le jour où ils le comprennent, tu as été kidnappé par la littérature. Par les livres. Par l'anglais.

Tu ne peux rien lire et tu ne liras rien en vietnamien, une langue trop épaisse dans ta bouche.

Le vietnamien est ta langue maternelle,
mais tu parles à peine à ta mère.
Le vietnamien est ta langue natale,
mais tu es parti avant la mémoire.

L'anglais est ta deuxième langue,
mais tu le parles comme un natif.

Si ton monde réel se limite à la maison, à l'école, à l'église et au SàiGòn Mới, la bibliothèque est son propre monde illimité. Déplacé en passant d'un côté du monde à l'autre, tu trouves ta place dans la langue anglaise, dans le voyage sans fin qu'offrent les histoires. Délivré d'un chez-toi dont les fenêtres ont des barreaux de fer. Pas de frontières entre les livres, pas de gardiens pour empêcher un jeune garçon plein de curiosité de se marquer au fer rouge avec des mots brûlants.

Tu n'as jamais oublié la série de livres intitulée *L'Exécuteur*, avec Mack Bolan, un tireur d'élite américain qui combat au Việt Nam quand la mafia force sa sœur, adolescente, à se prostituer, incitant leur père à tuer toute sa famille puis à se suicider. Tu entends le cliquetis rapide de la machine à écrire et sa prose haletante quand Bolan revient pour se venger et, tout en espionnant les mafiosi, s'acoquine avec une femme qui travaille pour eux.

Tu fais une pause pour aller voir ton
frère lycéen dans sa chambre et tu
brandis le livre de poche dont la couverture montre
une rousse à moitié nue, un mafioso tenant un couteau
sous sa gorge, et Bolan braquant un fusil sur eux.
C'est quoi, une prostituée ? demandes-tu.
C'est comme une protestante ?

Ton frère ne détache pas
les yeux de son livre pendant
un très long moment.

Finalement, il répond,
Cherche dans le dictionnaire.

À la bibliothèque, l'anglais est ta langue d'adoption,
même si elle te semble biologique, et à la
bibliothèque tu cherches un chez-toi,
alors que tu en as déjà un.

Alex Portnoy aussi se sent mal à l'aise chez lui. Il est le héros du roman de Philip Roth paru en 1969, *Portnoy et son complexe*. Peut-être connaissais-tu la réputation de Roth, puisque à l'orée de ton adolescence tu lis les critiques littéraires du *San José Mercury* pour t'amuser. Tu as également hérité de ton frère un exemplaire de la *Reader's Encyclopedia* de William Rose Benét, que tu lis aussi pour t'amuser. Tu as besoin de t'amuser encore plus. Ce qui t'arrive à la place, c'est une conscience croissante de l'histoire de la littérature et de ce qui est considéré comme important. Roth est important, le Grand Romancier Américain qui a précisément écrit un livre intitulé *Le Grand Roman américain*.

Existe-t-il sur terre un pays aussi nombriliste par sa façon
de citer son nom dans les titres de ses livres ? Roth écrira
aussi *Pastorale américaine*, et il y a également *American
Gods*, *American Psycho*, *American War*, *American Tabloid*,
American Spy, *American Rust*, *American Son*, et bien d'autres

encore, ainsi que des variations comme *Purple America*, *Americana*, *Americanah*, *Vietnamerica* et *Amerika*. Peut-être qu'un jour tu écriras un Pas Si Grand Roman Américain intitulé *American America*.

Tu lis quelques pages du premier livre de Roth, *Goodbye, Columbus*, tu regardes un bout de l'adaptation télévisée qui en a été faite avec Richard Benjamin et Ali MacGraw. Le monde juif décrit par Roth vingt-cinq ans plus tôt fait écho à ton monde vietnamien, surtout à travers les yeux d'un enfant plus jeune, américanisé, qui ressent sa différence ethnique vis-à-vis de la norme des Blancs, voit les bizarreries de ses parents et de sa communauté, et comprend intuitivement que les ombres du foyer familial surgissent d'un passé presque indicible.

Les Juifs des livres de Roth sont (dans tes souvenirs) un peu vulgaires, vaguement rustres selon les standards WASP.

Les Blancs que tu connais sont catholiques,
mais les actualités, la télévision et les films
impriment sur toi la marque des idéaux WASP.

Les Juifs de Roth sont bien décidés à gravir l'échelle sociale et à déménager en banlieue, tout en craignant de perdre leurs racines et de devenir trop assimilés, comme leurs enfants, notamment, en fournissent la preuve. Pas très différents en cela des réfugiés vietnamiens.

Mais, en toute franchise, la seule chose dont tu te souviens
pendant des décennies, c'est que l'adolescent Alex Portnoy
se masturbe avec une tranche de foie de veau
sortie du frigo, après quoi il remet la viande
immondément outragée à sa place
pour le dîner familial du soir.

Immonde !
Qui peut manger du *foie* au dîner ?

Ta famille en mange ! Mais tu ne te masturbes pas encore, ce qui explique que la scène soit hilarante, dérangeante et déroutante. La même perplexité s'empare de toi le jour où tu lis un livre de Judy Blume, trouvé dans la bibliothèque de ta classe de sixième, l'histoire d'un adolescent, dont tu rappelles seulement qu'il est gêné par ses érections. Tu n'as aucune idée de ce qu'est une érection. Quand, en septième, une fille de ta classe te parle de pénis, tu n'as jamais entendu ce mot, ayant été élevé dans un foyer unilingue vietnamien et catholique où la sexualité, et la biologie qui lui est associée, est indicible.

À un moment donné de cette période préadolescente, tu rentres de Saint-Patrick avec deux camarades, dont l'un veut vous montrer la collection de *Playboy* et de *Penthouse* de son père – autant de magazines que tu n'as encore jamais vus. Vous examinez tous trois les photos et les pages centrales, qui vous intriguent. Sur une photo et sa légende, des jumelles toutes nues comparent leur anatomie. Le mot « anatomie » est-il un gros mot ? Peu de temps après, tu vois le mot « anatomie » dans un livre pour enfants où il est question d'un phoque. Tu es encore plus intrigué. Tu ne cherches jamais le mot dans le dictionnaire.

Tu ne trouves ni *Playboy* ni *Penthouse* à la bibliothèque, mais ils existent quelque part à l'intérieur d'un large arc-en-ciel du récit et de l'imaginaire, dont une extrémité rejoint les cieux et l'autre s'enfonce dans la boue de la terre. Bien que *Portnoy et son complexe* soit peut-être un exemple d'art raffiné, il tire son énergie de la volonté de Roth de plonger dans l'obscénité, ce mot charmant et ce monde charmant. Cette obscénité brûle dans ta mémoire et dans ton bas-ventre, pour citer un autre mot merveilleux que tu apprends dans les livres.

Tu en découvres un autre dans *Mourning Glory*, souvenirs de guerre d'un marine que tu n'as jamais oubliés. Tu tombes dessus à la bibliothèque parce que tu aimes parcourir la section « guerre », pour laquelle tu dois prendre l'escalator jusqu'au premier étage, où il n'y a pas d'autres enfants. Le marine couche avec une prostituée vietnamienne, puis lâche son sperme sur son nombril. C'est quoi, le sperme ? C'est là qu'un homme est censé le lâcher ? Est-ce qu'une femme peut tomber enceinte par le nombril ? Des décennies plus tard, tu retrouves ce livre, relis le passage et te rends compte que tu as occulté ce qui précédait l'orgasme du marine :

> Je me suis baissé et par terre j'ai ramassé
> le .45 chargé. J'ai relevé le chien du flingue et
> j'ai collé le canon béant sur la tempe de la fille.

Par quoi Ba Má auraient-ils été le plus choqués ? Que tu lises ces livres ou que tu risques ta vie au Great America ? Lire ces livres, c'est risquer ta vie de catholique. Ta pureté est outragée. Ton esprit, contaminé. Le sexe intrigue. La guerre intrigue. Le Việt Nam intrigue. Leur enchevêtrement est ce dont les Américains parlent quand ils disent le Vietnam, à savoir la guerre, pas le pays. Abréviation américaine, et référence commune au monde entier.

> Quelques années plus tard – en 1998 –, le futur
> président [redacted], canal nourricier du *ça* séminal
> de L'AMÉRIQUE™, Viagra humain pour un
> corps politique blanc (ou s'identifiant au
> blanc) flasque, décrit sa vie sexuelle
> hyperactive en disant, C'est le
> Vietnam. C'est très dangereux.
> Donc je fais très, très attention.

À l'âge de quatorze ans, tu prends le bus et traverses la ville pour retrouver deux copains (tes seuls copains, en fait) et voir au cinéma le blockbuster international, *Rambo II : La Mission*, vers 1985. Rambo, l'ancien combattant américain incarné par l'éternellement torse nu Sylvester Stallone, retourne au Việt Nam pour sauver des soldats américains prisonniers des communistes vietnamiens, mythe tenace dans l'imaginaire américain, et qui ne repose sur rien. Rambo est aidé par une magnifique Vietnamienne métisse prénommée Co.

Co – Cô en bon vietnamien – signifie
« tante » ou « vieille dame ». Co est
jouée par Julia Nickson,
d'origine chinoise.

Co est amoureuse de Rambo et meurt pour lui le jour où le méchant capitaine communiste leur tend une embuscade et la tue. Rugissant de colère, Rambo élimine l'escouade du capitaine à l'aide de son AK-47.

Tu n'en fais pas grand cas.
Les acolytes et maîtresses asiatiques
qui meurent pour des sauveurs blancs,
il y en a tout le temps.

Le film te plaît, bien que tu ressentes un léger malaise en tant que membre de l'Invasion Asiatique regardant le sauveur blanc éliminer les hordes de cocos vietnamiens. Revoyant le film plus tard, adulte, tu remarques que l'actrice porte un áo dài en pleine jungle, que sa coiffure et son maquillage sont impeccables malgré l'humidité torride et que son rouge à lèvres est luisant au moment où elle prononce ses dernières paroles en anglais avec un vague accent :

Ram… bo… toi… pas… oublier… moi ?

Rambo enlace Co ; elle ferme les yeux, sa tête bascule en arrière et sa bouche laisse échapper un gémissement tremblant. Leur position évoque autant l'amour orgasmique que la mort.

Le film est également diffusé en Thaïlande, dans les camps de réfugiés hmongs. Même après, t'écrit une (ancienne) réfugiée, ses parents continuent de regarder ce film parce que

ses personnages ressemblent beaucoup
à des visages qui étaient similaires aux nôtres.
Maintenant que je suis adulte, je peux dire que
Rambo a participé à l'endoctrinement de
notre amour pour les sauveurs blancs.

C'est de l'américanisation longue distance. Ton américanisation à toi est de proximité, intime. En 1989, tes cousins adolescents, les petits-enfants de la sœur aînée de Má, émigrent du Việt Nam en AMÉRIQUE™. Tu es en Californie du Sud, dans l'université qui était ton dernier choix, en train de conduire la vieille Buick Skylark de ton frère. Pourquoi tu ne les emmènerais pas faire un tour ? demande Má.

Leur anglais est à peu près aussi mauvais que ton vietnamien. Devant un film, vous ne serez pas obligés de parler beaucoup. Pour leur première expérience d'une salle de cinéma américaine, tu choisis *Outrages*, de Brian De Palma.

Michael J. Fox y campe un soldat idéaliste qui ne parvient pas à empêcher Sean Penn et son escouade de violer collectivement et assassiner une jeune Vietnamienne. Dans cette scène, elle vient d'être violée, poignardée et laissée pour morte sur une voie ferrée qui enjambe une rivière. Mais elle n'est pas morte. Se relevant, elle titube le long des rails, hagarde, les vêtements imbibés de son propre sang, en direction des soldats qui l'ont abandonnée. Abattez-la ! hurle Penn. Abattez-la ! Les hommes hésitent, mais finissent par obéir. La caméra se fixe sur le visage de la jeune femme et sur son corps, pris dans les feux croisés d'une mitrailleuse M60, de deux fusils automatiques M16 et d'un pistolet. Elle tressaille sous l'impact des nombreuses balles, elle n'arrête pas de crier, puis tombe de la voie ferrée, au ralenti. Fox regarde par-dessus les rails et voit le corps fracassé gisant sur les berges rocailleuses de la rivière, en bas, bras et jambes à des angles impossibles, visage en sang.

Violée et assassinée,
désirée et réifiée,
servile et suppliante,
réduite au silence ou hurlante,
telles sont les destinées
des femmes asiatiques
dans l'imaginaire occidental,
qui est également le tien.

Ce viol et ce meurtre sont inspirés de la mort de Phan Thi Mao, vingt et un ans, en 1966. Phan Thi Mao est jouée par Thuy Thu Le, qui est diplômée de Berkeley, comme toi. Son surnom est Tweety Bird. Sa taille : un impressionnant mètre soixante-sept. Thuy Thu Le n'a plus de rôles au cinéma. Avec les diacritiques, le nom de Phan Thi Mao pourrait être Phan Thị Mạo ou Phan Thị Mão. Mais sur Internet tu ne trouves absolument rien à son sujet en vietnamien.

Les soldats blancs et latinos qui violent et assassinent Phan Thi Mao ont entre vingt et vingt-deux ans, soit le même âge que beaucoup de tes étudiants à l'université, dont certains viennent en uniforme militaire à ton cours sur la mémoire et la guerre au Việt Nam. Ils reviennent des combats en Irak ou en Afghanistan, ou s'apprêtent à devenir officiers dans l'armée, la marine, l'aviation ou les marines. Tu te demandes ce qu'ils se rappelleront – s'ils se rappellent quelque chose – de ton cours.

La peine de prison la plus lourde pour le viol et l'assassinat de Phan Thi Mao est de huit ans, avec possibilité de liberté conditionnelle au bout de quatre ans.

Tes cousins et toi, à la fin, vous ne dites
pas un mot à propos du film.
Bienvenue en AMÉRIQUE™.

Cela fait des décennies que la scène de la mort de Phan Thi Mao ne te lâche pas. De même, la famille massacrée dans *Apocalypse Now*, et la mère qui se prend une balle dans la tête par un sergent américain dans *Platoon*, et le cercle des bourreaux Việt cộngs cruels et jacasseurs qui insultent, menacent Robert De Niro et Christopher Walken dans *Voyage au bout de l'enfer* et les forcent à jouer à la roulette russe. Malgré tous tes efforts pour oublier ton passé de réfugié et malgré tous ceux de L'AMÉRIQUE™ pour oublier votre guerre commune, ni toi ni elle n'avez réussi. Mais si tu n'as pas oublié, tu ne t'es pas tout remémoré non plus. Et pour toi, et pour les Vietnamiens, et en particulier pour la femme vietnamienne, qui symbolise le Việt Nam lui-même, si vous êtes tous

invisibles et hypervisibles

comme condition de votre existence dans la scène et sur l'écran de l'imaginaire occidental

vous n'êtes pas seulement oubliés ou remémorés,
vous êtes les deux à la fois,
vus *et* mal compris,
vus *et* déformés, vus *et* aussitôt
oubliés, vus *et* non vus,
vous êtes remémorés *et* dé-composés

vous êtes dé-mémorés

mais –
en même temps que vous êtes l'Autre
qui est dé-mémoré, vous
dé-mémorez les Autres.

Alors que tu as douze ou treize ans, ton meilleur ami, Chuy, t'amène chez un de ses amis. L'ami en question, un gamin de ton âge ou un peu plus vieux, possède ce que Chuy et toi, écoliers catholiques, avez cherché en vain : des revues pornographiques. Les *Penthouse* et *Playboy* que vous avez scrutés, et les corps de femmes aux vastes quantités de peau nue t'ont procuré une sensation étrange, brûlante et écrasante, à laquelle tu n'as pas pu résister. Ces femmes nues sont très visibles, en tant que corps ou que parties du corps, même si les femmes en général sont souvent invisibles, du moins aux yeux des hommes.

Tu aspires à être un homme.

L'ami dort dans le garage et cache sous son lit grinçant des numéros de *Oui*, *Cheri*, *Genesis* et *Hustler*. Cependant, avant de pouvoir mettre la main sur ces revues, tu dois passer un test.

Eh, dit Chuy, tout sourire. Ou peut-être est-ce l'ami.
Tu t'es fait dépuceler* ?

Tu n'as aucune idée de ce que ça veut dire.

La bonne réponse est : Et *toi* ?
Ou : Je sais que j'ai dépucelé ta mère.

Mais sous la pression de tes camarades, le vide se fait dans ton cerveau. Que tu dises oui ou non, la réponse ne sera pas la bonne. Tu ne te rappelles plus si tu dis, d'un ton hésitant, oui ou non, mais les deux autres éclatent de rire.

Au Việt Nam, les soldats américains surnommaient
les recrues fraîchement arrivées des États-Unis
les *Fucking New Guys*, les Putains
de Nouveaux Gars. Ou

Cherries, les puceaux.

Tel est ton apprentissage autodidacte de quelque chose comme la masculinité.

* En anglais, *pop one's cherry*, littéralement « se faire éclater la cerise ».

la question américaine

L'immigré est le Putain de Nouveau Gars, ou la Putain de Nouvelle Gonzesse, ou la Personne Non Binaire, aux États-Unis. Débarqué de son Bateau ou de son Boeing, il apprendra les dures leçons de la vie américaine comme tout le monde avant lui, à la faveur d'un bizutage prolongé dont il pourra ressortir, un jour, sous forme d'Américain. Cet immigré fait partie de la mythologie américaine. Les immigrés font la grandeur de l'Amérique !

Sauf quand le pays ferme ses portes aux immigrés qui ne sont pas blancs, même si la blanchitude elle-même est une catégorie mouvante. Quand les premiers Chinois ont émigré en Amérique au XIXe siècle, ils sont devenus l'épineuse question chinoise dans l'imaginaire américain.

Ça fait quoi, d'être une question ? Et quelle est, au juste, la question chinoise ?

Quelle qu'elle soit, la réponse est : les Irlandais. Pas blancs au XIXe siècle, mais blancs aujourd'hui, bien que caricaturés jadis comme étant presque noirs. Les Irlandais font le premier pas vers la blanchitude en n'étant pas chinois, en n'étant pas ceux qui construisent le chemin de fer transcontinental en partant de l'ouest, alors que les Irlandais le construisent en partant de l'est. Après l'exclusion des Chinois, les Irlandais se blanchissent encore plus en n'étant pas noirs. John F. Kennedy achève de rendre les Irlandais définitivement blancs (exploit que Barack Obama ne pourra pas accomplir pour les Noirs). La Saint-Patrick aide les autres Américains à s'identifier aux Irlandais, fût-ce uniquement à travers un cliché de la boisson irlandaise.

Le Nouvel An lunaire ?
Principalement fêté par les Asiatiques,
c'est un spectacle exotique de danses du lion,
de pétards et de gâteaux de lune.
Pas aussi populaire.

La tendresse américaine pour les immigrés blancs remonte au moins aussi loin que Benjamin Franklin, un des Pères fondateurs, lequel disait en 1751 :

> Le nombre d'individus purement blancs dans le monde est proportionnellement très faible. Toute l'*Afrique* est noire ou basanée. L'*Asie*, principalement basanée. L'*Amérique* (à l'exclusion des nouveaux arrivants) entièrement. Et en *Europe*, les *Espagnols*, les *Italiens*, les *Français*, les *Russes* et les *Suédois* sont généralement d'une couleur que nous appelons mate ; de même les *Allemands*, à la seule exception des *Saxons*, qui avec les *Anglais* forment la grande masse des individus blancs à la surface du globe. Je pourrais souhaiter que leur nombre augmente. Et alors que nous sommes en train de, si je puis dire, *nettoyer* notre planète en débarrassant l'*Amérique* de ses forêts, et en faisant donc que cette partie du globe renvoie une lumière plus vive aux habitants de *Mars* ou de *Vénus*, pourquoi devrions-nous, à la vue des entités supérieures, en assombrir les peuples ? Pourquoi

> augmenter le nombre des enfants d'*Afrique* en les transplantant en *Amérique*, où nous tenons une si belle occasion, par l'exclusion de tous les Noirs et Basanés, d'augmenter le nombre des magnifiques Blancs et Rouges ? Mais peut-être suis-je partial à l'égard de la couleur de mon pays, car une telle partialité est naturelle à l'Homme.

Les magnifiques Rouges rappellent les bons sauvages, célébrés pour leur combativité, craints comme ennemis valeureux, au lieu d'être simplement méprisés comme esclaves. Quant aux magnifiques Blancs, la blanchitude s'est étendue aux Espagnols, aux Italiens, aux Français, aux Russes et aux Suédois, sans parler des Grecs, des Polonais, et, parfois, mais pas toujours, aux Juifs, étant donné la persistance de l'antisémitisme.

Même ces gens-là sont désormais intégrés à la blanchitude :

> Pourquoi la *Pennsylvanie*, fondée par les *Anglais*, devrait-elle devenir une colonie d'*étrangers*, qui... n'adopteront jamais notre langue ni nos coutumes, pas plus qu'ils ne peuvent acquérir notre couleur ?

Les étrangers dont il parlait ? Les Allemands. Oh, ces terribles Allemands à la peau foncée !

Qu'aurait pensé notre Vieux Ben d'étrangers basanés comme Ba Má et toi débarquant dans sa chère Pennsylvanie blanche ? Et aurait-il pu imaginer que, deux cent soixante-cinq ans après son discours, un descendant d'immigrés allemands à la peau mate deviendrait le cinquante-quatrième président de ces mêmes États-Unis ?

Mais, devenus blancs, [redacted] et ceux qui lui ressemblent continuent dans la tradition du Père fondateur d'exiger de ceux qui ne sont pas blancs, surtout ceux qui sont noirs, qu'ils les aident à définir leur blanchitude.

Leurs frontières.

Leur nation.

Leur âme.

Le statut des individus prétendument plus mats – mat étant relatif, au même titre qu'être oriental – signifie que se pose encore la question de savoir s'ils appartiennent au corps politique. Par exemple, en 1924, toutes les personnes non blanches – quel que le soit le sens du terme – se voient interdire l'entrée dans le pays, sauf les Philippins. Ces derniers peuvent émigrer librement aux États-Unis en tant que pupilles coloniaux de L'AMÉRIQUE™. Certains Américains s'opposent à la colonisation américaine des Philippines, non parce qu'ils croient en la liberté des Philippins, mais parce qu'ils craignent l'immigration de personnes à la peau foncée. S'étant vu accorder l'indépendance en 1946, les Philippins sont alors exclus du corps politique et deviennent des étrangers qui ne peuvent plus venir comme bon leur semble.

Les portes du pays se rouvrent enfin en 1965, mais à partir de 2017 [redacted] tente de les refermer à nouveau. Quand il dit Redonner sa grandeur à l'Amérique, il veut dire Redonner sa blancheur à L'AMÉRIQUE™. Revenir à la période de l'esclavage est trop choquant pour que même [redacted] le clame haut et fort, mais à la fin du XIXe siècle, vers 1882, ça passe. Les Noirs se font lyncher en vertu des lois Jim Crow. Les terres mexicaines sont occupées, les Mexicains soumis. Les nations autochtones sont en train d'être vaincues, leurs peuples envoyés dans des réserves. Les Chinois sont exclus et ne peuvent pas témoigner devant un tribunal, donc peuvent être assassinés en toute impunité. Pas si difficile à faire, étant donné la prévalence des armes à feu en AMÉRIQUE™ et sa croyance, quasi religieuse, dans le droit de les posséder et d'en faire usage.

Le même esprit d'autodéfense armée s'étend à la frontière et à la manière dont certains Américains disent n'avoir rien contre les immigrés. Ils veulent seulement des immigrés *légaux*.

Pour faire en sorte qu'il y ait moins d'immigrés légaux, changez les lois. Rendez illégaux un nombre toujours plus grand d'immigrés potentiels et actuels. Attaquez d'abord les sans-papiers, ces masses à la peau foncée qui se ruent vers le nord à partir de l'Autre Amérique.

Pas besoin de s'affoler devant les dizaines de milliers d'Irlandais et de Canadiens sans papiers. A-t-on jamais demandé à un Canadien (blanc) aux États-Unis d'où il venait pour de vrai ?

[redacted] réclame une Grande Muraille le long de la frontière méridionale, mais pas sur la frontière septentrionale, comme si bloquer la frontière bloquerait l'Autre lubrique au-dedans de l'âme américaine. Des camps d'internement. Des enfants perdus. Des enfants morts. Une dystopie dans la vraie vie, pas uniquement dans les films où les Blancs sont les victimes centrales du désastre.

Après avoir fermé la frontière, prenez-vous-en aux enfants adoptés asiatiques que les parents américains ont oublié de faire naturaliser. Poursuivez les réfugiés qui sont arrivés enfants, n'ont jamais été naturalisés et ont commis des crimes. Expulsez-les au Việt Nam et au Cambodge. Oubliez les crimes contre leurs parents pendant les guerres que L'AMÉRIQUE™ a aidé à déclencher dans leurs pays. Prétendez qu'il n'y a aucune obligation à l'endroit d'enfants transformés en réfugiés par ces guerres.

Détruire des familles fait partie du droit de l'immigration américain depuis l'exclusion des femmes chinoises à la fin du XIXe siècle. Les immigrés chinois de sexe masculin ne pouvaient pas trouver d'épouses, fonder des familles, avoir des enfants.

Un aspect du génocide : imposer
des mesures visant à empêcher les
naissances au sein d'un groupe.

En toute légalité. [redacted] veut également limiter le regroupement familial, qui a permis aux immigrés d'amener trop de gens qui leur ressemblent, donc d'envahir la Grande Amérique.

Plus de réfugiés non plus. Le sentiment de culpabilité après la fin de la guerre, en 1975, incite le pays à recueillir des centaines de milliers de réfugiés du Việt Nam, du Laos et du Cambodge. De Cuba, aussi, car Cuba est communiste. Mais pas de Haïti, car Haïti est noir. [redacted] abaisse le quota de réfugiés à quelques milliers par an.

Se dire immigré ou réfugié, ou ouvrir la porte aux immigrés ou aux réfugiés, c'est s'opposer à la Grande Amérique en célébrant une Amérique Immigrée qui accueille tout le monde et, ce faisant, s'en trouve régénérée.

Mais que l'on croie à la Grande Amérique ou à l'Amérique Immigrée, on tient à l'exceptionnalisme américain : la conviction que ce pays est meilleur que tous les autres. La Grande Amérique, c'est l'exceptionnalisme américain dans sa version Vilain Américain. L'Amérique Immigrée en est la version Américain Bien Tranquille.

D'où la Question Américaine :
le vrai visage de L'AMÉRIQUE™
est-il le Vilain Américain ou
l'Américain Bien Tranquille ?

L'Américain Bien Tranquille, plus élégant, plus poli, plus sensible et plus favorable à la diversité culturelle et au multiculturalisme que le Vilain Américain, soutient néanmoins le déploiement de la CIA, les opérations spéciales et les drones pour défendre les intérêts américains, même si exploser quelques innocents fait malheureusement partie des dommages collatéraux des frappes chirurgicales

même si ces quelques innocents se comptent en réalité par
centaines, par milliers ou par dizaines de milliers, mais
comment le savoir pour de bon puisqu'il est de notre
intérêt, en tant qu'Américains, de ne pas connaître
le nombre des morts, sauf le nombre de nos
morts, que nous connaissons en détail ?

Si l'Américain Bien Tranquille n'approuve pas l'erreur chirurgicale consistant à tuer des innocents, il ne fait pas non plus grand-chose pour s'y opposer. L'Américain Bien Tranquille n'est pas nécessairement blanc. L'Américain Bien Tranquille peut même être un immigré. Une personne de couleur. Une femme. Queer. Trans. Ou un président des États-Unis noir métis qui affirme, certes ironiquement, être

très doué pour tuer les gens.

Ou l'Américain Bien Tranquille pourrait être toi.

Dans les pages d'un important journal américain, une importante fondation américaine parle de toi comme d'un Grand Immigré. Ta vanité relativement copieuse s'en trouve flattée.

Puis un léger malaise. Tu cherches
rapidement et tu confirmes :
Henry Kissinger aussi est
un Grand Immigré.

Bordel.

L'Amérique Immigrée vaut mieux que la Grande Amérique, mais les Grands Immigrés sont aussi des alibis qui permettent à L'AMÉRIQUE™ d'exécuter ce que Kissinger soutient. Renverser le président Allende, démocratiquement élu, au Chili. Lâcher des tapis de bombes sur le Cambodge et le Laos. Encourager le régime Suharto, en Indonésie, dans sa campagne d'extermination des communistes ou des Chinois.

Qui voit la différence ? Des centaines de milliers de gens sont assassinés.

Un criminel de guerre
reste un criminel de guerre
même s'il n'est jamais inculpé,
même s'il est un Grand Immigré, même
s'il ne sera jamais expulsé, même s'il remporte
le prix Nobel de la paix, car les Bombardements
Font la Grandeur de L'AMÉRIQUE™, mais les Frappes
de Drones Font Encore Plus la Grandeur de L'AMÉRIQUE™.

bons, mauvais et affreux

Même si d'autres te définissent comme un immigré, ne te définis pas comme un immigré.

Définis-toi comme… un réfugié.

C'est ce que tu es, ou as été. Les immigrés choisissent quand ils partent et où ils vont. Les réfugiés fuient là où ils peuvent. La question est: quand cessent-ils de fuir? Même si tu peux être défini comme un (ancien) réfugié, l'adjectif sera toujours entre parenthèses.

Encore aujourd'hui tu remues et tu t'agites, toujours en train de travailler, jamais satisfait, craignant ce que Ba Má ont vécu. Ta seule assurance est de t'assurer que tu as assez pour survivre au prochain désastre. Tu as tout ce qu'il te faut dans ton sous-sol, sauf des armes à feu.

Donc ne te définis pas encore comme un Américain.

Définis-toi comme un réfugié et non comme un immigré, car tes premiers souvenirs tangibles – quand tu sais précisément où tu te trouves et avec qui – sont ceux d'un camp de réfugiés. Ou de la séparation d'avec Ba Má.

Définis-toi comme un réfugié car trop de réfugiés se définissent comme des immigrés.

Si Hollywood tournait une épopée
sur l'expérience du réfugié,
tu serais pris pour jouer :
A. le sale réfugié
B. le réfugié désespéré
C. le réfugié hurlant
D. le réfugié reconnaissant

Peut-être qu'en Europe il est plus profitable de se définir comme un réfugié, ce que des journalistes t'apprennent à l'occasion d'une interview en France, en 2017. Ils te disent que les Européens acceptent davantage les réfugiés parce qu'ils sont moins nombreux et viennent pour des raisons politiques, contrairement aux immigrés ou aux migrants, qui arrivent en masse pour des raisons économiques. Mais trois ans plus tard, à l'automne 2020, la police française démantèle violemment un campement de réfugiés sur la place de la République, où tu avais logé dans une auberge de jeunesse lors de ton premier séjour à Paris, sac au dos et cheveux décolorés en blond platine. Tout le monde te prend pour un Japonais. De ta vie, tu n'as jamais entendu autant de *Konnichiwa !*. Tout le monde est gentil parce que les Japonais, bien qu'ils soient peut-être un peu trop nombreux, visitent le pays en tant que touristes fortunés.

Les réfugiés arrivent sans rien et menacent de rester.
S'ils sont assez nombreux, c'est-à-dire trop,
ils suscitent le malaise, ou pire.

Dans ce climat antiréfugiés, tu penses que tu dois défendre les réfugiés, donc tu prononces un discours à Boise, dans l'Idaho, devant des réfugiés lycéens. Ils ont écrit des histoires, des dissertations ou des poèmes sur leur fuite d'Égypte, du Myanmar, du Rwanda, du Cambodge et de plein d'autres pays. Ce à quoi ils ont survécu te rappelle cette leçon :

Le meilleur moyen pour mettre fin à une
conversation mondaine est de dire
que vous êtes un réfugié.

Les expériences des réfugiés troublent et dérangent les gens qui n'ont jamais dû fuir. Tu ne leur en veux pas. Toi non plus, tu ne sais pas quoi dire quand tu es confronté à des situations émotionnellement compliquées.

Commence par une question facile pour les lycéens. Combien parmi vous sont des réfugiés ? Deux, trois mains se lèvent. Combien parmi vous sont des immigrés ?

Ils lèvent tous la main.

Ces élèves ont déjà intégré le message : L'AMÉRIQUE™ est une nation d'immigrés. Pas un pays de réfugiés.

Quant aux autres Vietnamiens, ils se définissent peut-être comme des réfugiés en vietnamien, mais en anglais ils se définissent souvent comme des immigrés. En 1975, certains s'installent en Louisiane, où ils affronteront trente ans plus tard l'ouragan Katrina. Des dizaines de milliers d'habitants de La Nouvelle-Orléans deviennent des sans-abri, les uns coincés sur les toits, essayant d'échapper à la montée des eaux, les autres enfermés dans un stade de football, essayant de survivre. Quand des journalistes parlent de ces déplacés comme de réfugiés, le président George W. Bush est scandalisé.

Les gens dont on parle ne sont pas des
réfugiés, dit-il. Ce sont des Américains.

Une grande partie des déplacés sont noirs et
pour la première fois dans l'Histoire, peut-être,

le grand militant des droits civiques Jesse Jackson est d'accord avec George Bush :

> Présenter des citoyens américains comme des réfugiés, c'est du racisme... Les voir comme des réfugiés, c'est les voir comme autre chose que des Américains.

Tu es intrigué. Il semblerait que les réfugiés aient réussi à souder une AMÉRIQUE™ racialement divisée.

C'est parce que les réfugiés sont anathèmes au RÊVE AMÉRICAIN™. Oublions un instant que les Noirs ont été longtemps des fugitifs et des réfugiés face à l'esclavage et aux lois Jim Crow. Oublions que les Pères pèlerins n'ont pas seulement été des réfugiés religieux et politiques – ils ont été aussi les Premiers *Boat People* ! Mais dans l'imaginaire américain, L'AMÉRIQUE™ n'a jamais été fondée par des réfugiés et ne pourra jamais devenir le genre de pays failli ou tyrannique qui produit des réfugiés.

D'autres pays – principalement des pays non blancs du prétendu tiers-monde, de vastes pans de l'Asie, de l'Afrique et de l'Amérique latine – déversent des réfugiés parce qu'ils sont brisés ou en train de se briser, ou parce qu'ils brisent leurs propres populations.

L'AMÉRIQUE™ ne peut être brisée ou briser.

L'AMÉRIQUE™ peut accueillir les réfugiés parce qu'elle est grande. Aussi, parler d'Américains comme de réfugiés est un choc qui révèle une vérité : les États-Unis peuvent engendrer des réfugiés. Comme ces réfugiés ne se déplacent qu'à l'intérieur des États-Unis, l'ONU les rangerait officiellement dans la catégorie des personnes déplacées. Mais s'ils ressemblent à des réfugiés et dégagent l'odeur des réfugiés, peut-être que ce sont bel et bien des réfugiés. Et aucun pays n'est si grand qu'il ne produise pas de réfugiés climatiques.

Se servir de mots pour nous forcer à voir autrement est essentiel, quoique peut-être démoralisant (pour certains). Un jour, visitant une université, tu dis que des Nippo-Américains ont été internés dans des camps de concentration, dans le public un ancien marine (blanc) scandalisé t'admoneste. Pourtant, « camp de concentration » est le terme qu'employait le président Franklin Delano Roosevelt jusqu'à ce que les nazis le salissent. En matière de camps de concentration, Hitler, affirme le poète Aimé Césaire, a appliqué

> à l'Europe des procédés colonialistes
> dont ne relevaient jusqu'ici que
> les Arabes d'Algérie, les coolies
> de l'Inde et les nègres d'Afrique.

Si « camp d'internement » est un euphémisme
pour « camp de concentration », alors peut-être
qu'« AMÉRIQUE™ » est en soi un euphémisme.

Qu'un président américain adopte l'euphémisme, ce n'est pas surprenant. Mais Jesse Jackson – compagnon de Martin Luther King Jr., candidat à l'élection présidentielle, leader de la National Rainbow Coalition qui t'a enthousiasmé quand tu l'as vu parler à Berkeley – sait, à n'en pas douter, que L'AMÉRIQUE™ est un mythe. Un argumentaire de vente qui blanchit l'esclavage et ses conséquences. Et pourtant, les Noirs se sont durement battus pour être des Américains pleinement égaux. Aux yeux de certains, cela signifie s'approprier L'AMÉRIQUE™ et rejeter tout lien avec les réfugiés.

Les réfugiés sont pareils. Les gens ne se fraient pas de haute lutte un chemin jusqu'en AMÉRIQUE™ pour ensuite la rejeter ou la critiquer (sauf les ingrats comme toi). Les réfugiés se disent immigrés parce que les Américains comprennent la typologie de l'immigré. Voici la marche à suivre pour quiconque souhaite écrire sa propre saga de l'immigré à l'intention du marché américain et occidental :

ÉTAPE 1

Vie difficile dans l'ancien monde – pauvreté, guerre, patriarcat, homophobie, persécution religieuse, régime dictatorial, etc. Si L'AMÉRIQUE™ a eu sa part dans tout ou partie de cette tourmente, ne pas le mentionner, ou le minimiser, ou signaler que d'autres pays sont pires.

ÉTAPE 2

Formidables défis dans le nouveau monde – barrière de la langue, malentendus culturels, racisme et mépris, ainsi que commencement au bas de l'échelle ou pas loin, au-dessus de bien des Noirs (parfois visibles) et des nations autochtones (généralement oubliées). La critique gentille du racisme et du capitalisme américains est autorisée, voire encouragée, tant qu'elle n'est pas explicitement décoloniale, ou marxiste, et tant que l'Étape 4 (voir ci-dessous) est franchie.

ÉTAPE 3

Conflit de générations – les parents ne comprennent pas leurs enfants américanisés, les enfants nés ou élevés en Amérique ne pigent pas leurs parents de l'ancien monde. Décrire ce conflit comme étant le fruit de différences personnelles, de tensions familiales et de désaccords culturels, mais pas comme une conséquence directe et intime de la colonisation, et des révoltes de millions de gens qui en résultent, événements que L'AMÉRIQUE™ a souvent provoqués.

ÉTAPE 4

Réconciliation – tes grands-parents ont réalisé le RÊVE AMÉRICAIN™ et, sinon eux, tes parents, et sinon eux, toi. Pour les livres autoédités, les manuels de développement personnel et les autobiographies de gens qui ne sont pas écrivains : affirmez la réconciliation sans ambages. Le chauvinisme est acceptable. Pour les écrivains qui espèrent décrocher des prix littéraires, exprimez la réconciliation avec beaucoup de subtilité, teintée de regrets et de mélancolie. Chauvinisme : moins acceptable.

ÉTAPE 5

Rappelez-vous que votre peuple n'est que la toile de fond de votre lutte personnelle pour devenir un individu, quelqu'un qui s'est débarrassé de son héritage ethnique, culturel ou collectif en tant qu'identité politique (en revanche, conserver cet héritage en tant qu'identité culturelle est acceptable). Votre seule identité politique est d'être un Américain, ce qui, paradoxalement, revient à être un individu. Pas à faire partie d'un collectif.

POINTS DE BONUS

En tant qu'individu, soyez l'ambassadeur de votre peuple. Faites amende honorable pour ses excès et ses différences irréconciliables avec L'AMÉRIQUE™ en particulier ou avec l'Occident en général. Partez du principe, explicitement ou implicitement, que votre public est blanc. Incorporez la nourriture dans votre titre et/ou abusez de l'imagerie spirituelle ou naturelle. Utilisez sans compter la nourriture comme une métaphore des différences culturelles et de l'assimilation. Par exemple, vous pourriez écrire :

> À ma/mon fiancé(e) nourri(e) au maïs de l'Iowa, je fis goûter un bol du délicieux pho de ma mère – ces nouilles au bouillon de bœuf dont tout Vietnamien raffole...

Ignorez le fait qu'aucun Vietnamien n'aurait besoin qu'on lui explique ce qu'est le phở. Ne vous demandez pas si le Grand Romancier Blanc Américain F. Scott Fitzgerald a un jour écrit, dans une première version de *Gatsby le magnifique* :

> J'offris à Daisy un délicieux sandwich – deux tranches de pain entre lesquelles il y a quelque chose de délicieux...

N'oubliez jamais : vous n'écrivez pas d'abord et avant tout pour votre peuple, ni même pour le monde, comme le supposait Fitzgerald.

Des variantes sont autorisées : peut-être que le monde ancien n'est pas si terrible, ou qu'il n'y a pas trop de conflits de générations. Mais les grandes variantes troublent profondément les Américains, en particulier aux Étapes 4 et 5. Celles-ci constituent à elles deux la fin hollywoodienne, où tout ce qui a dérapé est rétabli, où l'individu est validé. La variante américaine de ce *happy end* accentue la façon dont L'AMÉRIQUE™, malgré tous ses défauts et ses défis, est

LE MEILLEUR PAYS DU MONDE

Le rideau tombe. Les immigrés ou
leurs enfants sont devenus américains.
FIN.

Ah oui, vraiment ?

Quand tu écris *Le Sympathisant,* tu écris contre cette saga de l'immigré. Tu écris pendant deux ans dans une oasis de privilèges dont les racines ont été plantées par Ba Má. Ils ont payé tes études à l'université ; ils t'ont nourri, habillé et assuré ; ils t'ont donné un ancrage moral dans un catholicisme que tu trouves problématique mais dont tu tires un sens de la justice et une symbolique puissante ; ils t'ont montré leur propre exemple de travail inlassable et de sacrifice pour autrui (en l'occurrence toi) ; ils ont protégé et entretenu ton ego et ta confiance en toi ; et ils t'ont offert, gratis, une bonne partie de l'apport pour ta maison qui donne sur l'extrémité est de Sunset Boulevard, qu'un jour l'arrière-petite-fille de F. Scott Fitzgerald te rachètera.

Les conditions matérielles mêmes de l'écriture de ta saga anti-immigrés font partie de la saga de l'immigré. Bien que la chambre d'amis où tu écris soit peu décorée, bien que tu écrives face à un mur blanc, tu as une chambre d'amis. Tu possèdes la fameuse chambre à soi dont a besoin un écrivain, celle que Virginia Woolf appelait de ses vœux. Mais souviens-toi :

l'écrivaine anglaise dont elle parle
l'obtient, cette chambre à soi, en payant
500 pounds par an qu'elle a hérités
d'une tante à Bombay, en Inde
– une colonie anglaise.

Et tu possèdes plus qu'une chambre – tu es propriétaire d'une maison. Quelle contradiction ! Et les contradictions sont des espaces formidables où écrire des romans. Tu déclines les points de bonus et le subtil *happy end* de la saga de l'immigré alors même que tu vis dans un bonheur subtil. Ton protagoniste, désenchanté par le communisme (c'est acceptable) et profondément critique de L'AMÉRIQUE™ (c'est déconcertant), ne se précipite pas en AMÉRIQUE™ à la fin du livre pour se gaver de *happy meals* chez McDonald's et se métamorphoser en un individu épris de liberté, aliéné, modérément obèse et en pleine crise de la quarantaine, ce qui aurait pu rendre les aspects déconcertants du livre plus acceptables aux yeux des éditeurs new-yorkais. Au lieu de ça, pour citer l'un de ces éditeurs, il a

eu trop de mal à se glisser
entièrement à l'intérieur
de la voix.

Est-ce pour cette raison que treize éditeurs sur quatorze refusent ton roman ? Ta voix est-elle trop étrangère ? Trop bizarre ? Est-ce le fait même que tu aies une voix, énonçant des mots en anglais, qui est curieux ? Même après la parution du *Sympathisant*, un autre éditeur américain blanc te demande si ton œuvre a été traduite en anglais.

Tout ce que tu sais avec certitude, c'est que le quatorzième
éditeur qui a acheté le livre, Peter Blackstock, n'est pas
américain mais anglais, métis né de mère malaisienne,
qu'il a étudié le russe et l'allemand, et qu'il édite des livres
chez Grove Press, laquelle maison publie les éditions
américaines des *Damnés de la terre* et de *Peau noire,
masques blancs*, de Frantz Fanon, ouvrages de révolution
et de décolonisation vers lesquels tu ne cesses de revenir
depuis trente ans. Peut-être est-ce pour toutes ces
raisons qu'il voit dans ton roman quelque chose que les
éditeurs américains blancs ne pouvaient pas voir.

Tandis que tu rejettes l'histoire de l'immigré en ce qu'elle peut éclipser le colonialisme de peuplement de L'AMÉRIQUE™ et la trahison fréquente de ses idéaux révolutionnaires, d'autres immigrés, ou réfugiés, rejettent aussi l'histoire de l'immigré, mais pour une raison différente, une raison amplifiée à l'ère de [redacted] :

ces immigrés et ces réfugiés
veulent refermer la porte derrière eux.

Un vieux réfugié vietnamien dit des politiques de [redacted] en matière de réfugiés :

> Je vous le dis, son idée de ne pas laisser venir les musulmans est une bonne chose… On est les bons réfugiés, nous. Eux ne sont pas des réfugiés politiques comme on l'était. Il y a deux catégories de gens qui veulent venir en Amérique – ceux qui cherchent la liberté et ceux qui sont là pour la détruire.

Ô noble sentiment ! Ô héroïques Vietnamiens épris de liberté qui font une génuflexion devant L'AMÉRIQUE™ et se jettent aussi des fleurs et sont prompts à dénoncer ces gens plus basanés, plus mats, et moins fiables, vénérant le mauvais dieu, qui reniflent à la Porte d'Or ! Ô…

Il te vient soudain à l'esprit que tu as grandi dans la deuxième plus grande communauté de réfugiés vietnamiens au monde après Little Sài Gòn, dans le comté d'Orange, en Californie, et tu te rappelles qu'

il y avait beaucoup de mauvais réfugiés vietnamiens !

Profiter des aides sociales tout en travaillant au noir dans l'économie ethnique ? Recevoir de l'État des aides au logement tout en louant des chambres à des réfugiés encore plus pauvres ? Faire des mariages blancs pour obtenir des droits de séjour ? Faire des divorces blancs pour que des parents prétendument célibataires et leurs enfants puissent recevoir encore plus d'aides ? Simuler des accidents de voiture et des blessures pour toucher l'argent des assurances ? Soigner des patients inexistants pour demander des remboursements frauduleux ? Abuser des enfants et des femmes ? Discriminer racialement les enfants asio-américains de soldats américains, y compris ceux d'entre eux utilisés comme passeports pour les États-Unis par leurs familles avant d'être parfois abandonnés ? Agresser et détrousser d'autres réfugiés, ainsi que voler des puces électroniques, extorquer des commerçants, tenir des bordels et vendre de la drogue ? Assassiner des journalistes qui émettent des avis défavorables sur la mère patrie ? Retourner dans la mère patrie et se faire passer pour riche alors qu'on est serveur ? Se trouver une petite amie, une maîtresse ou une deuxième femme, et mener une double vie, ou, et puis merde à la fin, abandonner sa famille de la diaspora pour avoir la belle vie au pays ?

Vous avez fait toutes ces choses, mais soyons clairs :
tout ça est très pittoresque ! Sans ce genre de
comportement, quel genre d'histoires
pourrais-tu raconter ? Les Italo-
Américains aussi ont été assez
pittoresques. Imaginez
L'AMÉRIQUE™ sans
Le Parrain ou
Les Affranchis
– impossible !

L'histoire de mafieux est
la face B du RÊVE AMÉRICAIN™,
car la criminalité est on ne peut plus
américaine, aussi américaine que voler des terres
et appeler ça Destinée manifeste, aussi américaine que
réduire des gens en esclavage et… non, ne parlons pas de ça.

Tout ce comportement pittoresque est désormais oublié ou, sinon oublié, passé sous silence. Au lieu de ça, les Américains louent tes compatriotes parce qu'ils prouvent la grandeur de L'AMÉRIQUE™ quand elle accepte les indésirables, tandis que tes compatriotes se louent eux-mêmes parce qu'ils confirment la saga de la réussite de l'immigré.

Et pourtant, en 1975, une majorité
d'Américains ne voulaient pas des
réfugiés d'Asie du Sud-Est.

Oublier cela permet aux Américains anti-immigrés de dire qu'ils ne veulent que des bons immigrés, même si les bons immigrés du jour étaient les mauvais immigrés de la veille.

Comme le disait un immigré :
La première chose que j'ai faite après avoir obtenu la
nationalité ?
Je suis monté en haut de la statue de la Liberté, j'ai
contemplé
ce grand pays et j'ai crié :

JE VOUS EMMERDE,

LES IMMIGRÉS !!!

la salle ronald reagan

Ba Má te mettent toujours en garde contre les mauvais réfugiés. Ba Má redoutent leurs compatriotes, eux qui viennent d'un pays où leur domicile et commerce a été assailli par un voleur armé d'une grenade. N'appelle pas la police, ajoutent également Ba Má dans les premières années du SàiGòn Mới. Au Việt Nam, la police aussi pouvait être dangereuse.

Tu apprends à ne pas regarder dans les yeux une certaine catégorie de garçons ou d'hommes vietnamiens. Ceux qui ont une cigarette à la bouche et les cheveux sculptés en ailerons à l'aide d'un sèche-cheveux, de mousse coiffante et de laque Aqua Net. Ceux qui pourraient être des voyous.

Où apprennent-ils cette violence ? Auprès de leurs frères, oncles et pères qui étaient soldats ? Quel retour de flamme produit par la guerre a-t-il embrasé ces foyers et ces familles ? Au moins, les anciens combattants américains ont droit à un diagnostic : trouble de stress post-traumatique. La communauté des réfugiés demeure silencieuse. Le trauma sans nom reste une honte secrète.

Quant aux réfugiés qui fraudent, certains sont de simples délinquants. Mais peut-être quelques-uns ont-ils appris à tricher et à exploiter grâce à la guerre. Les Américains ont inondé ton pays natal de produits américains et ont fait grimper l'inflation à un point tel que les soldats honnêtes ne pouvaient pas entretenir leur famille. La guerre corrompant toute l'économie, la corruption est devenue un mode de survie.

Quant à tous les médecins, avocats, ingénieurs, infirmiers, pharmaciens, dentistes et ainsi de suite – que valent-ils donc s'ils font partie de ceux qui veulent exclure les autres réfugiés et immigrés ?

Quand certains disent qu'ils veulent accepter uniquement les bons réfugiés et immigrés, ce qu'ils veulent, en réalité, ce sont les très rares réfugiés et immigrés exceptionnels.

En ce qui te concerne, tu crois en une AMÉRIQUE™
libre et équitable pour tous, une AMÉRIQUE™
où réfugiés et immigrés ont le droit d'être médiocres,
comme n'importe quels autres Américains.

Tu regardes du coin de l'œil ton fils âgé de neuf ans, gai, enjoué, né en Amérique, élevé en Amérique, adouci par la banlieue résidentielle. Il ne grandira pas motivé par l'angoisse de voir ses parents sacrifier leur vie pour lui, ce qui en dit autant sur lui que sur toi. Il ne sera pas confit dans la culpabilité catholique et le désir masochiste de souffrir, ni dans la croyance que celui qui ne souffre pas assez devrait souffrir ou mériterait de souffrir, car tu l'amènes à l'église seulement pour la messe de Noël avec ses grands-parents. Il ne grandira pas façonné dans chaque aspect de sa vie par l'expérience de la guerre et du réfugié. C'est un Américain, heureusement libéré du passé.

Une rectification s'impose.

Tu lui dis que tout ce qu'il a, il le doit aux sacrifices de ses grands-parents. Tu lui dis que ses deux parents et ses quatre grands-parents sont des réfugiés. Tu lui dis aussi qu'être un réfugié n'est pas entièrement mauvais.

Être réfugié te donne les
dégâts émotionnels requis
pour être écrivain.

Cela n'a pas de prix, littéralement. Et tu as fait
de ton mieux pour transmettre ces dégâts
à ton fils qui ne se doute de rien.

Comme beaucoup de petits garçons, il adore les Lego. Il en réclame toujours plus. Mais tu ne peux pas donner aux enfants tout ce qu'ils veulent. Tu l'as appris de ton enfance, et tu ne t'en es pas si mal sorti, pas vrai ?

Pas vrai ?

Tu dis à ton fils qu'il ne peut pas avoir ces Lego et tu lui demandes, Est-ce que tu sais pourquoi ?

Il réfléchit un moment et répond,
Parce que tu es un réfugié ?

Exactement !

Il n'est jamais trop tôt pour apprendre l'empathie à l'égard des autres, y compris des réfugiés qui mettent certains citoyens si mal à l'aise. Quand ton fils aura grandi, tu envisages de lui raconter un peu plus ce à quoi ses grands-parents ont survécu. Après tout, quand il avait trois ans, il est revenu un jour de l'école maternelle en parlant de Thanksgiving et tu lui as appris un nouveau mot : « génocide ».

Es-tu un mauvais père ?
Ne répondez pas à cette question.

Ce que tu lui raconteras :

Le bon et le mauvais sont une binarité. L'Un implique toujours l'Autre. Ces deux-là obligent à choisir entre eux et excluent la possibilité d'un tiers. Tu lui raconteras comment ses grands-parents ont poursuivi le RÊVE AMÉRICAIN™ et ouvert le SàiGòn Mới, tout ça pour être ciblés par cette affichette :

ENCORE UN COMMERCE
AMÉRICAIN COULÉ
PAR LES VIETNAMIENS

Ba Má sont la Minorité Modèle.
Ba Má sont aussi le Péril Jaune.

Stéréotypes : pièces à deux faces, aussi plates l'une que l'autre,
pile ou face, cinquante-cinquante, soit… soit.
Les stéréotypés ne peuvent pas choisir
une face ou l'autre.
Ils sont les deux.

Tu es la Minorité Modèle.   Tu es aussi le Péril Jaune.

La version asiatique de Dr Jekyll et Mr Hyde.
Ta propre forme d'aliénation
à toi-même.

En tant que minorité modèle, tu as peut-être travaillé dur pour obtenir ce que tu as, mais c'est le cas de tous les gens soudain considérés comme des travailleurs essentiels pendant l'épidémie mondiale : ouvriers agricoles, ouvriers des abattoirs, livreurs. Travailler dur n'est pas une garantie de réussite. Même si on travaille dur, on peut toujours se faire traiter de paresseux. Les maîtres traitaient leurs esclaves de paresseux tout en les faisant travailler jusqu'à ce que mort s'ensuive. Et le stéréotype du Mexicain paresseux raille ceux-là mêmes qui ramassent les fruits et légumes du pays, effectuant le travail que d'autres estiment indigne d'eux.

On peut même ne pas travailler dur si on a les bons réseaux. Ba Má sont tes réseaux, qui s'assurent que tu n'as à te préoccuper de rien, sinon de leur obéir au doigt et à l'œil. Má va jusqu'à te couvrir de compliments, sa manière de te dire qu'elle t'aime, te plongeant dans le bain de la confiance en soi infondée.

Et bien que tu sois asiatique, tu as le privilège,
aussi négatif qu'immérité,
de ne pas être noir.

Bien que le racisme et la colonisation t'aient brûlé à cause de la guerre, beaucoup de tes compatriotes ne font pas le lien entre ces expériences et celles d'autrui. Ils s'opposent au racisme et à la colonisation uniquement quand ils en font les frais, ce qui signifie qu'ils ne luttent pas véritablement contre le racisme et la colonisation.

En ira-t-il autrement pour tes enfants ? Ton fils a fréquenté une école maternelle progressiste californienne. Un de ses meilleurs amis était noir. À cinq ans, un autre enfant a traité ce meilleur ami du terme injurieux que Richard Pryor employait ouvertement. Où cet enfant a-t-il appris ce mot ? Par ses parents, ses frères et sœurs, ses proches ? Par les ondes ?

L'infection du racisme peut être parfois tracée, de contact en contact, jusqu'à une source, mais le plus souvent le racisme grandit par transmission communautaire, comme disent les épidémiologistes. Aucune source unique ne peut être identifiée parce qu'un aérosol raciste sature L'AMÉRIQUE™.

Tu ne peux pas empêcher tes enfants d'inhaler ces mots. Tu ne peux que les vacciner en les éduquant. Ne pas se prononcer, même au sein de sa famille, c'est être complice de la manière dont L'AMÉRIQUE™ se perpétue.

Tu te prononces souvent car apparemment tu es doué pour

donner voix à ceux qui étaient sans voix

pour reprendre la description du *Sympathisant* faite par le *New York Times.*

Cher lecteur, es-tu déjà allé dans un restaurant, à un repas de mariage ou à une réunion de famille vietnamiens ? Si ce n'est pas le cas, tant pis pour toi. Si c'est le cas, tu sais que

les Vietnamiens ne sont pas sans voix !

Ils sont très, très sonores !

Comme le dit Arundhati Roy :
les « sans-voix », ça n'existe pas vraiment.
Il n'y a que ceux qu'on veut faire taire,
ou ceux qu'on préfère ne pas entendre.

Aux yeux des puissants, être sans voix indique que l'on est moins, ou autre chose, qu'humain. Mais ce sont ceux qui refusent d'entendre qui déshumanisent les autres en les faisant taire, en ne les entendant pas, ou en n'entendant que ce qu'ils veulent entendre. Les puissants – la plus petite de toutes les minorités – adoubent la voix isolée car ils ne veulent pas entendre le chœur ou la cacophonie des moins puissants, la plus grande de toutes les majorités. Les puissants veulent traiter avec vous un par un. Toi, l'immigré. Toi, le réfugié. Toi, la minorité. Toi, l'indigène. Toi, le symbole. Toi. Tu te dis :

Ne sois pas une voix pour les sans-voix.
Abolis les conditions de l'être-sans-voix.

L'abolition est l'avenir à l'horizon. Sur la longue route qui y mène, tu crois qu'il est encore nécessaire de prononcer des discours, d'écrire des essais et d'amplifier ta voix. Si tu ne parles pas, peut-être qu'un autre le fera, content d'être une voix pour les sans-voix, quelqu'un qui reprendra les euphémismes de l'histoire de l'immigré et ceux de L'AMÉRIQUE™. Tu dois te prononcer, ou tu crois devoir le faire, même si cela fait de toi un professionnel. Un Vietnamien Professionnel. Un Réfugié Professionnel. Rien de très nouveau comme dilemme, comme le montrait Hanif Kureishi, en 1985, avec le Pakistanais Professionnel dans son scénario de *My Beautiful Laundrette*.

L'Orient est une carrière, écrivait Benjamin Disraeli en 1847. Et venir de l'Orient (très vaguement défini) peut être une carrière, aussi. Une marque. Une identité. Un problème. Et pourtant

l'identité fait partie de ces choses dont
la théoricienne Gayatri Spivak dit qu'elles
sont ce que nous ne pouvons pas *ne pas* vouloir.
Sous le colonialisme et le capitalisme, l'identité est

source d'oppression
produit d'exploitation
chemin de libération

tout à la fois. Comprendre l'identité comme n'étant
qu'une de ces choses, c'est mal comprendre
l'identité et ses complexités.

Catalogué Vietnamien Professionnel et Réfugié Professionnel, problème et crise anciens transformés en porte-parole, on t'invite dans des lieux où tu n'aurais jamais été invité avant de devenir un Professionnel, notamment une levée de fonds organisée par Harvard dans un club très fermé de Los Angeles. Tu y vas car tu es redevable à Harvard, qui t'a accordé autrefois une bourse généreuse. Le président de la Harvard Corporation est juif. Tandis qu'il se tient à côté de toi et d'une femme noire, membre du personnel de Harvard, il lui dit, Il y a quelques dizaines d'années, vous et moi n'aurions même pas pu entrer dans ce club.

Vous riez tous. Progrès !
Tu te demandes en silence si
les Asiatiques auraient pu y entrer.

Tu es ici pour le travail, tu dois te conduire de ton mieux, donc tu te retiens de boire davantage que quelques gorgées du vin gratuit, même si tu en aurais bien besoin. Méchamment. Au dîner, tu es assis à côté d'un homme qui a effectué trente-cinq missions aériennes dans le Pacifique pendant la Seconde Guerre mondiale. Presque centenaire, il habite la maison de Cary Grant sur la plage de Santa Monica. Sans raison, sauf peut-être parce que tu es le Seul Asiatique Dans La Place – situation que tu connais bien – et la plus jeune de toutes les personnes présentes, hormis le personnel, il explique longuement à la tablée pourquoi L'AMÉRIQUE™ devait larguer la bombe atomique sur Hiroshima.

L'ancien pilote, dont les bombes ont certainement tué
beaucoup de monde, ne te regarde pas. Il ne voit pas que
tu souris tout le temps. Toi, la minorité modèle, payant
ta dette à Harvard, où des savants ont inventé le napalm,
cette essence gélifiée qui colle à la peau et dont les États-
Unis se sont souvent servis en Asie, y compris lors des
bombardements du Japon, qui ont tué plus de civils que les
bombes atomiques. Même Winston Churchill qualifiait le
napalm de *particulièrement cruel,* affligé de voir les États-Unis
en asperger la population civile et *torturer de grandes masses
de gens* en Corée – Churchill, dont la politique au Bengale
avait contribué, quelques années auparavant, à créer
une famine qui tua trois millions de personnes.

La femme de l'ancien pilote, qui a vingt ou trente ans de moins que lui, te demande pourquoi les Vietnamiens sont si intelligents. C'est sans doute la génétique, dit-elle, sans rire. Je crois que c'est la nourriture, dis-tu, impassible. Ton explication n'a pas l'air de la déranger.

Lors d'une virée dans les autres clubs importants de la ville réservés aux seuls membres, et dont tu n'as jamais entendu parler non plus, ton hôte explique que les chambres ont parfois été utilisées par les membres pour leurs maîtresses, bien que tout cela soit (probablement) de l'histoire ancienne. Tu dis, Hmm, et acquiesces devant l'espièglerie. Puis tu prononces un discours dans la salle Ronald Reagan. Tu portes une veste en velours bleu marine et une chemise rose, et tu repenses à certaines phrases qu'a écrites Viet Thanh Nguyen dans *Le Sympathisant* :

Je dus calmer l'angoisse qui me nouait le ventre.
J'avais devant moi plusieurs spécimens de la créature
la plus dangereuse de toutes : le Blanc en costume-cravate.

Tu décides de lire non pas ces phrases, mais d'autres, sur la police de Los Angeles, qui ne manquent jamais de faire rire.

Personne ne rit.
Tu rejettes la faute sur Viet Thanh Nguyen.

Dans la salle à manger, les murs sont décorés de portraits de Grands Hommes Blancs comme Clint Eastwood. L'invitée, ou le témoin, qui t'accompagne est une femme, une amie. Quand Zoë passe aux toilettes, les autres femmes lui demandent si elle est ta maîtresse.

Devant un filet mignon, on te propose de demander ton adhésion. Le club a besoin d'une plus grande diversité, te dit ton hôte. Il est question de frais d'admission faramineux pour le club du centre-ville, et de frais d'admission astronomiques pour le club de la plage. Tu es plus ou moins flatté de voir qu'ils croient que tu possèdes cette somme d'argent (tu ne l'as pas). Et tu repenses au mot immortel de Groucho Marx :

Jamais je ne voudrais faire partie d'un club qui accepterait de m'avoir pour membre.

Ou bien était-ce Karl Marx ? Assurément, lui a dit :

À toute époque, les idées de la classe dominante
sont les idées dominantes ; autrement dit,
la classe qui est la puissance *matérielle*
dominante de la société est en même
temps la puissance *spirituelle* dominante.

Tu aimes les deux formes de marxisme. Les karlmarxistes gagneraient à être aussi des grouchomarxistes, et vice versa, puisque l'Histoire est à la fois une tragédie et une farce, et non l'une ou l'autre. Tu es un marxiste dialectique, mais seulement si la dialectique oscille entre Groucho et Karl. Le grouchomarxisme est plus drôle s'il contient une dose de karlmarxisme, lequel propose une meilleure analyse des dangers du capitalisme – exploitation, aliénation, malheur, destruction totale du monde, etc. – que ce qu'en proposent, disons, les capitalistes. En attendant, l'absence de groucho-marxisme dans le karlmarxisme tel qu'il existe engendre trop de romans sinistres et bien intentionnés, et trop de régimes sinistres et malintentionnés aux effets souvent mortels pour quiconque possède le sens de l'humour ou de l'absurde, ou la volonté de dire que même les karlmarxistes, déterminés à protester contre les abus des puissants, peuvent devenir tout aussi abusifs quand ils sont puissants.

À Berkeley, tu oublies un temps le grouchomarxisme de la télévision de ton enfance pour apprendre le karlmarxisme pur. Tu lis *Le Capital*, tome premier, tout seul, l'été après que tu as occupé le cercle des professeurs avec des dizaines d'autres étudiants pour exiger une plus grande diversité au sein de la faculté. Tu jurais alors que tu n'intégrerais jamais ce genre de cercles pourris !

Il n'y a pas longtemps, tu as intégré le cercle
des professeurs de ton université.

Il n'y a pas longtemps, retournant à Berkeley,
tu as dîné au cercle des professeurs.

Les deux Marx seraient
amèrement déçus.

L'arc de l'univers moral est long, mais il est tendu vers la justice : cette phrase du révérend Martin Luther King Jr. est souvent citée, notamment par les défenseurs de L'AMÉRIQUE™ et toute personne souhaitant démontrer qu'elle ne peut pas être raciste puisqu'elle a lu un ou deux de ses discours, ou une ou deux de ses phrases, ou plus vraisemblablement qu'elle a vu un extrait de « I Have a Dream », ce qui est un peu comme recevoir la communion antiraciste. La justice englobe-t-elle l'accès à des clubs comme ceux-là ? Si davantage de professionnels comme toi visitent ou intègrent des clubs comme ceux-là, jouant le rôle de voix pour les sans-voix, le monde sera-t-il meilleur ?

Après ton discours au club du centre-ville, une femme dans le public te repère au bar. Elle travaille dans la finance internationale. Elle est chinoise, peut-être même sino-américaine, peut-être même une immigrée. Tu es mauvais en maths et en finances – le luxe d'avoir des parents qui ont travaillé dur pour gagner de l'argent et t'éviter d'avoir à t'en soucier. Quand tu lui demandes combien de milliards elle brasse, son sourire s'efface.

Des milliers de milliards, répond-elle d'un ton glacial. Peut-être dédaigneux. Peut-être les deux. Elle s'en va peu après.

Tu finis ton verre et tu pars. Tu n'intégreras jamais le club et ne reviendras jamais. Pourquoi ? Tu as déjà vu la salle Ronald Reagan.

histoires de guerre, ou tes années 1980, épisode 1

Tu fais remonter les racines de ta vanité et de ta faiblesse, de ton amusement en arpentant les couloirs du pouvoir et de la curiosité qu'ils t'inspirent, de ton grouchomarxisme et de ton karlmarxisme contradictoires, de ton existence en tant qu'homme aux deux visages, qui pourrait être un espion, une taupe, un agent secret, à tes origines réfugiées et à ton arrivée dans l'âge adulte sous Ronald Reagan, lui-même un homme aux deux visages, peut-être l'incarnation ultime, à la fin du XXe siècle, de l'Américain Tranquille et du Vilain Américain. Acteur de seconde zone et président de L'AMÉRIQUE™ entre 1980 et 1988, le Saint Républicain qui partage l'affiche de *Bedtime for Bonzo* avec un chimpanzé définit ton enfance et ton adolescence, ces années au cours desquelles tu subis les dégâts émotionnels requis pour devenir un écrivain. Ou du moins un écrivain dans ton genre.

Tes années 1980 se superposent à ton San José, où tu vis entre 1978 et 1988, arrivé trois ans après la fin du mandat de Saint Ronald en tant que gouverneur de Californie, le plus grand des cinquante États-Unis si on exclut l'invisible cinquante et unième État : l'État du Déni. Tu passes ta vie d'adulte à

Los Angeles, mais San José reste ton cœur émotionnellement radioactif, inséparable de Ba Má. Pour ta mère, cette décennie représente la deuxième plus longue période de ses années américaines où elle est complètement elle-même. Dans tes années 1980, Ba Má te dominent, toujours immenses, surgis de nulle part, affleurements naturels d'une force gigantesque. L'idée que Ba Má aient pu être un jour des enfants, ou faibles, ou malades, t'effleure à peine, sauf quand ta mère te raconte la famine.

C'est peut-être le matin, ou l'après-midi, ou le début de la soirée. Le soleil brille par la fenêtre du salon aux rideaux en faux velours rouge. Ba Má travaillent sans arrêt, mais il reste du temps pour des moments comme celui-là, vous deux assis sur le canapé en faux velours rouge qui aurait pu trôner dans le bordel d'un de ces westerns qui passent tout le temps à la télé, où les danseuses de french cancan ont des colliers ras-du-cou et retroussent leurs jupes et leurs tabliers pour dévoiler des porte-jarretelles. Peut-être ces moments-là étaient-ils rares, ce qui explique que tu te souviennes de celui-là précisément. Tu avais dix ou onze ans et tu enlevais les cheveux gris sur sa tête. C'est Má qui te l'a proposé, à raison de 5 cents par cheveu. Elle se sert d'un miroir pour essayer de voir le sommet de son crâne, et il se peut qu'elle ait vraiment besoin de ton aide. Il se peut aussi qu'elle veuille simplement passer un peu de temps avec toi. Qu'elle sache que tu vas bientôt entrer dans l'âge ingrat, ni petit garçon, ni jeune homme. En attendant, encore petit garçon, tu es attaché à Má, ravi quand, avec ses ongles longs, elle te gratte le dos en de longues caresses délicieuses. Elle n'est pas encore, à tes yeux, une personne totalement distincte, mais quelqu'un avec qui tu restes naturel.

La maison est encore plus silencieuse que d'habitude depuis que ton frère est à l'université. Má te donne une pince à épiler sortie de la boîte à outils de sa trousse à maquillage, un étui blanc crème un peu plus grand qu'une boîte à chaussures et aussi robuste qu'une valise. Une fois soulevé, son couvercle fermé par des loquets en métal dévoile un mystérieux ensemble de poudres, de bocaux et d'instruments qui ne t'intéresse pas. Tu examines la raie qui sépare la longue chevelure ondulée de ta mère. Au milieu de la masse noire serpentent quelques fils argentés. Il ne te vient pas à l'esprit qu'un jour toi aussi tu auras des cheveux gris. La pince à épiler n'est pas commode dans ta main droite, et tu te sers de la gauche pour appuyer autour d'un cheveu gris. Tu plisses les lèvres en essayant de saisir le coupable du bout de la pince. La racine s'accroche au cuir chevelu, tu as peur de faire mal à Má, mais avec un coup sec le cheveu se détache bien, et ton imagination fait entendre un petit bruit gratifiant. Má demeure silencieuse tandis que tu brandis le cheveu à la lumière, avec sa minuscule racine enflée en bas.

J'ai vu un enfant mort sur le pas d'une porte, dit Má.

Peut-être le dit-elle non pas après le premier cheveu, mais après le troisième ou le quatrième. Mais enfin elle le dit. La phrase sort de nulle part, puisque jamais tu ne lancerais une discussion à propos d'enfants morts et que tu n'as pas assez d'empathie pour interroger ta mère sur son enfance. Tes sujets de conversation avec Má, comme avec Ba, portent sur ton éducation, ton régime alimentaire, tes croyances religieuses et ton comportement. Les quelques centaines de mots vietnamiens que tu maîtrises ne sont pas suffisants pour que tu cherches à comprendre Ba Má.

Tellement de gens sont morts,
dit-elle, ou crois-tu te rappeler
qu'elle a dit. De faim.

Si tu lui as arraché un cheveu, elle a planté un germe en toi. Ne comprenant pas de quoi elle parle, tu le ranges dans la liste des Choses Horribles Qui Auraient Pu T'Arriver Si Tu N'Avais Jamais Quitté Le Việt Nam, Dont Les Persécutions, Les Discriminations, La Mort Causée Par Une Mine Au Cambodge, Le Désespoir Général Et, Maintenant, La Faim.

Le jour où Má a vu cet enfant mort de faim, elle ne devait pas avoir plus de sept ou huit ans. Plus jeune que toi en train de lui enlever des cheveux, même si tu ne t'en rendras compte que bien des années plus tard. Pendant que tu arraches ces cheveux, tu es incapable d'imaginer que Má ait pu être un jour une enfant comme toi.

Bien des années plus tard, cherchant à comprendre qui tu es et d'où tu viens, tu te renseignes sur la grande famine qui a tué entre un et deux millions de personnes, dans le Nord, à la fin de la Seconde Guerre mondiale, provoquée par les occupants japonais et facilitée par les colonisateurs français. La population totale du Nord dépassait légèrement les sept millions d'habitants.

Un habitant sur sept, mort. Soit deux enfants dans la classe de ton fils, morts. Huit parmi les collègues de ton département, morts. Trois mille étudiants de ton université, morts.

Tu ne sais pas ce qui a rallumé ce souvenir en elle, si c'est elle qui l'a retrouvé ou lui qui l'a retrouvée. Pose la pince à épiler. Prends-la dans tes bras, comme ton fils de neuf ans le fait spontanément quand il t'interroge sur Má et te voit affecté par sa mort. Mais tu ne le fais pas. Dans ta famille, on ne se prend pas dans les bras.

Comme si souvent, tu ne
dis rien et tu continues de traquer
les cheveux gris. Encore quelques-uns et tu
pourras t'acheter le prochain numéro de *Spider-Man*.

Ta maison te paraît-elle inquiétante à cause de ces histoires qui sortent parfois de la bouche de Má – tu n'as pas souvenir que Ba en ait raconté –, ou parce que tu as peur du noir ? Tant de choses doivent effrayer tes parents, voire les hanter, mais Ba Má n'ont jamais l'air intimidés. Ce n'est que maintenant que tu comprends que c'est comme ça qu'ils t'aiment, en te protégeant, en ne te laissant jamais les voir apeurés.

Des décennies plus tard, Ba te raconte que le jour où il a vu l'emplacement du futur SàiGòn Mới, alors occupé par une boutique de jeans, il l'a voulu. Avec son anglais moins que courant, il a demandé au patron à qui appartenait le bâtiment, téléphoné au propriétaire, l'a convaincu de le vendre, puis a demandé un prêt.

Saint Ronald et le Parti républicain auraient
adoré Ba Má, mais pas assez pour les inviter
dans leurs clubs. Ce privilège-là t'est réservé.

Ba Má ne reçoivent jamais d'aides sociales, n'ont jamais besoin de coupons alimentaires, même s'ils ont eu besoin de l'ensemble du gouvernement américain pour les sauver du communisme, non seulement en 1975, mais en 1954, quand la marine américaine les transfère vers le Sud lors de l'opération Passage vers la Liberté. Peut-être les réfugiés pensent-ils que ces bateaux les emmèneront vers l'avenir, mais peut-être certains peuvent-ils aussi prédire que, comme ces navires, ils seront sans cesse ramenés vers le passé.

Tu découvres l'existence de ce transport naval dans *Le Journal du docteur Tom Dooley*, un livre de mémoires qui connaît un tel succès qu'il se fraie un chemin jusqu'à la bibliothèque de ta classe de sixième. Dooley est aujourd'hui quasiment oublié, mais dans les années 1950 il a été un héros américain, un capitaine de marine, jeune médecin et catholique patriote parti en Indochine aider les Indochinois en souffrance, dont les

malheureux, malades et horriblement mutilés

réfugiés vietnamiens fuyant, du Nord vers le Sud,

l'enfer communiste.

Tu imagines Dooley perché sur une haute colline,
contemplant la côte et une flottille
de navires de guerre, et disant

> Tout le monde, au Việt Nam, rêve et est épris de liberté… Les gens qui triment dans les rizières, le dos cassé en deux et le visage tourné vers la boue saumâtre, les enfants nus qui jouent sous la mousson, les petits vendeurs de fruits dans les arroyos des marchés, et les pauvres au bras amputé ou à la main tendue. Ils n'ont qu'un rêve : la liberté.

La liberté ! Y a-t-il un mot qui fait plus court-circuiter le cerveau américain que celui-là, hormis peut-être « extralarge » ? Les Américains adorent tout ce qui est extralarge, y compris leur Dieu, leur Dollar, leurs panoramas, leurs autoroutes, leurs maisons, leurs voitures, leurs rêves, leurs armes à feu, leurs organes sexuels, leur amnésie, leur innocence, et leur mythologie d'eux-mêmes. Quels que soient leurs désaccords politiques, les Américains, Vilains comme Tranquilles, sont d'accord pour dire que ce dont le monde a besoin, c'est la liberté extralarge (accompagnée d'armement militaire, puisque L'AMÉRIQUE™ est le plus gros vendeur d'armes du monde).

Et Tom Dooley, quel genre d'Américain est-il ? Un emblème de l'anticommunisme, épris de liberté, pour une majorité de l'opinion publique américaine, un homme secrètement homosexuel et en quête de publicité, que la marine américaine force, par le chantage, à encourager l'engagement américain en Indochine. Ses histoires d'Indochinois désespérés et d'atrocités commises par les communistes collent bien au récit de la guerre froide en AMÉRIQUE™, Ba Má étant engagés comme figurants dans la Plus Grande Histoire Jamais Racontée : Comment les USA peuvent amener le monde entier jusqu'en terre promise.

Le sauvetage de Ba Má, deux fois, fait figure de réparation pour une AMÉRIQUE™ ayant déclenché une guerre qui n'était pas nécessaire, puisque aujourd'hui un Việt Nam ostensiblement communiste entretient d'excellentes relations avec les États-Unis. Mais l'anticommunisme est une religion américaine, et la plupart des réfugiés vietnamiens, dont Ba Má, en sont de fervents adeptes. Les anticommunistes divisent le monde en anti- et procommunistes, en bons et en méchants. Cette vision du monde, sans juste milieu, sans zone démilitarisée, correspond parfaitement au catholicisme fervent et à sa conception du Paradis et des Enfers.

Tant bien que mal, dans tes années 1980, tu développes une résistance face à cette vision du monde, résistance qui devient plus tard un scepticisme intrinsèque vis-à-vis de toutes les orthodoxies. Quand, en sixième, l'école Saint-Patrick demande à tous ses élèves d'origine non américaine d'imaginer un drapeau pour honorer leurs pays respectifs, tu ouvres l'encyclopédie et constates que le drapeau du Việt Nam est une étoile jaune sur fond rouge. Chez toi, tu dessines méticuleusement l'étoile sur le bristol blanc qu'on t'a donné, puis tu colories le bristol en rouge et l'étoile en jaune. Ba Má sont trop occupés pour te poser des questions sur tel ou tel de tes devoirs, et tu leur parles à peine. Tant mieux, en l'occurrence, car le lendemain tu découvres que tu n'es pas bien malin. Une élève vietnamienne d'une autre classe a compris, elle, le devoir. Son drapeau est choisi pour représenter ton pays natal : un fond jaune avec trois bandes rouges, l'emblème de la République du Việt Nam, le pays anticommuniste où elle et toi êtes nés et qui n'existe plus. Ton drapeau rouge, c'est celui de vos ennemis. Tu es déjà, semble-t-il, un sympathisant communiste sans même le savoir. Ni un Vilain Américain ni un Américain Tranquille, mais un Non-Américain ?

L'anticommunisme des années 1980 et la guerre – intérieure et extérieure – contre les activités non américaines culminent avec la destruction du mur de Berlin en novembre 1989, alors que tu étudies en deuxième année à l'UCLA, après avoir quitté ton université dernier choix. Monsieur Gorbatchev, abattez ce mur ! clame Saint Ronald. Abattre les murs et construire des murs – l'un et l'autre participent du même état d'esprit :

Peur de l'Autre, de l'In-
Américain, du Non-Américain, de l'Anti-Américain.
Peur que les crimes profondément non américains
ou très américains, selon le point de vue,
que vous avez commis contre les Autres
ou que vous voulez commettre contre
les Autres vous soient infligés,
à vous, les Américains.

Abattez le mur afin que votre camp
puisse conquérir l'autre camp ; construisez ce
mur afin que votre camp puisse repousser l'autre camp,
même si l'altérité est déjà en vous, a toujours été en vous,
bien avant que vous ne rencontriez votre Autre.

Dans tes années 1980, tu n'as pas de conversations politiques avec tes parents. Tu as conscience d'une chose qu'ils ignorent : tu es, sinon déjà athée ou agnostique, en tout cas apathique quand il s'agit des religions de Dieu et de l'anticommunisme. Mais tu n'aimes pas la confrontation, soit par sentiment filial, soit par lâcheté. Ou les deux. Bien que tu sentes vaguement que ton avenir sera celui d'un scribouillard impie et coco (comme certains te perçoivent), pour le moment tu feins d'être le fils obéissant qui fait ce que ses parents lui ordonnent de faire.

À ton frère, parti à l'université,
tes parents disent que tu ne
fais rien de ce qu'ils
veulent te voir faire.

Qui allez-vous croire ?

Ne répondez pas à cette question.

En 1982, quand ton frère t'annonce qu'il va à Harvard, tu n'es pas content pour lui, même si tu donnes l'impression de l'être pendant sa fête de fin de lycée. Tu as onze ans et tu te sens abandonné, une fois de plus. Quand anh Tùng t'annonce la nouvelle, au lieu de chanter *Alléluia !*, tu fonces dans la salle de bains en pleurant. Tu ne m'aimes plus ! sanglotes-tu à ton frère qui t'a suivi, alors que tu n'as jamais dit je t'aime à personne. Tes parents ne t'ont jamais dit je t'aime. Un autre réfugié vietnamien, Lac Su, va même jusqu'à intituler ses mémoires *Les Je t'aime sont pour les Blancs*, bien que beaucoup de Blancs te disent qu'ils viennent de familles européennes rustiques où les parents ne disaient pas non plus je t'aime.

Mais même si personne dans ta famille ne le dit, tu sais que Ba Má et ton frère t'aiment, sinon par les mots, du moins par les actes, par le fait de se sacrifier et d'être sacrifiés, en donnant leurs corps, leurs âmes, leur temps et leur bien-être, en renonçant à tant de plaisirs et de choses qu'ils auraient pu avoir, en suivant l'exemple de Jésus, qui s'est sacrifié lui-même, et non l'exemple de Dieu, qui a sacrifié Son unique fils, ce qui explique que tu puisses dire, Tu ne m'aimes plus !

Tu fais pleurer ton frère, chose que tu ne l'as pas vu faire depuis le réveillon de Noël au cours duquel Ba Má se sont fait tirer dessus. Tu n'es pas issu d'un peuple qui pleure ou exprime ses émotions. Peut-être que tu fais culpabiliser anh Tùng. Sa façon de te montrer son amour, à l'avenir, consistera à t'offrir ce que Ba Má ne t'offrent pas, ou ne songent même pas à t'offrir : ton premier banana split, ton premier ordinateur, tes premiers haltères, ta première chaîne stéréo avec enceintes. Quand tu commences à sortir avec ta première petite amie, J, ton frère raconte à Ba Má que tu dors chez lui alors qu'en réalité tu es avec elle. Ça, c'est de l'amour.

Ba Má se sont mariés adolescents, mais l'habitude américaine du *date* entre adolescents n'est pas une chose qu'ils approuvent. Trop frivole et trop dangereux à la fois, cela te détourne de ton éducation et de ton avenir. Ils redoutent la moindre menace sur ta future prospérité, car ils sont originaires d'un pauvre quê connu pour donner le jour à des catholiques endurcis et à des communistes endurcis. Bien que catholiques et communistes s'opposent souvent – méchamment –, ils croient tous en une trinité de la justice, de la souffrance et de l'égalité, ainsi qu'en une autre trinité de la rédemption, du sacrifice et de l'utopie.

Tes parents sont des catholiques endurcis.
Tu espères être un écrivain endurci.

Ba Má suivent une autre Parole et trouvent un réconfort dans l'éternité de l'au-delà, ce qui est logique puisque toute leur existence au Việt Nam porte l'empreinte indélébile de la colonisation, de la famine, de la guerre, de la pauvreté et du devenir réfugié. Aussi prient-ils Dieu et la Vierge Marie, et à la mémoire de tous leurs morts, y compris ceux disparus quand Ba Má n'étaient déjà plus là-bas. Tu es trop jeune pour te souvenir de Má pleurant quand sa mère est morte, au pays, à quatorze mille kilomètres de là, trop jeune pour te souvenir de Má partant pour l'hôpital de Harrisburg.

Ta mère revient, mais tu
ne te rappelles pas son retour.
Má est de nouveau là, tout simplement.

Tu te souviens peut-être de la peine, de ta propre incompréhension ou terreur face à une chose puissante au point de faire disparaître ta mère. Tu ne veux pas ressentir la moindre émotion assez forte pour pouvoir te dé-composer, même si cette émotion ne peut être séparée de l'amour, l'amour que ta mère avait pour sa mère, un sentiment si fort qu'il l'a dé-composée.

Peut-être que tu pleures car tu n'as jamais oublié ton abandon par tes parents, bien que tu n'en parles jamais, pas même tout seul. Même si Ba Má ne t'ont pas vraiment abandonné. Et parce que tu ne veux plus jamais te sentir abandonné – parce que tu ne veux jamais ressentir ce que tu as ressenti quand tu sanglotais devant ton frère en 1982 – parce que tu ne veux plus jamais ressentir aucune douleur – tu ne pleureras plus pendant vingt-trois ans.

En fait, tu pleureras de nouveau en 1990,
mais tu l'oublieras pendant des décennies.

Une fois ton frère à l'université, la maison devient très solitaire et silencieuse. Contrairement à la plupart des familles vietnamiennes, qui comportent souvent quatre, cinq, six enfants ou plus, la tienne est minuscule, avec seulement deux enfants (biologiques).

On a beaucoup essayé, te disent bien souvent Ba Má.

D'habitude réservés au sujet de leur passé, ils aiment raconter cette histoire-là, sans pour autant s'attarder sur les efforts qu'ils ont dû fournir. Ton imagination, d'ordinaire fertile, est muette. Était-ce amusant pour eux ? Ou pas ? Tout ce que tu sais, c'est qu'ils ont essayé pendant des années.

On allait prier la Vierge Marie
tous les week-ends, disent-ils.

Les prières et les efforts ne donnant rien, ils adoptent leur premier enfant, ta sœur, chị Tuyết, dans un orphelinat tenu par des bonnes sœurs. Et si Dieu existe, peut-être les récompense-t-Il d'avoir adopté une fillette en leur offrant ton frère peu de temps après.

Sept ans plus tard survient l'événement le plus important de ta vie :
ta naissance.

Tu espères que Ba Má se sont beaucoup amusés en essayant de te concevoir.

Tu ne te rappelles pas si tu te rappelais avoir une sœur. Tu l'as vue pour la dernière fois quand tu avais quatre ans. Combien de temps tes souvenirs d'elle ont-ils survécu après ça ? Tu ne te rappelles plus si Ba Má ou ton frère parlaient de ta sœur devant toi. Tu te rappelles, en revanche, quand tu as commencé à repenser à elle, en 1980, alors que tu as neuf ans et qu'elle envoie une photo d'elle. Tant de familles de réfugiés vietnamiens ont des photos de ceux qui sont restés. Les présences absentes. Les fantômes vivants.

Ce que tu ressens, c'est de la tristesse. De la mélancolie.
De la culpabilité. Tu es ici. Pas elle.

Má s'est-elle sentie coupable de fuir, de ne pas
être auprès de sa mère quand elle est morte,
d'avoir laissé sa fille adoptée ?

Peut-être que tous les réfugiés qui trouvent asile
ressentent la culpabilité du survivant.

Peut-être que tous les survivants sont hantés,
par la présence absente, par l'univers parallèle où
ils n'ont pas réussi. Et si c'était toi qu'on avait laissé ?
Et si c'était toi, l'espace négatif dans la vie et
la mémoire de quelqu'un d'autre ?

Et si tu te sens comme ça, sans souvenirs
ni de ta sœur ni du pays là-bas, que doit-elle
ressentir, elle ? Et Ba Má ?

C'est une histoire de guerre.

Autre histoire de guerre : Ba laissant toute sa famille en 1954 pour partir vers le Sud et suivre celle de Má. Quand ton père a quatre-vingt-huit ans, tu lui demandes enfin ce que ç'a été de quitter sa famille.

Vous êtes tous les deux seuls à la table du dîner. Devenu vieux, Ba, ton père autrefois sévère et déterminé, est doux, tremblant, affectueux. D'après ses papiers, il a quatre-vingt-six ans. Mais en réalité il est né à la fin de 1933, pas en octobre 1935.

Les Vietnamiens ne fêtent généralement pas les anniversaires, sauf le premier et le quatre-vingtième, donc il n'est pas surprenant que ton père, confronté à la demande officielle de ta date de naissance pendant cette période angoissante au cours de laquelle vous êtes devenus des réfugiés, ait indiqué mars et non février. Avoir deux dates de naissance, voilà qui est parfait pour un homme aux deux visages.

Il arrive parfois que les réfugiés vietnamiens arrivés en AMÉRIQUE™ renaissent, devenant plus jeunes ou plus vieux, selon ce qu'ils attendent de la bureaucratie ou de la vanité.

Être un réfugié implique nécessairement un voyage
dans le temps. D'un pays à une époque à un autre
pays à une autre époque. Et surtout, vivre dans
le présent tout en ressentant le passé, qui
sans cesse rôde, qui sans cesse hante.

Autour d'un dîner de vin rouge et de filet mignon rosé, que tu prépares toujours pour ton père car il adore ça, tu lui demandes, Pourquoi ta famille n'est pas partie avec toi ? Sa famille, à l'époque, c'étaient sa mère, son père, ses trois petits frères et sa petite sœur.

Ba sourit, regarde son assiette, ne t'entend pas. Ou fait semblant de ne pas t'entendre.
Il refuse de mettre son appareil auditif.

Tu n'insistes pas.
Qu'aurait-il pu ressentir d'autre ?
Pourquoi doit-il te le dire ?

Tu te rappelles une photo en noir et blanc de ta jeunesse, posée sur cette bibliothèque sans livres. Ton père avec ses petits frères. Pendant des années, tu es passé devant cette photo sans en saisir l'impossibilité. Ba a vu ses frères pour la dernière fois quand ils étaient petits et lui jeune homme. Or, sur la photo, on voit quatre hommes d'âge mûr.

Puis un jour la photo transperce ton œil et ta mémoire, et tu vois, enfin, la ligne irrégulière. D'un côté les petits frères, épaule contre épaule. De l'autre, Ba. Il a pris deux photos, les a collées ensemble et les a encadrées. Il peut enfin être avec ses frères.

Tu la regardes, cette ligne irrégulière,
pendant un long moment.

Le cadre et ses photos ont disparu. Quand ton père a-t-il décidé qu'il n'avait plus besoin de cette photo ? Tu lui demandes s'il se rappelle ce cliché disparu de lui et de ses frères, re-composés.

Ba sourit, secoue la tête, dit, Non, je ne m'en souviens plus.

Tu laisses tomber parce qu'il a laissé tomber. Toi,
qui as tant oublié, tu comprends qu'oublier
peut aussi être une aubaine.

retenez mon nom, ou tes années 1980,
épisode 2

Tu oublies certaines choses
(celles émotionnellement compliquées) et
pas d'autres (celles historiquement compliquées),
du moins c'est ce que tu te dis. Tu te dis que
l'Histoire te colle à la peau à cause de ton prénom.
Tu es tellement vietnamien que ton prénom est

VIỆT

Comment veux-tu oublier le passé, d'où tu viens, ta langue maternelle, quand chaque jour tu vois et entends le nom de ton propre peuple ? Pour être sûr que tu n'oublies jamais, ton nom de famille est celui d'une dynastie, tellement répandu qu'environ 40 pour cent de tes compatriotes le portent, quarante millions de personnes au Việt Nam et à l'étranger, une patrie et une diaspora des Nguyễn, une nation à elle toute seule, le septième nom de famille le plus répandu en Australie, le deuxième dans l'annuaire téléphonique de Melbourne, juste après Smith.

Tu aurais pu t'appeler
George Washington si tu étais né
aux États-Unis. L'émission de téléréalité *House of Ho*
montre une famille de riches Vietnamo-Américains,
à Houston, dont les fils se prénomment Washington et
Reagan. Ta génération avait Tom Vu, qui concevait des
infopublicités pour montrer comment s'enrichir
dans l'immobilier, avec des Blanches
en bikini batifolant autour
de lui sur un yacht.

Enfant des années Tom Vu, le Vietnamien le plus célèbre d'AMÉRIQUE™, tu pars en classe verte à Monterey, dans la San Francisco Bay Area, avec visite de propagande au Defense Language Institute, qui enseigne au personnel de l'armée les langues étrangères nécessaires pour devenir des soldats, des interrogateurs et des envahisseurs culturellement plus ouverts.

Un jeune et sympathique Blanc, cheveux roux et lunettes, un Américain Tranquille vêtu d'un áo dài vietnamien et parlant mieux que toi le vietnamien, traduit ton nom vietnamien en anglais :

BRUCE SMITH

Tu préfères George Washington.

En vietnamien, ton nom est plus distinctif, Nguyễn Thanh Việt, où Thanh, le prénom de ton père, est greffé au tien, ce qui te distingue des nombreux autres, dont certains criminels, qui s'appellent Nguyễn [veuillez compléter] Việt. Né une deuxième fois sur papier en AMÉRIQUE™, tu deviens Viet Thanh Nguyen. Les signes diacritiques, qui relèvent d'un alphabet de langue romane créé par les missionnaires portugais et promu par les colonisateurs français, sont curieusement trop étrangers aux yeux des Occidentaux quand ils sont attachés à des mots ou à des noms vietnamiens.

En revanche, les accents sur les mots français ?
*Bien sûr**.

D'autres Américains ont toujours du mal à prononcer ou à écrire ton nom. Combien de fois as-tu vu « Nugyen » ou « Nyugen » ? Mais il ne te vient jamais à l'idée de changer de nom, puisque tu es

100 POUR CENT VIETNAMIEN

... jusqu'à ce que tes parents décident
de devenir citoyens américains.

La première fois, Má rate l'examen. Tu es assis à côté d'elle au moment où elle passe l'oral dont dépend ta propre naturalisation. Tu penses que tu aurais été reçu, avec ton anglais impeccable et ton parfait endoctrinement au folklore américain : George Washington, le cerisier, Betsy Ross, le drapeau, la chevauchée de Paul Revere, Johnny Appleseed, Paul Bunyan et Babe. Tu es un Américain typique ! Mais tes parents ?

Le jour où ils sont naturalisés, ils te surprennent en changeant de nom. Nguyễn Ngọc Thanh devient Joseph Thanh Nguyen. Nguyễn Thị Bãy devient Linda Kim Nguyen. Joseph et Linda coupent la poire de L'AMÉRIQUE™ en deux en effaçant leurs signes diacritiques et en changeant leurs prénoms. Ils savent qui ils sont et ne voient aucune déconnexion à employer un nom avec les Vietnamiens et un autre avec les Américains.

Mais toi, évacué de ton pays d'origine avant même de savoir ce que c'était que d'être vietnamien, puis transféré en AMÉRIQUE™, tu es hybride. Vietnamo-américain. Un Américain d'origine vietnamienne. Blanchi, selon certains. Une banane, selon d'autres, jaune à l'extérieur, blanc à l'intérieur, exhibé au supermarché américain de l'assimilation, aux côtés des noix de

* En français dans le texte.

coco, des pommes et des Oreo. Les vendus qui ne sont jamais tout à fait entièrement vendus, toujours réapprovisionnés.

Aussi, quand Ba Má te demandent si tu veux changer de nom, tu hésites. Mais tu en essaies quelques-uns. Par exemple…

Troy

Tu penses peut-être à Troy Donahue, acteur et coqueluche des années 1950. Peut-être que Troy te renvoie au fils de Jane Fonda, Troy, dont le nom est un hommage au révolutionnaire vietnamien Nguyễn Văn Trỗi, exécuté en 1964 pour avoir tenté d'assassiner le secrétaire à la Défense Robert McNamara. Peut-être que tu te souviens de la ville de Troie dans le *D'Aulaires' Book of Greek Myths*. Beau, révolutionnaire, classique : Troy.

Mais si tu pouvais te rebaptiser Troy, tu ne serais jamais la personne capable d'écrire ces mots. Dans un autre univers, cependant, tu es un journaliste, ou un avocat d'affaires, ou un agent immobilier du nom de

Troy Wynn

Tu ne sais pas qui, le premier, s'est dit que *Win* était la meilleure prononciation approximative anglicisée de Nguyễn, mais elle l'a emporté chez les Vietnamo-Américains, battant *Neh-gou-yen, Nou-win* ou *Nou-yen*. Certains vont jusqu'à modifier l'orthographe de ton nom de famille pour approcher de sa sonorité vietnamienne. Adolescent, tu vois France Nuyen dans *Star Trek,* et tu es à la fois enthousiasmé et troublé – est-elle vietnamienne ? Elle l'est ! La première personne vietnamienne que tu vois à l'écran, dans le rôle d'une extraterrestre à la peau verte dont les larmes, si elles touchent un homme, le rendent amoureux d'elle.

Ces changements de nom visent à atténuer l'étrangeté, et pourtant chacun a sa part de balourdise. Vraiment ?

En veut-on à
Kirk Douglas, né Issur Danielovitch ?
Rita Hayworth, née Margarita Carmen Cansino ?
Tony Curtis, né Bernard Herschel Schwartz ?
Marilyn Monroe, née Norma Jeane Mortenson ?
Ou John Wayne, né Marion Robert Morrison ?

L'AMÉRIQUE™, terre mythique de recréation, de création de soi, de fiction fabuleuse, où n'importe qui – *n'importe qui* – peut devenir une célébrité, une star de cinéma, président. Les Vietnamiens devraient être mis sur un pied d'égalité, mais la raison pour laquelle tu ne peux pas devenir facilement Troy Wynn, c'est que tu n'es pas blanc. Ces stars de cinéma sont blanches ou peuvent passer pour l'être – la frontière entre la blanchitude et la pseudo-blanchitude est parfois ténue –, mais une personne asiatique avec un nom de famille non asiatique sème la confusion.

Changer son nom, ce n'est pas non plus la même chose que voir son nom changé par les autres, comme le font les Français quand ils orthographient ton nom de famille, parfois, « N'Guyen ». Pourrais-tu écrire « Macron » « Makron », ou « de Gaulle » « Degaw », même s'ils venaient dans ton pays ? Si les gens sont capables de prononcer et d'écrire le nom de l'acteur Timothée Chalamet, ils sont capables de prononcer et d'écrire Nguyen, ou mieux encore, Nguyễn, dans toute la splendeur diacritique que t'ont imposée les colonisateurs français, dont Chalamet descend également.

Si Chalamet, Schwarzenegger, Kissinger,
Roosevelt et Obama sont des noms
américains – si [redacted] en est un aussi –,
alors Nguyễn l'est également.

Parce que tu crois à la puissance du langage, tu ne peux pas changer davantage le nom qui fait de toi ce que tu es, un nom qui transige déjà avec L'AMÉRIQUE™. Tu t'accroches à ton nom américanisé comme à un signe de ton authenticité hybride, ton refus d'être complètement assimilé à une culture qui peut être hostile, sceptique ou indifférente à l'égard des gens qui te ressemblent. Oui, L'AMÉRIQUE™ t'a changé, mais tu essaieras de changer L'AMÉRIQUE™, ne serait-ce qu'en l'obligeant à prononcer ton nom. Ne serait-ce qu'en devenant l'auteur d'un Pas Si Grand Roman Américain.

tout sur ta mère, ou tes années 1980, épisode 3

Les années 1980 déposent en toi un sédiment de trouble et d'émotion que tu ne passeras pas au crible avant des dizaines d'années. C'est en passant au crible ces sentiments que tu apprends à être un écrivain. Le trouble et l'émotion sont dus, au moins en partie, au fait de voir Ba Má trimer tout au long de la décennie la plus dure de leur vie aux États-Unis, jusqu'aux treize années qui commencent en 2005, quand ta mère tombe gravement malade. Elle ne guérira jamais.

Ton frère, le médecin, t'annonce le diagnostic de Má.
Deux fois. Tu ne peux pas, ou tu ne veux pas t'en
souvenir, pas plus que tu ne peux te rappeler les noms
de ses nombreux médicaments. Donc tu lui demandes de
t'envoyer un mail, afin que tu puisses le noter, t'en souvenir.
Dépression sévère, t'écrit anh Tùng. Ne parle pas
de l'autre partie.

Tu n'es pas témoin de chaque jour de ces treize années. Seul Ba en est témoin. Néanmoins tu es présent chaque jour des années 1980, jusqu'à ton départ pour ton université dernier choix en 1988. Tu mets tes rares affaires dans l'Acura Integra d'anh Tùng et il t'emmène sur la I-5, direction la Californie du Sud, une longue route monotone au milieu des champs, des vergers et des ranchs dont le seul mérite, pour ceux qui l'empruntent, est d'être l'itinéraire le plus rapide en voiture pour traverser la Californie centrale. Ta destination est l'Inland Empire, cette région dont le nom dénué de toute ironie sera, contrairement à San José, au moins celui d'un film, de David Lynch. Beaucoup moins connu que la chanson de Dionne Warwick, mais plus réputé auprès des hipsters. Une fois là-bas, anh Tùng t'achète des draps, des taies d'oreiller, un vélo. Il te donne les enceintes qu'il avait à l'université, gros cubes en bois que tu garderas trente ans. Tes parents t'offrent, entre autres choses, un rice cooker qui, avant la fin de ta première année, devient un laboratoire pour le moisi noir qui prospère sur le riz non mangé.

Tu es ravi de t'éloigner le plus possible de San José, même si ton Inland Empire n'en est séparé que de cinq cent trente kilomètres. C'est seulement des années plus tard que tu ressentiras un peu de honte. Ba Má ont tant sacrifié pour toi. Et tu les as remerciés en fuyant.

En vérité, tes années à San José t'abîment, mais quelle en est la cause ? Ta future professeure, Maxine Hong Kingston, qui a grandi à Stockton dans les années 1950, à deux petites heures de San José, l'a dit en ces termes :

> Sino-Américains, quand vous cherchez à comprendre
> ce qui en vous est chinois, comment distinguez-
> vous entre ce qui est propre à l'enfance, à la pauvreté,
> aux folies, à une famille, à votre mère qui a scandé votre
> croissance avec des histoires, et ce qui est chinois ?
> Qu'est-ce qui est de la tradition chinoise
> et qu'est-ce qui est des films ?

Quant à toi, comment démêles-tu les particularités de ta famille et de vos vies d'un côté, et de l'autre côté l'adolescence et la testostérone, la grande littérature et la pornographie, San José et Hollywood ? Quelle est ton étrangeté à toi et quelle est la dé-composition ?

Quitter San José, cela signifie ne pas écrire à son sujet, mettre le temps et l'espace entre vous deux. La Silicon Valley, c'est Los Angeles avec vingt ans de moins, écrit ton camarade de lycée Peter Malae dans son roman *What We Are*, et peut-être est-ce la raison pour laquelle, après vingt ans passés à Los Angeles, tu finis par trouver supportable, sinon confortable, de retourner à San José.

Pendant ces vingt ans, tu n'y retournes que pour rendre visite à tes parents. À ces occasions, tu suffoques, tu as l'impression d'être un extraterrestre dans une ville consumériste où les gens travaillent, font les courses et élèvent des enfants jusqu'à leur mort – en tout cas c'est la perception que tu en as. Mais peut-être que tu ressembles au narrateur de Malae, qui dit :

J'étais un enfant de la Silicon Valley, malgré
tout ce que je reniais d'elle, dans
mes gestes et dans mon attitude.

Dans les années 1980, la Silicon Valley est en train de naître. Apple commence à dominer le monde. Quelque part et partout à San José, les réfugiés vietnamiens travaillent dans les lignes d'assemblage ou font du travail à la pièce chez eux, ils soudent des puces électroniques, dont certaines finissent dans la console de jeux Atari que Ba Má t'offrent quand tu es à l'école primaire, avec parfois une cartouche de jeu qui coûte la somme astronomique de 30 dollars ou plus, preuve que tu n'as pas toujours été négligé. Malae – dont le père et l'oncle samoans ont tous deux combattu avec L'AMÉRIQUE™ au Việt Nam – décrit l'impression laissée par ton quartier de San José, en roulant

dans Alum Rock et ses rues défoncées indéchiffrables, et il
y a des *paisas* à chaque coin de rue, à vélo, à scooter, aux arrêts de bus, des *taquerias* avec des posters de foot du match

Mexique-Argentine sur la porte, des panneaux de déviation de la circulation autour de tas de gravier exhumés et laissés au soleil, des restaurants de pho remplis de Vietnamiens penchés sur leurs bols fumants de nouilles et de riz, et de Blancs traînards qui mangent avec des fourchettes et parlent (ça s'entend même de l'extérieur) beaucoup trop fort, et des salons de beauté appartenant à des femmes qui s'appellent Tiffany Le et Michelle Nguyen et dont les noms en anglais et en vietnamien sont peints en lettres roses fleuries sur les vitrines, un Dunkin' Donuts vide, une horreur triangulaire encore nommée Wienerschnitzel, un Walgreen's, un 76, un 7-Eleven, les collines jaune vif qui montent plus lentement que le soleil à l'horizon proche.

En prenant à droite le Capitol Expressway, tu rejoins la maison du RÊVE AMÉRICAIN™ que tes parents achètent à South San José. En 1987, ils s'installent dans ce nouveau quartier de classes moyennes supérieures aux maisons presque identiques : un étage, des murs en crépi, des toits de tuiles romaines, un tapis vert en guise de pelouse, et deux cent quinze mètres carrés d'espace, au pied de ces collines jaune vif et dans une impasse tranquille, loin des autoroutes. Ba Má engagent une entreprise de déménagement, en soi un luxe, pour transporter vos affaires dans cette nouvelle maison aux airs de manoir, avec son immense plafond cathédrale dans le salon. Le canapé en faux velours rouge a disparu, remplacé par du mobilier en cuir blanc flambant neuf, assorti aux murs blancs et rappelant les décors léchés de *Deux flics à Miami*.

Au premier étage, ta chambre était celle du bébé du propriétaire précédent. Quelqu'un a voulu retirer les décorations du nourrisson et n'a fait qu'aggraver les choses, laissant quelques pans déchirés de la bande de papier peint qui courait sous le plafond bas – des oursons aux tons pastel jouant du tambour. Plus de trente ans après, les oursons sont toujours là.

Tes parents ne tiennent plus le SàiGòn Mới. Ils préfèrent le louer et ouvrir une joaillerie juste à côté. Le n° 759 de la

10e Rue Sud paraît loin, sauf que vous passez devant tous les dimanches en rentrant de la messe vietnamienne. Voir cette maison marron tous les week-ends, puis chaque fois que tu reviens à San José et vas à la messe avec Ba Má, ne te rend pas plus simple la tâche d'écrire à son sujet. Finalement, à propos de cette maison et de cette époque, tu écris une nouvelle dont les protagonistes sont une mère qui ressemble beaucoup à Má et un père pas très différent de Ba. La nouvelle s'intitule «Années de guerre», car tu ne peux pas séparer l'époque du SàiGòn Mới de l'ombre de la guerre.

Tu n'as jamais oublié Má te racontant qu'un voleur armé d'une grenade avait tenté de braquer leur magasin de la rue Ama Trang Long, à Ban Mê Thuột. Tu avais deux ans et tu ne te souviens ni de l'homme armé d'une grenade, ni de la rue Ama Trang Long. Est-ce là ta première rencontre avec la violence, et peut-être avec la mort ?

La deuxième est l'invasion de
ta ville natale et la fuite des
réfugiés de Sài Gòn.

La troisième se produit quand, enfant, tu traverses
en courant la 10e Rue Sud à un feu rouge et te fais
percuter par un pick-up dont le conducteur a pilé,
te faisant valser à trois ou quatre mètres. Tu n'es
pas bien malin. Le conducteur, secoué, t'amène
au 7-Eleven, à quelques mètres de l'endroit où
tu as connu ton expérience de mort imminente.
Il t'achète une petite voiture et du chewing-gum
Bazooka, celui avec une BD imprimée à l'intérieur
de l'emballage.

La quatrième est avec Ba Má, quand tu finis
par vivre et te rappeler ce à quoi leur vie a,
parfois, ressemblé.

Tu as seize ans, l'été qui suit ta première, et tu commences à te sentir jeune homme. Tu troques les lunettes que tu portes depuis le CE1 contre des lentilles de contact. Ton père ne te coupe plus les cheveux, et tu as entamé un voyage de toute une vie en quête du coiffeur parfait. Tu travailles au Great America, et Ba te montre son amour en prenant une heure par jour sur son temps de travail au SàiGòn Mới pour t'y amener en voiture. Tu rentres en bus et, sans te plaindre, manges ce que Ba Má ont préparé pour le dîner.

Une fois la table débarrassée, tu les aides à faire la comptabilité du jour. Étalés sur la table du dîner, il y a de l'argent liquide, billets et pièces, des chèques et quelquefois des mandats. La moitié des revenus de la journée est constituée de coupons et de bons alimentaires distribués par les programmes *Women, Infants and Children* et *Aid to Families with Dependent Children*.

Les coupons de l'AFDC sont grands et jaunes, tandis que les bons alimentaires ont les couleurs vives des billets du Monopoly. Tu mets de l'encre rouge sur le tamponneur et tu tamponnes au dos de tous les bons, coupons et chèques le nom et l'adresse du SàiGòn Mới. Tu tries l'argent liquide, tu notes les sommes dans le cahier et tu tapes les chiffres sans regarder la calculatrice.

Tu connais ces chiffres par cœur.

Tu ne te sens pas riche, ni même membre de la classe moyenne, alors que tu en fais partie, voire mieux que ça encore. Tes parents ne croient pas à l'argent de poche, aux vêtements à la mode ou aux vacances, mais tu n'as jamais faim. De nourriture. Tu fréquentes une école privée. Tu empruntes des livres à la bibliothèque, mais jusqu'à ton boulot à Great America tu n'en possèdes aucun hormis les manuels scolaires. Ensuite, tu te sers de tes salaires pour t'acheter des livres et des BD d'occasion.

Pour compenser tout ce qu'ils ne te permettent pas, Ba Má te donnent la plus grande chambre de la maison, la suite parentale, avec sa vue sur la bretelle d'entrée de l'autoroute. Ce luxe ne ressemble pas à ce que tu vois à la télévision, où la suite parentale est toujours réservée aux parents. Dans les années 1950, *Leave It to Beaver*, *Papa a raison* et *The Adventures of Ozzie and Harriet* montrent des Blancs heureux et souriants, des pères et des mères avec de beaux enfants dans d'élégantes maisons de la classe moyenne. Pas une seule autoroute à la ronde. Dans les années 1960 et 1970, *The Brady Bunch*, *The Partridge Family* et *Happy Days* proposent encore la même chose, sauf que les Blancs sont en couleur et plus en noir et blanc. Et toujours pas d'autoroutes.

Cet étalage exotique de ce que les Blancs
portent, mangent et se disent entre eux,
est-ce fantasme ou réalité ?

Tu aimes aussi les comédies sur les Noirs : *The Jeffersons*, *Good Times*, *Arnold et Willy*, *Sanford and Son*. Et même un programme dont le protagoniste est un Chicano, *Chico and the Man*. Cependant il n'existe aucune comédie sur des gens qui te ressemblent.

Et ta famille n'a rien de drôle. Un film sur la vie de ta famille dans la maison marron pourrait être tourné par Wayne Wang, dont les œuvres des années 1980, *Eat a Bowl of Tea* et *Dim Sum*, montrent bien la claustrophobie et les difficultés de la vie des immigrés chinois. Foyers sans musique ni rires, vrais ou enregistrés. Beaucoup de larmes, tellement peu de joie.

À la fin de la journée, tes parents sont trop fatigués pour être joyeux. Il n'y a rien de drôle dans la vie des réfugiés. Si ?

Rien de drôle dans les barreaux d'acier aux fenêtres.
Rien de drôle à voir Ba vérifier toutes les portes et fenêtres avant de se coucher.

Rien de drôle à t'entendre dire de ne pas ouvrir à des inconnus, après qu'ils se sont fait braquer avec une grenade et tirer dessus au réveillon de Noël.

Le coup à la porte survient un soir d'été. Il fait encore jour dehors. Tes parents portent la tenue d'intérieur qu'ils enfilent après le travail, maillot de corps et short blancs pour Ba, chemise de nuit semi-transparente pour Má. Vous êtes tous pieds nus. Tu ne sais plus ce que tu portes, mais probablement les vêtements que tu penses être cool : un tee-shirt avec le logo d'une marque de surf, un jean aux ourlets retroussés et repliés pour s'étrécir aux chevilles et donner la plissure qui était à la mode chez tes camarades de lycée.

Le coup à la porte peut être entendu de tous, puisqu'il n'y a jamais de musique chez vous, ni infos à la radio ou à la télévision, pas de télévision allumée pendant qu'on prépare ou mange le dîner. Personne ne vient ici sans prévenir, sauf les témoins de Jéhovah. Vous vous précipitez tous trois vers la porte d'entrée, à quelques mètres de la cuisine. Má arrive en premier. Elle regarde par le judas et dit, Allô ?

J'ai un paquet pour vous, répond-il.

Má tire le loquet, jette un coup d'œil par la porte entrebâillée. L'homme met une seconde pour la bousculer. Dans son dos, il ne tient pas un paquet, mais un revolver noir muni d'un long canon fin. Ses cheveux sont châtain clair. Il porte une veste en jean élimée. Il te semble vieux, mais avec le recul que te donne ton âge mûr, tu vois qu'il est jeune, peut-être dans les vingt-cinq ans. Il braque le revolver sur Má, sur Ba, sur toi, en hurlant, À terre !

Pendant une seconde éternelle, il n'y a ni passé, ni avenir, uniquement le présent et la bouche du revolver. Tu vois encore le canon de l'arme, un calibre 22. Un tout petit calibre, contrairement au Magnum .44 de Dirty Harry. Comme tu as peur de montrer ta peur, tu ne cries pas, n'implores pas, ne pleures pas, ne parles pas. Ce n'est pas en train de t'arriver. Ce ne peut pas être vrai. Quand Ba se met à genoux, tu fais pareil.

Une partie de toi se sent immortelle. Une partie de toi
pense que tu vas mourir parce que tu ne
veux pas te sentir honteux.

L'attention du braqueur se porte sur toi et sur ton père, les deux hommes de la maison. Le pauvre. Ce n'est pas un professionnel, bien qu'il soit assez pro pour avoir suivi Ba Má entre le SàiGòn Mới et la maison. Un vrai professionnel aurait-il ignoré la présence de Má, debout, à ses côtés ? Voit-il en elle une faible femme hystérique ? La néglige-t-il parce que c'est une petite dame asiatique qui parle mal l'anglais ? Le genre de femme asiatique qu'il a sans doute vue mille fois en allumant la télé au hasard ? Les femmes anonymes, âgées et silencieuses, dans les scènes de rue, les marchés et les bordels qui servent de toile de fond aux jolies jeunes femmes asiatiques dans des films comme *Le Monde de Suzie Wong* et *Sayonara* ?

Il sous-estime Má.
Tant de gens l'ont mal évaluée,
y compris toi.

Má, devant la porte, voit qu'il ne la regarde pas mais qu'il a les yeux rivés sur toi et Ba, en train de tomber à genoux. Le cri de Má choque tout le monde, le braqueur, Ba, toi. Son cri vous plonge tous quelques instants dans la paralysie, le temps qu'elle fonce à côté du braqueur et se rue dehors, toujours en hurlant.

Stupéfait, l'homme se retourne et se lance à sa poursuite, et tu es bien content qu'il ne soit pas un professionnel, sans quoi il aurait abattu Má ou tenté de l'abattre. Or il ne le fait pas et, dès qu'il franchit le seuil, dos tourné, Ba se relève d'un bond, claque la porte et la ferme à clé, coinçant le braqueur dehors.

Avec Má.

À travers l'écran de cinéma qu'est la fenêtre du salon, rideaux rouges écartés, tu la vois, Má, en train de s'enfuir sur le trottoir devant le flot de voitures du soir dirigé vers l'autoroute. Conducteurs et passagers doivent être ébahis de voir une femme en chemise de nuit. Assistant au spectacle, ils n'ont pas conscience qu'elle court pour survivre, qu'elle court pour sauver sa peau.

Et la tienne.

Une fois de plus.

le soin de la mémoire

Des policiers en uniforme bleu marine arrivent peu de temps après ton coup de fil passé avec l'unique téléphone, accroché au mur de la cuisine. Ta famille n'est pas du genre à téléphoner, personne, à commencer par Ba Má, n'aimant parler de la pluie et du beau temps, ni converser tout court. Tu as de bonnes manières téléphoniques mais bien peu d'amis, et aucun ne te joint par téléphone. Tu es respectueux quand tu appelles les secours et expliques au régulateur que ta mère est quelque part dehors avec le braqueur. Tu ne te souviens plus si ta voix tremblait.

Une unité de véhicules de police arrive. C'est essentiellement toi qui parles car, à seize ans, tu es le seul interprète, si imparfait soit-il. Le sergent, un Blanc robuste et grisonnant, vous réunit, Ba Má et toi, à la table à dîner. Tu décris le braqueur et son arme, et le sergent te dit doucement, Dis à tes parents de ne pas avoir peur. Je vais sortir mon arme. Il en a deux à son ceinturon, un pistolet avec chargeur dans la crosse et un revolver en argent au canon épais, sans doute un .357. Il le dégaine et vous le montre en le pointant dans une autre direction pour que vous puissiez comparer sa taille et sa bouche avec celles du revolver du braqueur. Ressemblait-il à cela ? Tu t'y connais un peu en armes à feu et réponds, C'était un revolver, mais le calibre était plus petit. Et il était noir.

Tu n'as pas peur que le sergent fasse du mal à Ba Má ou à toi, et Ba Má n'ont pas hésité à te faire appeler la police. Les temps ont changé depuis l'époque où ils ont ouvert le SàiGòn Mới et où ils n'avaient pas confiance en la police. Ce sont des propriétaires, ce que tu seras un jour, et ils comprennent que la police est là pour protéger les gens comme eux.

Les policiers investissent le quartier et, moins d'une heure après, le sergent vous installe tous les trois à l'arrière d'un véhicule de patrouille et vous emmène à quelques rues de là. Un suspect potentiel a été arrêté. Le sergent braque un projecteur dans ses yeux pour qu'il ne vous voie pas. C'est lui ? Non, dis-tu. Ba Má confirment. Un Blanc. Mais pas le même Blanc.

La police finit par repartir avec son rapport. Tu n'entends plus jamais parler de l'enquête. Peut-être Ba a-t-il encore des documents, conservés dans le meuble-classeur de sa chambre avec ses dernières volontés. La photo de ta mère courant en pleine rue n'existe que dans ta tête.

Tu te demandes si elle a souvent, ou jamais, repensé à sa fuite sur le trottoir, un des nombreux moments d'héroïsme de sa vie. Peut-être que la rencontre avec le braqueur n'était pas grand-chose, comparée à tout ce qu'elle a vécu d'autre. Peut-être qu'elle n'a jamais considéré sa fuite comme de l'héroïsme, mais comme de la simple survie. Ou peut-être que l'arme braquée sur son visage a été un autre coup porté à son socle, une nouvelle fissure qui allait grandir au fil des décennies.

Tu as pris soin de ce souvenir pendant des décennies,
mais tu ne poses jamais la question.

Quand Má meurt, trente et un an après que le braqueur a pointé son arme sur vous trois, ce n'est pas une surprise. Elle n'a droit à aucune notice nécrologique dans les journaux, mais peut-être en as-tu rédigé une dans ta tête au cours des treize dernières années de sa vie, toutes marquées par la maladie grave, y compris les trois années à la fin où Ba ne peut plus s'occuper d'elle et où elle passe ses jours et ses nuits dans une unité de soins de la mémoire dont le personnel est presque exclusivement composé de dames philippines. Quand tu lui rends visite, le sourire sur son visage et la reconnaissance dans ses yeux s'effacent vite. Elle détourne le regard et s'enferme dans son propre monde.

Est-ce qu'elle se souvient
de tout ou de rien ?

Ton père paie tous les frais, extrêmement élevés. Ba Má se sont préparés à ça toute leur vie, économisant pour que tu ne sois pas écrasé par la charge de leurs soins. Qu'importe que tu ne reçoives que très peu des jouets que tu veux. Qu'importe que dans ton enfance tes parents ne te disent jamais je t'aime. Qu'importe qu'ils passent rarement du temps avec toi, pris comme vous l'êtes tous dans le classique dilemme de l'immigré et du réfugié : plus les parents se sacrifient pour leurs enfants, plus ils s'en éloignent.

Le sacrifice, c'est de l'amour. À soixante-dix ans passés, Ba prend sur lui de s'occuper de Má dix années durant, refusant toute aide. Comme il aimait à te le dire dans les années qui ont suivi la fermeture du SàiGòn Mới, ils avaient conclu un mariage d'amour, non de raison. Ils se sont choisis l'un l'autre et, à ta connaissance, n'ont pas flanché pendant soixante-huit ans.

J'avais l'embarras du choix, dit-il un soir à la table du dîner. Má rit, à la fois gênée et ravie. J'ai fréquenté beaucoup de ces filles. Elles s'intéressaient à moi. J'étais couturier, donc je savais faire quelque chose. Ta mère n'était pas seulement jolie. Elle était intelligente et ambitieuse, aussi.

Il se souvient encore de ça.

Le monde dans lequel Ba a séduit Má était en noir et blanc. Une autre époque, plus tumultueuse et plus glamour, quand se faire tirer le portrait était un événement en vue duquel on s'habillait bien, quand toute une génération était hantée par la famine et la guerre, les divisions et les déplacements, le colonialisme et le cataclysme.

Tu es né vers la fin de cette époque, en noir et blanc. Tu n'as jamais demandé à Ba s'il se souvient de la photo qu'il a prise de toi et Má. Tu as deux ou trois ans, tu marches dans la rue en tenant la main de ta mère, entre les grands arbres d'une plantation de caoutchoucs, cathédrale naturelle. Ta mère porte des lunettes noires et un áo dài fleuri, ses cheveux forment une choucroute. C'est la photo la plus glamour que tu aies de toi avec ta mère, quand Má est presque ton monde entier. Elle et toi ne serez jamais plus aussi glamours.

Tu ne t'en souviens pas.

Les photos d'enfance sont empreintes de tristesse ; les parents savent que ce dont ils se souviennent, leur enfant ne s'en souviendra peut-être pas. Et Má, de quoi se souvenait-elle ? Voilà une question que tu te poses maintenant presque chaque fois que tu penses à elle.

Le réalisateur Hirokazu Kore-eda aborde parfaitement cette question dans son chef-d'œuvre *After Life*, qui se déroule dans une gare à mi-chemin entre la Terre et le Ciel. Les voyageurs sont les morts récents, en transit vers l'au-delà. Ils doivent choisir avec quel souvenir ils devront vivre perpétuellement. Le personnel reconstitue ce souvenir et le filme, créant un petit film qui sera l'éternité pour les morts.

L'idée est géniale. Les films sont comme des souvenirs, les souvenirs sont comme des films, et l'éternité est une infinie boucle de souvenirs. Le problème : quel souvenir ? Les membres du personnel sont ceux qui sont restés coincés en transit, incapables de choisir. Ils demeurent dans les limbes, condamnés à, ou privilégiés de devoir – ou les deux – s'occuper des souvenirs des autres.

Si tu mourais maintenant et devais choisir un souvenir éternel, ce pourrait être cet instant où, sur une photo, tu parles ta langue maternelle, où ta mère est la femme la plus puissante du monde, où vous êtes l'un et l'autre inconscients de tout ce que l'avenir vous réserve, tandis que tu marches vers ton père.

Un souvenir dont tu ne te souviens pas.

Elle reste pour toi la femme la plus puissante du monde pendant de longues années, y compris à Harrisburg, le jour où ton frère et toi faites quelque chose pour l'énerver – tu ne sais plus quoi – et où elle vous fouette tous les deux avec une branche d'arbre, la seule fois, dans ton souvenir, où elle te frappe. Tu ne dois pas avoir plus de sept ans et tu lances un sourire narquois à ton frère. Son rire exaspère encore plus ta mère. Mais elle ne frappe pas plus fort, et elle ne le peut pas, car sa force est sapée par cette nouvelle vie américaine. Ou par son amour pour toi et ton frère.

Sa faiblesse, tu la retrouves lorsqu'elle est à l'hôpital. Non pas dans l'unité de soins de la mémoire qui sera le lieu de son déclin final. Dans le service psychiatrique asio-pacifique, à San José, un peu plus tôt, en 1990, quand tu es encore un enfant. Des patients en blouse marmonnent dans les coins. Má, pas elle-même. Má, un de ces patients. L'expérience et le souvenir te perturbent. Du moins le penses-tu.

Par bonheur ou par malheur, tu as tenu un journal à cette époque, parce que tu avais lu quelque part que les écrivains devaient tenir un journal et que tu rêves d'être écrivain. À dix-huit ans, tu as dit à un camarade de chambrée, à l'université, que F. Scott Fitzgerald avait publié son premier roman, *L'Envers du paradis*, à vingt-trois ans. Tu l'avais lu. Tu as dit à ton camarade que tu comptais, toi aussi, publier ton premier roman à vingt-trois ans. Ça l'a impressionné. C'est bien de se fixer des objectifs. Celui-là, tu l'as atteint avec vingt ans de retard.

Ce journal intime révèle ton manque de talent et de discipline. Il est irrégulier et fragmentaire, rédigé au petit bonheur pendant quelques années, au lycée et à l'université. Plus tard, quand tu retournes chez Ba Má, une fois qu'ils sont partis se coucher et que la maison est silencieuse, le journal t'attend dans une caisse à lait remplie de dossiers et de cahiers d'école, niché au fond d'un placard avec quelques vestiges de ton passé : un tee-shirt de Saint-Patrick avec les noms de tous tes camarades de classe, ta casquette de diplômé du lycée, le blazer que tu portais au bal de fin d'année, dont tu pensais qu'il te rendait élégant et soigné alors qu'il est uniquement médiocre et synthétique. La chambre est une machine à remonter le temps, qui te ramène à ton adolescence, au temps où tu ne souhaitais qu'une chose, quitter définitivement San José. Tu t'allonges sur le lit, avec le même couvre-lit qu'à l'époque, un tumbler de Laphroaig sur la table de chevet, et tu découvres une fois de plus que ce journal est en réalité une histoire d'épouvante. Tu es toi-même épouvanté par ce que tu étais.

Le 18 février 1990, tu décris en ces termes l'état de Má dans ton journal :

> Maman est à l'hôpital pour une dépression. C'est un service psychiatrique, en gros, mais très propre, très bien, beaucoup mieux que les chambres d'hôpital blanches aseptisées que j'ai l'habitude de voir. Ça ressemble plus à une maison de repos, sauf que toutes les portes doivent rester ouvertes et que tous les visiteurs doivent faire contrôler leurs cadeaux, au cas où il y aurait des objets dangereux. Maman a l'air d'aller. Elle devrait rentrer à la maison d'ici quelques jours.

Lequel des deux est vrai : le passé tel que tu t'en souviens aujourd'hui, aussi dérangeant et perturbant, ou le passé tel que tu le décrivais à l'époque ?

> En vérité, je ne pensais presque pas à Maman.
> Je crois que je ne le dirai à personne.

Qu'est-ce qui te prend ?
Pourquoi ne ressens-tu rien ?
Ton absence d'émotion t'effraie.

À la page suivante, presque un an et demi après, le 6 octobre 1991, tu écris ceci :

> Je suis en train de lire *L'Art d'aimer*, d'Erich Fromm, pour trouver des réponses. Malheureusement, pour l'essentiel, il y est question de vivre, pas d'aimer.
> Mon père m'a appelé hier soir.
> On ne s'était pas parlé depuis le premier du mois, et sa voix, durcie par son accent et ma propre montée immédiate de culpabilité,

Quoi qu'ait dit Ba, tu ne l'as pas noté.

La virgule indique que tu avais quelque chose à ajouter. Mais tu n'écriras plus le moindre mot. Parce que tu n'es pas encore un écrivain. Parce que tu n'aimes pas la personne qui est dans ces pages, alors que cette personne, c'est toi.

Cette personne incapable d'émotion, d'amour.
Cette personne dont tu n'as pas envie de te souvenir;
cette personne que tu crains d'être encore.

ton éducation

Pourtant, cette version antérieure de toi, ce fantôme de toi avec son histoire d'épouvante ne te lâchera pas. Son écriture a trouvé son lecteur, toi, dans les mots que tu t'es adressés et que tu archives dans la caisse à lait comme une évidence. Plus tu t'éloignes de cette époque où ta mère se trouve au service psychiatrique asio-pacifique, plus ta mémoire la modifie. Des années durant, tu penseras que ta mère se trouve au service psychiatrique asio-pacifique quand tu es enfant, car la visite là-bas t'effraie et te donne l'impression d'être vulnérable.

Pourquoi, alors, tes mots de
l'époque ne trahissent-ils
ni peur ni vulnérabilité ?

Peut-être parce que tu es étudiant à Berkeley et que tu te sens appartenir, pour la première fois, à une cause et à un mouvement. Au printemps 1990, pour le premier semestre, étudiant de deuxième année tout juste arrivé de l'UCLA, tu choisis un cours d'introduction à l'histoire asio-américaine.

Tu es immédiatement radicalisé.

Tu te demandes pourquoi tu n'as jamais rien appris de cette histoire-là. Il s'avère que ce n'est pas toi qui es blanchi. C'est L'AMÉRIQUE™ qui l'est, qui efface les Asiatiques qu'elle a exploités et déshumanisés. Et aussi rayés, retirés ou assainis : les guerres et les conquêtes qui ont amené tant d'immigrés et de réfugiés asiatiques ou polynésiens aux États-Unis, depuis la conquête et la colonisation américaines des Philippines, de Hawai'i et de Guam jusqu'au rôle des Américains en Corée, au Việt Nam, au Laos et au Cambodge, pays où des quantités considérables de gens ne voulaient pas de leur présence. Et toi, l'Invasion Asiatique, tu te rends compte que

les Asiatiques n'ont jamais envahi L'AMÉRIQUE™.
C'est L'AMÉRIQUE™ qui a envahi l'Asie.

Tu intègres l'Alliance politique asio-américaine, un groupe d'étudiants tout aussi remontés et passionnés se disant héritiers de ceux qui, à la fin des années 1960, refusaient d'être appelés Orientaux ou Asiatiques et se sont réinventés en quelque chose de totalement nouveau : les Asio-Américains. Ces Asio-Américains se sont fait une place au sein du Front de libération du tiers-monde, une coalition d'étudiants radicaux pour qui la libération passe par la solidarité interraciale et internationale, par le fait d'être non seulement antiraciste, mais aussi antimilitariste et anti-impérialiste. Tu n'es plus un élément sans visage d'une Invasion Asiatique. Tu es un Asio-Américain. Tu as un visage, une voix, un nom, un mouvement, un passé, une conscience.

Une rage.

En tant que membres d'une coalition d'étudiants de couleur et d'alliés blancs, vous, les Asio-Américains, organisez des manifestations pour exiger davantage de diversité dans une faculté majoritairement blanche et dans un cursus qui marginalise vos passés et vos expériences. Vos manifestations ne sont pas révolutionnaires, ce qui n'empêche pas certains d'estimer que ces tentatives, hier comme aujourd'hui, divisent le pays et détruisent la civilisation occidentale.

Tes héros sont des révolutionnaires anticolonialistes, des intellectuels, des écrivains engagés, des professeurs galvanisants. Grâce à ces derniers, tu découvres le concept sidérant de titularisation : une récompense professionnelle qui garantit la liberté universitaire, puisque les enseignants titularisés ne peuvent pas être renvoyés.

L'hameçon de l'université se plante dans ton œil.
Il y est toujours, trente ans après.

Dans la salle de cours, tu étudies l'histoire, la politique, la théorie et la littérature en te concentrant sur les moments et les mouvements de décolonisation, de révolution ou de résistance. En dehors de la salle de cours, tu apprends comment organiser les gens, établir un réseau, préparer des manifestations. Vous commencez par des défilés et des rassemblements. Vous finissez par envahir les services administratifs du campus, puis le bureau du chancelier. Plusieurs dizaines d'entre vous y font irruption, s'assoient et refusent de repartir. Vous levez le poing et vous scandez, Le peuple, uni, ne sera jamais vaincu !

Tu t'amuses comme un fou !
Et ce n'est que ton premier semestre !

La police du campus te tape dessus à coups de matraque. Tu recules, tu t'éloignes du premier rang. Quand tu accroches tes coudes à ceux d'autres manifestants, les policiers brisent le blocus en vous tordant les pouces jusqu'à ce que vous cédiez. Ils te contrôlent dans un poste mobile et te laissent repartir. Cela t'arrive deux fois, et non une seule fois, comme pour la plupart de tes camarades.

Tu n'es pas allé à Berkeley pour *ne pas* te faire arrêter.

En revanche, pas de prison. Vous êtes des gentils étudiants. Au cours d'une des manifestations, quelques amis asio-américains débarquent en costume-cravate pour montrer à quel point ils sont respectables. Un célèbre avocat des droits civiques a la bonté de vous défendre gratuitement. Pas assez bon pour te faire acquitter, certes, mais c'est parce que tu es vraiment, vraiment coupable de violation de propriété et de refus d'obtempérer, à deux reprises.

Tu repars de Berkeley avec quatre délits, trois
diplômes, deux arrestations et une foi
inébranlable dans la solidarité,
la libération, le pouvoir du
peuple et le pouvoir
de l'art.

L'art peut décimer autant qu'il peut libérer. Le succès de *Miss Saigon* est là pour te le rappeler. Cette comédie musicale, un réchauffé de l'histoire de *Madame Butterfly*, est devenue un énorme succès. On y voit une Asiatique tomber amoureuse d'un Blanc et tout plaquer pour que son enfant puisse vivre libre en Occident. La version au micro-ondes troque le Japon contre les bordels de Sài Gòn pendant la guerre, et le rôle de l'ingénieur eurasien est attribué à un Blanc qui se scotche les yeux pour les brider.

Tu as beau te regarder mille fois dans le miroir,
tes yeux ne te paraissent pas bridés. Mais
peut-être que ceux qui ont les yeux bridés
ne voient pas leur propre bridage.

Tu écris ta première tribune pour le journal de l'université, une condamnation de *Miss Saigon*. Un ami te dit qu'un des professeurs d'anglais les plus révérés, et que tu apprécies aussi, n'est pas d'accord. Tu as peut-être écrit un texte très mauvais. Tu es peut-être un barbare ou un philistin. Ou peut-être que le professeur te confond avec un autre.

Cet autre, c'est l'autre Viet Nguyen, également étudiant en anglais. Il est petit, homosexuel, et ne te ressemble absolument pas, ou alors il te ressemble en tous points, selon le point de vue. Le professeur de l'autre Viet Nguyen ne l'aime pas et te confond avec lui quand tu postules pour un troisième cycle. À cause de ça, tu es à deux doigts de ne pas obtenir une bourse, ce qui t'empêcherait d'accepter la proposition d'admission de Berkeley.

Ou alors le professeur n'a pas apprécié ta candidature. Influencé par *Critique et théorie littéraires*, l'ouvrage du critique littéraire marxiste Terry Eagleton, tu penses qu'IL FAUT FAIRE QUELQUE CHOSE. La critique littéraire, affirmes-tu, peut changer le monde.

Ô illusion de jeunesse !
Tu ne te rends pas compte que tes critiques
ne pourront jamais espérer changer le monde
si tu ne peux pas non plus changer toi-même.

Trente ans plus tard, tu écris une autre tribune sur la reprise de *Miss Saigon*, cette fois pour le *New York Times*. Confronter l'art à la politique, et vice versa, suscite la critique ici ou là. Les courriers haineux que tu reçois ont un motif commun : Comment osez-vous réduire l'Art et l'Amour à la politique ! Comment osez-vous fouler aux pieds la Liberté d'Expression, la Liberté Artistique et L'AMÉRIQUE™ avec vos balivernes soviétiques russes chinoises maoïstes nord-coréennes totalitaires syndicalistes autoritaires communistes socialistes marxistes anti-américaines !

Ces critiques épris de liberté feraient sans doute l'éloge des
courageux écrivains dissidents de Chine, de Corée
du Nord, de Russie, etc., et regarderaient de haut
les écrivains apolitiques conformistes de ces
régimes. Mais en matière d'art et d'écriture,
rien, en Occident, ne mérite-t-il la colère
politique ? Ce doit être tellement mer-
veilleux d'être libéré de la colère, de
n'avoir rien qui soit menacé par les
avanies qu'inflige votre société, de
n'avoir jamais subi les guerres

la police les actes les missiles les
armes les bombes les fouets
les cordes les matraques
les putschs les esca-
drons de la mort
les prisons secrètes
les lois les statuts
les politiques
les insultes
les blagues
les regards
les dénis et
le silence
de votre
société.

En réalité, tu prends l'Art et la Liberté Artistique et la Liberté d'Expression et l'Échange d'Idées très au sérieux. À tel point que tu demandes à une très belle jeune femme de t'accompagner à New York et dépenses une fortune (pour des étudiants) pour deux sièges au quatrième rang de *Miss Saigon*, histoire de Voir par Toi-Même Plutôt que de Simplement Juger.

Tout autour de toi et de ta sublime accompagnatrice, des spectateurs pleurent devant le spectacle haletant, le drame bouleversant d'une Asiatique qui se tue pour un Blanc et lui donne leur enfant. Il y a même un hélicoptère Huey ! Comme celui qui a atterri sur un toit de Sài Gòn pour sauver des Vietnamiens désespérés ! Comme ceux d'où les soldats américains ont massacré d'innocents Vietnamiens !

Ta délicieuse compagne restant elle aussi de marbre – dégoûtée, en fait –, tu sens que tu as fait le bon choix, et vice versa. Lan, ta future femme et première lectrice, universitaire en herbe et autrice en herbe comme toi, te photographie en train d'étouffer sous le chapiteau, document aujourd'hui perdu, sinon tu le partagerais, car tu es comme ça.

Voir *Miss Saigon* te permet de parfaire ton éducation sur la façon dont une partie de L'AMÉRIQUE™ et de l'Occident aime regarder les Asiatiques. Tu crois connaître cette AMÉRIQUE™ parce que tu as grandi au milieu de la culture américaine blanche, à telle enseigne que ta première publication universitaire est un long texte pour *Asian Week* sur « Grandir dans l'Amérique blanche ».

Le texte te vaut une place, avec treize autres personnes, au sein du séminaire d'écriture de non-fiction organisé par Maxine Hong Kingston. Kingston est l'autrice de *La Femme guerrière*, paru en 1976, une référence en matière de mémoires féministes et de littérature asio-américaine. Un classique de l'écriture américaine. Tu as de la chance d'être dans cette salle de séminaire confortable et sombre. Chaque jour, tu t'assois sur un canapé à quelques mètres de cette autrice dont *La Femme guerrière* est, dit-on, le livre le plus enseigné à l'université, et chaque jour –

tu t'endors.

À la fin du semestre – en décembre 1990 –, Kingston écrit à chaque étudiant un message. Tu enfouis le tien dans la caisse à lait pleine de dossiers et de cahiers scolaires, mais la paraphrase brille dans ta mémoire :

Vous semblez très isolé. Vous devriez solliciter les services d'aide psychologique de notre université.

Tu ne sollicites jamais l'aide psychologique.
À la place, tu deviens écrivain.
Tu ne t'en es pas trop mal
sorti, n'est-ce pas ?
N'est-ce pas ?

Trente ans plus tard, l'écrivain que tu es exhume la lettre de Kingston et la relit :

Je pense que vous essayez sans relâche d'approcher du cœur de votre histoire (la mère qui se retrouve à l'hôpital). Mais vous n'avez pas atteint le centre des choses.

Je constate que vous semblez isolé et déprimé. Vous avez dit que vous endormir en cours était un comportement normal chez vous ; je crois que c'est un signe de repli sur soi et de dysfonctionnement.

Prendre plaisir à la vie et être généreux dans le don de soi (comme adresser des éloges ou des critiques aux autres étudiants) sont des choses vivifiantes, que je veux vous voir pratiquer et réaliser.

Avez-vous remarqué que je vous ai demandé de me donner des questions ? Il n'y a pas de questions dans votre lettre. Les questions sont créatives et dangereuses. Poser une question, c'est être ouvert au changement. Pour être un bon écrivain, Viet, vous devez être ouvert, investi, éveillé, et parler, et entendre.

Voici les questions que tu aurais dû te poser :
Es-tu en effet isolé et déprimé ?
Peux-tu être généreux avec tes confrères et consœurs écrivains ?
Peux-tu être ouvert, investi, éveillé, et parler, et entendre, surtout si tu ne l'as jamais fait avant ?
Peux-tu atteindre le cœur de l'histoire ?
Peux-tu aller là où ça fait mal ?
Peux-tu aller à l'os ?

portrait de l'écrivain en jeune tête de con

Elle est énorme. Ton tour de tête est extralarge parce que extra-extralarge n'est pas facile à trouver. La taille de ta tête n'a rien à voir avec le reste de toi, qui est d'une taille et d'un poids moyens. À deux ans, ta tête est un peu plus grosse que celle de ton frère de neuf ans. Ton frère est magnifique, mais toi, tu... as l'air vaguement ahuri. Un signe annonciateur de tes années débiles.

Tu montres bien un éclair de talent précoce quand, en CE2, tu écris et dessines ton premier livre. *Lester le Chat* est une étude de personnage minimaliste centrée sur Lester, un chat des villes qui s'ennuie à mourir. Las de la vie urbaine, Lester s'enfuit à la campagne. Là, dans une grange remplie de foin, il tombe amoureux d'une chatte de la campagne.

Tu n'as même pas caressé un chat dans ta jeune existence, mais tu as dû percevoir l'authenticité de l'aliénation urbaine des chats, car la bibliothèque publique de San José remet un prix à *Lester le Chat*. Ba Má ne pouvant pas quitter le SàiGòn Mới pour t'amener à la cérémonie, la bibliothécaire de ton école passe te prendre à la maison et t'offre un hamburger juste en face de la bibliothèque. Le restaurant de l'hôtel, le premier dont tu te souviennes qui ne sert pas de la nourriture vietnamienne, te paraît incroyablement luxueux. Tu as oublié le nom de la bibliothécaire aux cheveux blancs, mais tu lui es éternellement reconnaissant, ainsi qu'à la bibliothèque publique de San José, de t'avoir mis sur le chemin de plus de trente années de souffrances à essayer de devenir écrivain.

Finalement, tu donnes *Lester le Chat* à J. Le livre s'efface de ta mémoire, comme ta promesse d'enfance. Kingston te donne un B+. Des décennies plus tard, elle te dit que tu étais le plus mauvais étudiant de la classe.

À vingt et un ans, tu es meilleur spécialiste de littérature qu'écrivain. Tu restes à Berkeley pour poursuivre ton doctorat d'anglais mais tu te jures de faire, une fois titularisé, tout ce que tu voudras, puisque tu ne pourras pas être viré.

Tu écriras.

Comme critique littéraire, tu veux critiquer le colonialisme, le capitalisme, le racisme, et étudier la littérature des gens de couleur, notamment les Asio-Américains. Tu dis au président de ton département d'anglais, un des plus célèbres spécialistes de littérature américaine du pays, que tu souhaites écrire une thèse sur la littérature vietnamo-américaine. Derrière ses lunettes, il te regarde avec une légère inquiétude et répond, Vous ne pouvez pas faire ça. Vous n'aurez pas de travail.

Peut-être vrai, peut-être pas. N'empêche, tu es scandalisé. La bonne réaction consiste non pas à accepter le statu quo, mais à espérer le transcender. Sinon aujourd'hui, du moins plus tard. Ton département, en revanche, qui croit dans la tradition et le canon, exige que tu lises *Beowulf*, Chaucer et Shakespeare, les romantiques et les victoriens, les réalistes et les modernistes, afin que tu puisses parler à l'ensemble de ta profession.

Dommage qu'une grande partie de ta profession
ne puisse pas te parler en retour.

Comme te le dit un professeur de littérature chicano de ton département avec un soupçon de colère, la porte de son bureau fermée, Ils s'attendent à ce qu'on lise leur littérature, mais ils ne liront pas la nôtre.

Les prétendues minorités connaissent toujours la mentalité de la prétendue majorité. Mais celle-ci part du principe qu'elle n'a besoin de rien savoir de vous. Son ignorance est un privilège, un luxe que tu ne peux pas te permettre.

Un quart de siècle plus tard, en réponse aux étudiants réclamant une plus grande diversité dans le cursus d'anglais au Barnard College – la même cause que tu as défendue, étudiant à Berkeley –, la professeure émérite d'anglais, de la chaire Emerita Helen Goodhart Altschul, dit :

Il faut avoir un peu lu Shakespeare, Milton, Tennyson.
C'est une bonne formation pour un étudiant en
anglais. La partie brutale de mon cerveau dit :
« Si ça ne vous plaît pas, n'étudiez pas l'anglais. »

Tu l'aimes ou tu la quittes. L'enseignante a exprimé
tout haut la partie silencieuse, celle dont tu
soupçonnes qu'elle est exprimée parfois, ou
souvent, dans l'intimité des cercles de
professeurs, des cocktails, des dîners
de conférence et des examens de
titularisation, quand le public
est exclusivement blanc.

Elle poursuit :

Beaucoup d'enseignants ont le sentiment que, si vous ne
possédez pas les bases de la littérature britannique
enrichies par la littérature américaine, vous ne
pouvez tout simplement pas comprendre
une partie des modernes.

Tu as grandi à San José, en Californie, colonisé mentalement par la culture anglaise que tu rencontres à la bibliothèque et à la télévision, à tel point que tu deviens anglophile. Adolescent, tu lis *La Foire aux vanités* et *Tom Brown's School Days* pour t'amuser. Mais la partie brutale de ton cerveau dit que si on ne lit pas les littératures des gens de couleur et des colonisés, on ne peut pas comprendre que

les profits de l'esclavage rendent possible la modernité européenne, de même que l'exploitation européenne des Amériques et de leurs peuples autochtones. Les taches de sang laissées par ces profits sont blanchies grâce au déni, de la part des Européens, de leur comportement inhumain.

Comprendre en quoi, souvent, la littérature anglaise contribue
à ce déni et projette cette inhumanité sur les esclavagisés
et les colonisés est une bonne formation
pour un étudiant en anglais.

À Berkeley, tu deviens ce que les universitaires appellent un américaniste. Tu obtiens ton premier passeport, de sorte que tu peux te rendre à des conférences internationales. Pour ton oral de littérature américaine du XIXe siècle, l'examinateur passe la moitié du temps à t'interroger sur une scène de *Moby Dick*. Heureusement, tu as lu *Moby Dick* (tu as adoré !) et tu te rappelles le doublon d'or cloué au mât du *Pequod* par le capitaine Achab.

Tu rédiges une thèse sur la littérature asio-américaine, un domaine dans lequel tu peux trouver un poste universitaire grâce aux combats de tout un mouvement qui a réussi à rendre de plus en plus visibles les Asio-Américains et leurs écrits. Ce mouvement existe à l'intérieur et à l'extérieur de l'université – organisateurs, personnalités politiques, artistes et militants. Ta thèse porte en partie sur le fait que combat littéraire et combat politique vont main dans la main, que l'un et l'autre sont nécessaires pour changer et transformer sa personnalité et la société, la voix et l'art. Tu parles de Sui Sin Far (*Mrs. Spring Fragrance*, 1912), de Carlos Bulosan (*America Is in the Heart*, 1946), de John Okada (*No No Boy*, 1957). Parmi les gens qui enseignent ou étudient les Asio-Américains, presque personne n'a entendu parler d'eux, pas même de Bulosan, célèbre en son temps.

America Is in the Heart raconte l'immigration d'hommes philippins dans l'Amérique de la Grande Dépression. Aux États-Unis, Allos, le narrateur, devient Carlos puis, à la fin, Carl. Cette œuvre, à la fois fiction et autobiographie, annonce l'autofiction contemporaine, tellement à la mode quand elle est écrite par des Blancs, pas tellement quand elle est écrite bien avant par une personne colonisée. Bulosan a compris que les frontières entre les genres n'ont pas d'importance quand les colonisateurs violent sans arrêt les frontières existantes et créent celles qu'ils veulent, tandis que les colonisés sont obligés de traverser ces frontières pour simplement survivre.

America Is in the Heart a été publié juste après la Seconde Guerre mondiale, quand L'AMÉRIQUE™ savait qu'elle devait se montrer à la hauteur de sa rhétorique de la liberté et de la démocratie. Aussi, après des centaines de pages décrivant la colonisation américaine des Philippines et le racisme brutal à l'encontre des Philippins sur la côte ouest des États-Unis, c'est un Carl (comme Karl Marx) politiquement conscient qui conclut en disant :

> Je me rendis compte qu'aucun homme – que personne – ne pourrait de nouveau détruire ma foi dans l'Amérique. Elle était née de mes échecs et de mes réussites, elle était façonnée par mes combats pour me faire une place dans ce vaste pays... Née de notre désir de connaître l'Amérique, de faire partie de sa grande tradition, d'aider à son accomplissement final.

Cette fin t'intrigue pendant des années, jusqu'à ce que tu comprennes qu'elle prend tout son sens si elle est lue à haute voix par Groucho Marx remuant les sourcils et roulant des yeux à chaque mention de L'AMÉRIQUE™, le plus fermé de tous les clubs. Bulosan aurait dû être un Grand Romancier Américain, mais en 1957 il gisait, mort, sur les marches de la mairie de Seattle, tuberculeux et alcoolique, traqué par le FBI au plus fort de la paranoïa anticommuniste américaine. Tiraillée entre L'AMÉRIQUE™ à la fois cœur accueillant et marteau colonisateur, l'épopée de Bulosan est véritablement un Pas Si Grand Roman Américain.

De même que *Tripmaster Monkey*, de Maxine Hong Kingston, portrait tendre et satirique d'artistes asio-américains hippies à San Francisco et Berkeley pendant la révolution contre-culturelle des années 1960. Le héros en est le dramaturge idéaliste Wittman Ah Sing, et puisque le roman parle aussi de L'AMÉRIQUE™ comme pays du possible démocratique whitmanien et de L'AMÉRIQUE™ comme pays belliciste impérialiste, ce devrait être un Grand Roman Américain.

Mais il n'est pas cité en tant que tel par ceux qui suivent ces choses-là.

Ce sont essentiellement ces littéraires qui ont entendu parler de Kingston dans un monde essentiellement non littéraire. C'est seulement quand tu évoques Amy Tan et son très célèbre *Club de la chance* que les autres commencent à acquiescer. Wayne Wang en tourne l'adaptation cinématographique, avec le beau gosse qui pourrait jouer aussi ton père, Russell Wong. Il abat son poing dans la chair rouge d'une pastèque, puis en mange une poignée, et le jus coule sur son menton tandis qu'il adresse un sourire suggestif à la jeune Ying-Ying, incarnée par Feihong Yu (la Ying-Ying plus âgée est jouée par France Nuyen, connue depuis *Star Trek*, qui pourrait également incarner ta mère dans le film épique sur sa vie, si Joan Chen ou Kiều Chinh ne sont pas disponibles).

Quand tu découvres *Le Club de la chance* à dix-huit ans, c'est le premier livre que tu aies lu écrit par une personne asio-américaine (et passée par l'université d'État de San José, à quelques rues de ta maison marron). Tes modèles littéraires sont alors Jane Austen, Byron et Percy Shelley, écrivains totalement étrangers à Ba Má. L'anglais n'existe que pour ton propre plaisir, sans lien avec le monde du SàiGòn Mới. *Le Club de la chance* te réoriente, de même que les œuvres de nombreux autres écrivains asio-américains : Jessica Hagedorn (*Les Mangeurs de chien*), Theresa Cha (*Dictee*), David Henry Hwang (*M. Butterfly*), Frank Chin (*The Chickencoop Chinaman*). Les Asio-Américains écrivent en anglais depuis le XIXe siècle, à commencer par la sœur de Sui Sin Far, Onoto Watanna, nom de plume japonais de Winnifred Eaton, née au Canada d'une mère chinoise et d'un père anglais. À travers la littérature asio-américaine – et la littérature des peuples autochtones, et la littérature chicano, et la littérature noire, et la littérature anticoloniale –, tu te construis un héritage littéraire, en plus de la généalogie du canon anglo-américano-européen, qui est aussi le tien. Et tu te demandes :

Peut-être l'écriture est-elle capable de rendre justice.
Peut-être es-tu capable, par l'écriture, d'éclairer les
ombres du SàiGòn Mới, la maison marron dans la
10e Rue Sud, le monde des réfugiés vietnamiens.
Peut-être l'écriture est-elle beauté, et lumière,
et aussi rage et colère.

Et si tu ne peux pas écrire une thèse sur la littérature vietnamo-américaine, tu écriras de la littérature vietnamo-américaine. Au début des années 1990, seuls quelques livres ont été publiés en anglais par des écrivains vietnamiens ou vietnamo-américains. Tu es déterminé, contre la force déshumanisante de Hollywood et ses crimes de représentation à l'encontre des Vietnamiens, à humaniser ces derniers et à leur donner une voix.

C'est une erreur. Tu seras incapable
de dire pourquoi pendant des années,
ou de faire autrement pendant des décennies.

Donc tu tentes d'être écrivain, bien que tu n'oses pas t'en donner le nom. Tu écris des poèmes : un sonnet sur ta sœur absente, un autre, pénétré, en vers libres, intitulé « Garçon cambodgien sur un escalier », à propos d'une photo en noir et blanc montrant le rescapé d'une attaque de roquette. La détresse de ce petit garçon esseulé t'émeut profondément.

Malheureusement, cela ne fait pas de toi un bon poète.

Tu cesses de faire du mal, à toi comme aux autres, avec tes vers. Les essais et la non-fiction sont plus proches de l'écriture universitaire, dans laquelle tu excelles. C'est ainsi que tu te retrouves au séminaire de non-fiction de Kingston.

Tu te rappelles t'être endormi pendant son séminaire. Mais tu ne te rappelles pas avoir écrit sur Má au service psychiatrique asio-pacifique, jusqu'à ce que, ouvrant tes pauvres archives quelques décennies plus tard, tu sois surpris d'apprendre, par les essais que tu avais écrits lors du séminaire de Kingston, que ta mère était là-bas quand tu avais dix-neuf ans.

Pas quand tu étais enfant.

Ta grosse tête renferme plein de grandes idées et se souvient de plein de choses au sujet de livres importants, jusqu'au doublon sur un mât dans un épais roman écrit en une langue que ta mère lit à peine.

Mais tu ne peux pas ou ne veux pas te rappeler

celui que tu étais

quand ta mère n'était pas

celle qu'elle était.

tes propres archives personnelles

Pour vous re-composer, toi et ta mère, tu étudies les fragments de ton passé sur papier. Ton journal indique que tu as rendu visite à ta mère au service psychiatrique asio-pacifique en février 1990. Dans le texte que tu rédiges pour Kingston, tu écris que tu te sens

indifférent.

Ton frère, l'étudiant en médecine, décrit l'affliction de ta mère comme une

névrose.

Le dictionnaire définit sous le nom de névrose

une maladie mentale relativement bénigne

mais pas

une perte radicale de contact avec la réalité.

Vraiment ? Ce service, ses patients et ta mère te paraissent

fous.

Aucun des patients, y compris ta mère, ne semble appartenir à ta réalité. Quand une femme prénommée Trinh se roule par terre, une aide-soignante, une Noire, la relève doucement. Puis

Trinh se tient au centre de la pièce devant nous. Elle s'exprime dans un mélange de vietnamien, de babil enfantin et peut-être d'une langue qui lui est propre. Elle regarde par la fenêtre, hébétée. Elle se met à frapper dans ses mains et à chanter d'une voix décousue, essoufflée, comme une enfant qui chante avec trop d'ardeur.

Tu pourrais tout aussi bien lire un texte de fiction. Tu n'as plus aucun souvenir de cette scène ni du fait que la plupart des patients étaient asiatiques et vietnamiens. La description que tu fais d'un des personnages de ton recueil de nouvelles, *Les Réfugiés*, s'applique à toi, ou peut-être lui as-tu appliqué la description de toi-même :

Son réflexe d'oubli était trop profondément ancré en lui, comme s'il passait sa vie à marcher à reculons dans le désert, effaçant ses propres traces de pas, ce qui ne lui laissait que des souvenirs épars.

Mais il te reste une vague image du service, car Má y retourne en 2005, quand elle quitte définitivement ta réalité. Ce dont tu te souviens le mieux de 1990, c'est ton malaise face à ces patients, l'effroi et la terreur de savoir ta mère ici. Elle n'est pas elle-même. Ou peut-être qu'elle est elle-même. Elle-même en tant qu'une autre. En tant que ton Autre.

Une patiente blanche passe, une des rares personnes blanches dans ce service. Elle dit : « Dites à votre mère de ne pas avoir peur de mourir. On a tous

connu ça à notre arrivée ici. On s'en remet tous. »
J'acquiesce pour lui signifier qu'elle existe.

Pour l'essentiel du monde extérieur au service, les patients n'existent pas. C'est sans doute encore plus vrai pour les patients asiatiques, issus de peuples, comme le tien, qui abordent rarement, voire jamais, la maladie mentale. Gênant. Honteux. Tu ne ressens pas cela, mais tu ne peux écrire sur le voyage de Má dans le surréel que maintenant qu'elle est morte.

Et de quel droit fais-tu ça ?

Mais peut-être racontes-tu cette histoire
pour signifier que ta mère

a existé, existe, dans toutes ses personnalités,
et qu'elle n'était pas, qu'elle n'est pas, seule.

Tu ne te rappelles plus ce qui l'a amenée au service psychiatrique asio-pacifique, jusqu'à ce que tu relises les mots que tu as écrits à dix-neuf ans :

> Là-bas, quelqu'un – si ce n'est tout le monde – cherche
> à la tuer. Ce quelqu'un rampe dans les égouts et ressort
> par les toilettes. Elle l'attendait, enfermée dans la salle
> de bains, quand mon père a décrété que ça suffisait
> comme ça et a fait un trou dans la porte pour
> l'atteindre. C'était ma salle de bains.

Si tu ne te souviens plus de ça, pourquoi te souviens-tu de la situation inverse, du soir où Má poursuit Ba jusque dans l'autre salle de bains du couloir ? Quand Ba s'enferme à l'intérieur, Má fait des trous dans la porte à l'aide d'une chaise, au milieu de cris en vietnamien que tu ne comprends pas.

Tu te souviens en revanche des nombreuses fois où, petit, adolescent, tu fonces dans cette même salle de bains et fermes la porte à clé, devançant ton père de quelques pas avant qu'il puisse te battre. En réalité, Ba ne t'a claqué qu'une seule fois, avec sa ceinture, et si tu ne te rappelles plus ce que tu avais fait pour le provoquer, tu te rappelles que tu as crié et saigné, que Má a saisi le bras de Ba et l'a supplié d'arrêter. Tu avais peut-être neuf ou dix ans. Tu n'en as pas voulu à Ba à l'époque et tu ne lui en veux pas aujourd'hui. Qui es-tu pour te plaindre d'un coup de ceinture alors qu'ils s'étaient fait tirer dessus ? Mais la peur d'être encore puni te rend particulièrement sensible aux moments où le stress du SàiGòn Mới ravage Ba et le fait se retourner contre toi. Tu te rappelles la peur, et tu as peur d'être un lâche qui court se planquer plutôt que d'affronter Ba. Parfois, tu es assez rapide pour attraper au vol une couverture et un oreiller, prêt à passer une longue nuit. Mais tu n'auras jamais à dormir dans la baignoire. Ba finit toujours par s'approcher de la porte fermée à clé et te supplier de sortir.

C'est sa vraie personnalité – la tendre.

Ba, si méticuleux avec tout, si protecteur avec toi, ne te laissant jamais passer un bras par la fenêtre de la voiture car, dit-il, tu le perdras dans un accident – ce Ba ne prend jamais la peine de réparer ou de remplacer la porte que Má a défoncée. Bien que tu te rappelles que les trous béants dans la porte de la salle de bains en révèlent le vide pendant toutes tes années vécues à l'intérieur de cette maison marron, il ne te reste aucune image de toi assis avec ta mère dans le service psychiatrique.

> Elle m'a reconnu, mais dans son monde je n'avais
> pas plus d'importance que le reste du mobilier atroce.
> Elle regardait le mur d'en face, droit devant elle.
> Sa bouche restait légèrement ouverte, ses yeux étaient
> légèrement vitreux, mais elle ne bougeait pas.

Est-ce le même regard que tu verras plus tard à l'unité de soins de la mémoire ?

Elle ne nous touchait pas, ne nous embrassait pas,
mais fuyait comme une enfant timide. Elle se tenait
au centre de la pièce et a affiché un sourire vide
au moment de nous dire au revoir.

Tu veux bien croire que ces choses-là sont arrivées, même si tu ne peux pas les re-composer, y compris le fait que Má ne prête aucune attention aux raisins et au jus d'orange apportés par Ba, et tandis que ce dernier discute avec une assistante sociale

les larmes me sont venues et je me suis levé avant que
quelqu'un ne me voie pleurer, car personne ne m'avait
vu pleurer depuis la sixième. Je suis allé aux toilettes
sans rien lui dire, mais de toute façon je crois
qu'elle n'a rien remarqué. Je me suis enfermé
dans la cabine, et mon premier sanglot
m'a fait suffoquer.

Tu ne te rappelles pas avoir fui Ban Mê Thuột et Sài Gòn, parce que tu avais seulement quatre ans. Mais pourquoi ne peux-tu pas re-composer ces choses qui remontent à la fin de ton adolescence ? Pourquoi ne peux-tu pas te re-composer ? Tu as été dé-composé et oublié par Hollywood, par le colonialisme et par le racisme, oui, mais aussi par nul autre que toi-même.

Tu as oublié que Ba Má, parfois, te menaçaient. Ils te disaient de leur obéir, car dans le cas contraire tu risquais de blesser Má. Elle pouvait rechuter. Une menace qui ne peut avoir de sens que si Má, à un moment donné, s'était effondrée et avait quitté le réel pour le surréel, comme à Harrisburg. Chantage affectif, penses-tu. Et tu oublies ensuite la menace. Peut-être parce qu'elle se révèle être vraie.

Ce que tu finis par re-composer, provoqué par ces fragments sur papier, est ceci :

Pendant toute ton enfance et ton adolescence, Ba Má veulent faire de toi un catholique 100 pour cent vietnamien, moral, travailleur, droit. Tu n'es pas d'accord avec leur projet, mais tu les respectes. Ce ne sont pas des hypocrites. Ils ne dévient jamais de leurs convictions morales, de leurs journées de travail écrasantes, de leur rituel nocturne du rosaire, de leur messe hebdomadaire, qui, leur retraite prise, devient quotidienne.

Mais ils frisent le fanatisme. Lors de ton expérience à Great America, par exemple, avec ton argent tu t'achètes un pantalon gris à carreaux au rayon adolescents de chez Macy's, au centre commercial d'Eastridge. Tu remontes les ourlets et tu les serres bien autour des chevilles. Tu ne peux pas concevoir d'autre façon de porter un pantalon, et surtout pas comme ces pauvres adultes – tes professeurs – avec leurs chinos larges.

Ce pantalon à carreaux, Má le perçoit comme étant celui des jeunes réfugiés vietnamiens délinquants qui fument, traînent avec les représentantes du sexe opposé, ont de mauvaises notes à l'école, sculptent leurs cheveux à des hauteurs scandaleuses, fréquentent les boîtes de nuit et les *garage parties*, tout ce qui à tes yeux est chouette et amusant, mais anormal et délétère dans l'imagination de Má. Elle te réprimande, dit que tu n'es pas respectable et comme il faut, que tu condamnes ton avenir. Elle t'ordonne de rendre ce pantalon. Tu le fais.

Et tu enrages.

La leçon que tu en tires est que tu dois avoir une vie secrète. Tu es déjà enclin au secret et au silence. Dans la maison de Ba Má, tu es un Américain qui les espionne. Hors de leur maison, tu es un Vietnamien qui espionne les Américains, leurs us et coutumes étranges, y compris le monde interdit et fantastique des fréquentations féminines, vu dans les films écrits par John Hughes tels que *Rose bonbon, Une créature de rêve* et *La Vie à l'envers*.

Puis tu rencontres J au Great America. Elle vit à quatre-vingt-dix kilomètres de là. Pour la voir, tu prends un bus, puis le BART, soit trois heures de trajet aller et retour. Tu vends ta collection de comics adorée pour payer ta facture d'appels longue distance. Tu gardes le secret pendant trois ans, jusqu'à ce que, fauché, tu te mettes à appeler J avec le téléphone de Ba Má. Le 4 janvier 1990, Má dit :

«Ton père ne s'achète même pas des chemises
à 10 dollars. Il porte celles de ton frère et les tiennes.
Et maintenant, chaque fois que tu téléphones,
il doit payer 10, ou 20, ou 30 dollars.»
Et elle pleure.

Le 9 janvier, tes parents ont trouvé sous ton lit tes lettres et tes photos avec J. Tu ne les reverras plus jamais. Tu es scandalisé par cette violation de tes affaires, de tes souvenirs, de ton affection pour J, de ta possibilité de vivre ta vie comme les adolescents blancs dans les films. Ba Má sont furieux car, tout à coup, ils découvrent que leur garçon discret, maussade, généralement obéissant, vulnérable, pas encore un homme à leurs yeux, leur a menti. Et pire – il est en train de devenir quelqu'un qu'ils ne connaissent même pas. Tu écris :

Maman a menacé d'avoir une crise cardiaque.

Ba Má exigent que tu mettes un terme à cette relation. Tu n'as pas de voiture, pas d'argent, pas de cran, et tu dois à tes parents loyauté et amour. Donc tu leur dis que tu ne verras plus J, bien que tu continues de la voir. Tu t'es habitué à mener une vie secrète, avec deux visages et deux personnalités, dont tu ne montres qu'une moitié à Ba Má. Où est le mal, pour eux, s'ils ignorent ton autre vie ? Tu évites de penser au mal que cela fait à J, qui tolère la situation. Ta mère et ton père trouvent un compromis à leur manière. Ils proposent de te faire rencontrer de gentilles Vietnamiennes catholiques. Une gentille Vietnamienne catholique est la dernière chose dont tu aies envie.

Finalement, pourtant, tu épouses une gentille
Vietnamienne catholique – Lan, qui est bien
plus que ça. Mais comme toi, elle sait comment
montrer le visage qu'il faut en certaines occasions.
Pas un faux visage. Simplement le bon visage.

Cinq semaines après avoir découvert ta liaison secrète avec J, Má quitte le réel et entre au service psychiatrique asio-pacifique, destin sans doute pire que la crise cardiaque brandie comme une menace. Peut-être crains-tu d'être la cause de son départ, crainte que tu ne te formuleras jamais, jusqu'à aujourd'hui. Peut-être que cette crainte non dite, non avouée, explique pourquoi tu oublieras, des décennies durant, que ta mère t'a prévenu.

Toi : la cause.
Ta mère : l'effet.

Sept ou huit mois plus tard, à l'automne 1990, tu essaieras d'écrire sur le service psychiatrique asio-pacifique au cours du séminaire de Kingston, essaieras d'atteindre le centre entre tes deux personnalités, essaieras d'atteindre la jonction entre le réel et le surréel, essaieras de re-composer ce que tu as déjà commencé à oublier.

Quant à ton journal, tu n'y écriras plus qu'une seule entrée, dix-neuf mois plus tard. Le dernier mot dans ta tentative tardive et décousue pour être écrivain ?

Culpabilité.

l'inventaire de toi-même

Má guérit. Rentre à la maison. Ne retrouvera pas le service psychiatrique asio-pacifique avant quinze ans. Tu continues de cacher des choses à elle et à Ba, une double vie qui n'est pas rare chez les enfants d'immigrés et de réfugiés, du moins le penses-tu.

Ba Má veulent te protéger de dangers que tu ne vois pas ; tu veux les protéger de choses qu'ils n'ont pas besoin de connaître. Et ils doivent avoir des secrets dont tu n'as même pas idée. Un vrai secret n'est-il pas, par définition, quelque chose dont l'existence n'est pas connue ? Et toi, quels sont tes pires secrets ? D'être athée ? De lire la théorie marxiste ? D'avoir été arrêté ? De voir J pendant encore cinq ans, jusqu'à la fin de votre relation ?

à savoir,
c'est-à-dire,
autrement dit,
elle te balance comme une vieille chaussette.

J ne veut plus être ton secret. Elle garde *Lester le Chat*. Tu te demandes si elle le possède encore mais tu ne lui poses jamais la question. Elle n'a pas besoin d'avoir des nouvelles de la personne trop faible pour la défendre en son nom, satisfaite de mener une double vie qu'elle n'a pas souhaitée. Quand la dualité devient-elle duplicité ? Quand est-ce qu'avoir deux personnalités conduit non pas à une double vue, mais à l'aveuglement ? La dernière fois que tu la vois, c'est le jour de son mariage avec un Vietnamien. Au moins tu ne l'as pas dégoûtée de tous les Vietnamiens.

Tu épouses Lan. Bien que le plus important, aux yeux de Ba Má, soit qu'elle est une Vietnamienne catholique de bonne famille, à tes yeux le plus important est qu'elle est une poétesse, en plus d'être magnifique. Tes parents enchantés paient le mariage extrêmement tape-à-l'œil, organisé dans une salle des fêtes chinoise, avec le même repas chinois sophistiqué à dix plats que l'on sert dans tous les mariages vietnamiens, une bouteille de cognac Hennessy sur chaque table, et quatre cents invités que pour la plupart tu ne connais pas. Personne n'attend de toi que tu t'amuses à ton propre mariage. Quelle idée occidentale !

Tu rencontres Lan par une nuit d'orage et de pluie, dans un loft d'Oakland situé près de la voie ferrée, lors d'une lecture de poésie que tu organises, où elle lit ses poèmes devant le micro ouvert. Son lyrisme te terrasse. En plus : Elle aussi a fui le Việt Nam. Elle aussi s'est retrouvée à Fort Indiantown Gap. Elle aussi a émigré une deuxième fois, de la Pennsylvanie à San José. Elle aussi est une inadaptée amoureuse des livres. Vos chemins se sont peut-être croisés dans le camp, vous avez peut-être même joué ensemble. Vous avez peut-être arpenté au même moment des allées parallèles de la bibliothèque, sans savoir que vos destins se rencontreraient un jour.

Quelqu'un doit faire un film sur cette histoire d'amour.
Wes Anderson ? Un film parfait pour Wes Anderson !
Sauf qu'Anderson fait des films charmants
uniquement sur des Blancs fantasques.
Tu n'es pas fantasque.

Lan lit chacun de tes mots, souvent plusieurs fois, sans jamais se plaindre, même au cours de ces longues années, au début, faites de faux départs et d'expériences atroces. Plus que quiconque, elle connaît tes ambitions d'écrivain, dont tu fais part à peu de gens. Tu es un critique littéraire professionnel, un professeur professionnel, et si ton souhait de devenir romancier vient à être connu, tes collègues écrivains risquent de te considérer comme un dilettante, tandis que tes collègues universitaires risquent de te classer de la même manière que les zoologues perçoivent les animaux : comme un objet d'étude, de taxonomie et de curiosité, méritant un peu d'amour mais aussi, peut-être, un peu de mépris.

Tu es, comme toujours, divisé.
Es-tu un critique ou un écrivain ?
Un savant ou une bête ?

Sur le point d'obtenir un PhD en anglais, tu apprends une nouvelle langue : la théorie. Un mélange de courants de pensée enivrants, notamment, en ce qui te concerne, le marxisme, la déconstruction et le poststructuralisme, boosté par la lutte anticoloniale globale et les écrits révoltés d'Américains de couleur.

Tu acquiers une voix,
mais tu ignores que
ce n'est pas la tienne.

C'est la voix de quelqu'un qui imite les maîtres de la Théorie. Aux yeux de l'extérieur, la Théorie apparaît souvent dense, compliquée, opaque. Or le jeune homme qui est en toi est sincèrement animé par la conviction que la théorisation est une manière de plonger sous la surface des textes, des choses, du monde, de comprendre comment l'art, le pouvoir et la politique agissent. Tu entreprends de dominer ce discours qui critique le monde en critiquant le texte.

À la fin de ton doctorat,
c'est le discours qui te domine.

Lors de tes entretiens pour des postes universitaires, les professeurs hostiles à la Théorie, ou qu'elle laisse sceptiques, te demandent d'expliquer ta thèse dans ce qu'ils appellent « un langage clair ».

Qui parle un langage clair ?
[redacted] parle clairement.
Est-ce une chose à laquelle il faut aspirer ?

Les professeurs sceptiques te demandent aussi d'expliquer une idée que tu retiens de tes lectures théoriques : l'intersticialité. Tu ne peux pas encore démontrer, en deux minutes ou moins, en quoi toute ton existence est interstitielle. Aux interstices. Aux intersections, aux jonctions, aux croisements. Des langues, des cultures, des façons de penser et des convictions politiques.

Tu es perpétuellement entre tel et tel endroit, déplacé, une zone de malaise qui sera toujours ton chez-toi. Tu ne seras jamais tout à fait à l'aise nulle part, car si un chez-soi peut être l'endroit où tout est heureux et résolu, ne peut-il pas aussi être celui du désarroi et de la gêne ? Bienvenue à la maison. Tu l'aimes ou tu la quittes.

Tu te situes toujours à l'intérieur et à l'extérieur
de toutes les langues que tu rencontres. Orphelin en
vietnamien. Maladroit en français. Adopté en anglais.
Dominé par la Théorie. Subjugué par la Fiction.

Une fois, dans un séminaire sur la littérature, la transfrontalité et les migrants, une camarade, fille d'immigrés mexicains, dit vouloir écrire quelque chose que sa mère pourrait comprendre. Tu salues cela chez elle. Mais jamais tu ne pourrais écrire quelque chose que Má lirait.

Et parce que tu ne le peux pas, ou ne le feras pas, tu
renonces et t'en remets entièrement à la Théorie.
Pas difficile, car quand tu t'es offert la première
fois à l'anglais, tu as coupé ta langue maternelle.

Ce n'était pas un choix conscient.
Et pourtant si. Aussi conscient qu'un enfant
peut l'être à propos d'une amputation.

L'anglais est associé à la conscience et à la mémoire. Les souvenirs commencent, dans le récit de toi-même à toi-même, en anglais. L'anglais est présent dans la plupart des heures de ta vie, à l'école, dans les livres, à la télévision. Le vietnamien s'échappe, parlé uniquement avec Ba Má. À travers le vietnamien, ils t'enseignent la tradition, la discipline, l'étiquette, la religion. La punition et la honte. L'obéissance et la peur.

L'amour, aussi. Mais tu ne le sais pas et tu ne le ressens pas
avant d'avoir quitté ton foyer, quand le fait d'entendre
parler le vietnamien, même par des inconnus,
t'évoquera la sonorité
de l'amour.

Au début de ton adolescence, tes parents engagent un ami de la famille pour t'enseigner le vietnamien, mais tu es un élève récalcitrant. L'ami en question était médecin dans ton pays natal. Néanmoins, son diplôme ne valant rien ici, il est obligé de faire des études pour redevenir médecin. Tout ce dont tu te souviens, c'est le titre du roman que ce malheureux utilise dans ses cours à un gamin qui s'ennuie : *Anh Phải Sống*.

Même quand tu es à l'université, Ba Má essaient encore, engageant cette fois un cousin plus âgé, le fils de la sœur aînée de Má, pour t'enseigner le vietnamien. Ce cousin qui pourrait être ton père est un ancien soldat, rescapé des camps de rééducation. Son manuel d'enseignement : la Bible.

Tu te vois tel que Ba Má et ces professeurs vietnamiens t'ont peut-être vu : discret, réservé, maussade, s'opposant à leurs tentatives d'approche, évoluant dans une vie secrète, celle du rêve et de la rêverie. Devenant un Américain. Devenant un étranger.

Maintenant que tu es père, tu veux garder ton fils près de toi. Tu essaies de créer l'intimité que tu as connue autrefois avec Ba Má mais que le SàiGòn Mới a détruite. Tu lui fais souvent la lecture, et il apprend à aimer les livres. Parmi les phrases les plus tendres que tu entends, il y a, Papa, lis-moi un livre, qu'il dit même après avoir appris à lire.

En lisant seul, il fait un des premiers pas qui l'éloignent de toi. Mais quels que soient les malentendus à venir, ce ne sera pas faute de partager une langue. Pour lui, sa langue maternelle est ta langue adoptive.

Tu ne la tranches pas d'un coup sec, ta langue maternelle. Tu la scies petit à petit, à mesure que ton anglais devient toujours plus affûté, toujours plus fin. Tu ne tombes pas sur l'os, mais tu ne coupes pas entièrement ta langue maternelle. Le moignon frétille encore dans ta bouche, assez compétent pour que, quand tu retournes au Việt Nam, des gens disent,

Vous parlez un excellent vietnamien
… pour un Coréen !

Enfant, tu as sans doute dû prendre la décision. Tu ne pouvais pas parler les deux langues comme un local ou comme un maître. Le pire résultat possible : mal parler les deux langues. Le deuxième pire résultat : parler l'anglais comme un étranger mais garder ta langue maternelle. Le meilleur résultat : parler l'anglais comme un local, le vietnamien comme un enfant.

Même le vietnamien d'un enfant
te fait comprendre que tu es toujours vietnamien.
Un jour, déjà adulte, tu entends dans une pharmacie
de Los Angeles un homme parler au téléphone en vietnamien.
Il est buriné, sa tenue est négligée, peut-être travaille-t-il
dans l'artisanat. Il dit, d'une voix tendre,
Con ơi, Ba đây. Con ăn cơm chưa ?

Tu as les larmes aux yeux à l'époque,
tu as les larmes aux yeux aujourd'hui.
Tellement sentimental, voire cliché,
mais ces larmes te font comprendre
que tu es toujours vietnamien.

Quand tu es enfant, Ba Má te disent, chaque jour,
Con ăn cơm chưa ?

Ils accueillent les visiteurs de la même manière :
Ăn cơm chưa ?
Une marque d'attention et de sollicitude,
née du désir de voir bien nourris
les êtres chers et les amis.

Personne ne prend le riz, ou l'alimentation, pour acquis.

Enfants, pendant la grande famine, quand le riz manquait,
tes parents devaient manger du manioc, la racine
tubéreuse de l'arbre du même nom. Tu trouves
ses fibres blanches insipides. Deux ou trois
fois, à la retraite, ton père fait bouillir
du manioc et le mange, avec
le sourire, par nostalgie.

Ils ont beau faire des économies, Ba Má ne lésinent jamais sur la nourriture. Con ăn cơm chưa ?

Ba Má rentrent de leurs longues journées passées au SàiGòn Mới et préparent malgré tout le classique dîner à trois plats – viande, légumes, soupe –, autour d'une énorme casserole de riz au jasmin, sortie directement du rice cooker et posée sur la table. Con ăn cơm chưa ?

Tu ne manques jamais de nourriture, mais tu dois manger tout ce qu'il y a dans ton assiette. Des abats bouillis sans assaisonnement. Des tranches d'intestins blancs et caoutchouteux. Des tranches élastiques de tripes jaunes. De petits morceaux de gésiers de poulet musculeux et de tendres cœurs de poulet. De la langue de bœuf hérissée de poils, des décennies avant qu'elle ne devienne un produit de base branché. Du foie couleur chocolat, avant qu'il ne prenne une connotation sexuelle rothienne. Con ăn cơm chưa ?

Tu manges tout ça et, plus de trente ans après,
chaque fois que tu as fini de rôtir un poulet
entier, tu le sors du four, tu restes seul
devant le plan de travail et tu manges
le gésier, le foie et le cœur,
car personne d'autre
n'en voudra.

Le riz tient lieu de nourriture ; la nourriture tient lieu d'amour. Ton père compte les bols de riz que tu manges à chaque repas, proteste si tu en manges moins de trois.

Comment traduire le mot « tu » en vietnamien quand il n'existe pas de traduction exacte, quand chaque « je » et chaque « tu » portent toujours sur notre relation avec l'autre ? À la télévision, les Américains d'une même famille s'interpellent avec le mot « tu ». Choquant. Ton propre fils, désormais, s'adresse à son père en disant « tu », car tu ne te fais pas appeler « Ba » et tu ne l'appelles pas « con ». En coupant ta langue maternelle, tu coupes autre chose encore. Père, Papa – ils te remuent le cœur mais ne t'émeuvent pas aux larmes. Pas encore.

Con ơi, Ba đây.

Ton fils de neuf ans et ta fille de trois ans ne sauront peut-être jamais ce que signifient ces mots. Non pas ce qu'ils signifient à la lettre, ce que ton fils comprend déjà, mais ce qu'ils signifient sentimentalement.

Tu sais quelle est ta place quand tu prononces ces mots, quand ces mots te hèlent et t'installent dans les branches de l'arbre généalogique. Toute l'histoire de ce que cela signifie d'être vietnamien, la guerre et la perte, la lutte et le sacrifice, l'amour des parents et la filialité de l'enfant, condensés dans ces mots simples et leur sonorité quand ils sont prononcés à haute voix.

Ba, Má, con. La sainte Trinité. Pourquoi avoir besoin d'amour quand on a le sacrifice ? Et si ton père et ta mère ne t'ont jamais dit je t'aime, as-tu jamais dit ces mots à Ba Má ?

La première fois que tu dis le mot « aimer » à quelqu'un, c'est peut-être le jour où tu dis à ton frère, Tu ne m'aimes plus. Anh Tùng te dit qu'il t'aime, ce qu'il ne dira plus avant plusieurs décennies, avant la mort de Má. Même là, il t'est presque impossible de lui dire en retour je t'aime. Pourtant, tu l'aimes.

La deuxième personne à te dire ces mots, c'est J. Tu t'apprêtes à partir pour différentes universités. Je t'aime, dit-elle, au téléphone.

Tu es pétrifié. Tu bégaies. Tu ne peux pas faire que ta langue
prononce ces mêmes mots. Le silence s'étire, s'étire,
jusqu'à ce qu'elle te dise au revoir et raccroche.

Des semaines plus tard, pendant ta première année à l'université, une nouvelle amie te dira je t'aime, par amitié.

Tu es de nouveau pétrifié. Tu ne comprends pas que quelqu'un
puisse te dire ça, et encore moins t'aimer pour de bon.
Elle t'adresse un sourire gentil, ou gêné,
et laisse passer l'instant – elle
n'en reparlera plus jamais.

Tu ne peux pas dire je t'aime car tu ne sais pas comment aimer, ou si tu le sais, tu ne sais pas à quoi ressemble l'amour. Bien des années après, tu comprends : tu as peur. De ressentir. D'être vulnérable. Tu n'as pas le courage d'aimer. D'être ouvert aux autres, qui pourraient te blesser autant que t'aimer.

Tu te caches derrière la Théorie. Un bouclier d'expertise à l'abri duquel tu peux être objectif, impassible, invulnérable. Tu apprends à te méfier du subjectif.

L'irrationnel. L'empirique. L'ambigu. L'émotionnel. Le vulnérable. Toutes ces choses qui peuvent saper ton expertise.

Tu penses mais tu ne ressens pas.

Moyennant quoi, tu peux étudier de près un texte en tant que docteur ès lettres, mais tu es parfaitement incapable de t'étudier toi-même. Toi, le zoologue, jamais la bête. Toi, le lecteur, jamais le texte.

Et si tu étais les deux ?

pèlerinage

Pendant sept mois, de l'été à l'hiver 2003, Lan et toi habitez dans le 11ᵉ arrondissement de Paris, où l'on entend rarement parler l'anglais et où l'on voit rarement des Américains, à deux pas du métro Voltaire. Vous êtes de jeunes mariés et tu viens d'être titularisé. Tu ne peux pas être viré, sauf à commettre un crime, et tu es donc ici non pas pour écrire un nouveau livre savant –

ton meilleur ami du lycée te dit
qu'il garde ton livre de théorie
à son chevet pour l'aider
à s'endormir

– mais pour écrire ton recueil de nouvelles, tout en habitant un deux-pièces au deuxième étage d'un immeuble sans intérêt de l'anonyme rue Richard-Lenoir. Ni splendeur haussmannienne ni ascenseur, mais Lan et toi êtes jeunes et amoureux, avec une seule valise chacun.

Si te rendre à Paris, ville célèbre pour ses écrivains, est pour toi un pèlerinage littéraire, cet automne-là Ba Má passent t'y voir à l'occasion d'un pèlerinage religieux. Leur conception d'un bon séjour : visiter les grands sanctuaires catholiques de l'Europe occidentale. Cinq jours durant, tu les accompagnes à Lourdes, dans le sud-ouest de la France, puis à Fátima, au Portugal, en passant par Londres. Tu emportes une bouteille de whisky pour soulager ton stress, mais tu es fier de leur avoir organisé ces vacances exceptionnelles.

C'est leur quatrième voyage international. La première fois, ils fuyaient leur pays. Si les migrations forcées rendent cosmopolite, alors les réfugiés et les migrants doivent compter parmi les plus grands voyageurs au monde. Ils connaissent bien mieux le monde que ceux qui, n'ayant jamais quitté leur pays, regardent pourtant de haut ces cosmonautes qui ont aussi peu, voire moins, de chances de survivre à leur voyage que les astronautes.

Pour voir de tes propres yeux où a commencé le périple épique de Ba Má, en 2004, aussitôt Paris quitté, tu te rends en pèlerinage à Nghĩa Yên, le quê de ton père. L'enfant de la diaspora qui s'en retourne au quê est un genre de pèlerin. Le lieu où tes parents sont nés et ont passé leur enfance est un sanctuaire. Et toi, qui ne crois pas en Dieu, tu crois en Ba Má.

Tu te prépares méticuleusement à cette visite, que tu effectues dans ta trente-troisième année. Lors de ton premier voyage en 2002, tu étais un touriste. Cette fois, tu es un étudiant. Tu étudies le vietnamien académique plusieurs mois à l'université nationale du Việt Nam à Sài Gòn, également connue sous le nom de Hồ Chí Minh-Ville, si par étudier on entend fréquenter beaucoup de boîtes de nuit et de bars, y compris des séances après les cours avec le seul homme parmi tes professeurs. C'est lui qui te dit que, dans la culture vietnamienne, le quê du père est aussi celui du fils. À vous deux, vous pouvez facilement boire dix grandes bouteilles de bière Tiger, que le serveur apporte dans une caisse. Tu étudies très, très sérieusement.

Tu t'entraînes à la terminologie complexe des titres honorifiques familiaux, et tu sais comment appeler un oncle paternel par rapport à une tante maternelle. Mais personne, et surtout pas Ba Má, ne te prévient que les habitants de Nghĩa Yên, Đức Thọ, Hà Tĩnh, parlent un dialecte régional si particulier que même le mot pour désigner l'eau est différent. C'est donc pour ça, me dit Lan, que j'ai parfois du mal à comprendre tes parents.

C'est seulement là que tu t'aperçois que tu as grandi
en entendant un vietnamien qui intrigue
les autres Vietnamiens.
Tout s'explique !

Tu te fais déposer à ton quê par le pompeux mari de ta cousine, fille d'un oncle paternel. Elle vient d'une famille qui se sent redevable à Ba Má de lui avoir envoyé de l'argent pour l'aider à survivre pendant les années de rationnement, après la fin de la guerre. Tu envisages de prendre le train de Hà Nội jusqu'à Vinh, la grande ville la plus proche, mais le pompeux mari insiste pour t'y conduire dans sa Mercedes avec chauffeur. Le pompeux mari, un homme d'affaires qui possède une piscine dans sa grande maison de ville sécurisée, c'est le nouveau Việt Nam avec ses espoirs capitalistes. Les trois frères de ton père, c'est l'ancien Việt Nam. Rural et pauvre. Ils t'attendent, avec une grande partie de leurs enfants et petits-enfants, quand tu finis par rejoindre le foyer ancestral, tard dans la soirée. Au moins vingt-cinq personnes, des vieillards aux nourrissons. Est-ce cela que signifie être vietnamien ? N'être jamais seul ?

Malheureusement, tu aimes être seul.

Le foyer ancestral est un ensemble de trois maisons, une pour chaque oncle, ceint de murs. C'est ton grand-père paternel, que tu n'as jamais connu, qui l'a bâti. Quand tu racontes à une de tes professeurs de langue que l'ensemble dispose de l'eau courante et de l'électricité, elle est impressionnée. Ton quê a la réputation d'être un endroit difficile à vivre.

C'est à Nghĩa Yên que Ba est né, mais tu ne vas pas revoir ton propre lieu de naissance. Car Ba dit, Tu ne pourras jamais retourner à Ban Mê Thuột. Il croit que les communistes te persécuteront parce que tu es son fils. Tu n'as pas cette crainte : tu n'as pas de mémoire. D'un autre côté, tu ne peux pas lui désobéir, bien que tu lui aies souvent désobéi. C'est surtout par respect que tu te plies à cette interdiction, mais Ba réussit à semer une graine de peur en toi. Et s'il avait raison ?

Ta sœur, chị Tuyết, qui vit toujours à Ban Mê Thuột, aujourd'hui Buôn Ma Thuột, vient te retrouver à Nha Trang, la station balnéaire où Má a fui avec ton frère et toi en 1975. Rendez-vous est pris dans la maison que Ba Má possédaient pendant la guerre, à quelques rues de la plage. De ton hôtel bon marché, tu prends un taxi et arrives dans une petite rue tranquille baignée de lumière. La maison est modeste, à l'aune des critères de la banlieue californienne, et plutôt de classe moyenne, à l'aune des critères vietnamiens, avec une cour fermée où sont garées des motos. Tes parents ont laissé la grande sœur de Má vivre ici pendant la guerre, et ta tante s'est débrouillée pour diviser la villa – c'est ainsi que Ba Má désignent la maison – en deux, afin d'en louer une moitié. Ba Má évoquent cette histoire une ou deux fois, intrigués. Ta tante est désormais la propriétaire. Comment a-t-elle réussi à garder la maison après la victoire des communistes ? Tu ne le sauras jamais. Tu ne le demanderas jamais.

Tu es content que quelqu'un de ta famille ait pu garder la maison. Simplement, tu aurais préféré que ce soit ta sœur. Toutefois, tu n'abordes pas le sujet, étant donné ton vietnamien hésitant. Dans la conversation, tu saisis 50 à 80 pour cent de ce qui se dit, assez pour comprendre l'idée, mais saupoudré de juste ce qu'il faut de doute pour que tu ne sois pas totalement sûr d'avoir bien entendu. Ta méthode de conversation habituelle consiste à poser sans cesse des questions et à laisser l'autre répondre, mais même cette technique reste limitée si tu n'es pas prêt à poser certaines questions.

Qu'a-t-elle pensé quand elle vous a vus de dos, quand elle
a refermé la porte, quand elle s'est retrouvée toute seule ?
À quoi a ressemblé le matin suivant ? Le jour suivant ?
Qu'ont dit les cadres du parti le jour où ils sont venus
saisir la maison et l'expulser ? Comment s'est passée sa
période dans la brigade des jeunes volontaires, après la
guerre ? Où a-t-elle été envoyée ? Combien de temps ?
Comment a-t-elle rencontré son mari ?

Toutes ces questions te viennent aujourd'hui, mais aucune ne te traverse l'esprit chez ta tante, près de la plage. Ou alors tu n'as pas pu les poser. Oserais-tu même demander

ce que ça fait d'être l'adoptée ?

À l'époque, tu as oublié ce que Kingston t'avait écrit après son séminaire :

Les questions sont créatives et dangereuses.
Poser une question, c'est être ouvert au changement.

Parfois, tu te demandes ce qu'aurait été ta vie si Ba Má n'avaient pas réussi à partir. C'est ta sœur qui a vécu cette autre vie. Elle est restée, mais elle n'a pas pu garder la maison et l'affaire familiales à Buôn Ma Thuột, ni la maison de Nha Trang. Má, en fuyant Ban Mê Thuột, avait laissé de l'or qu'elle ne pouvait pas emporter et chargé ses sœurs de le partager avec la tienne. Tes tantes ne l'ont jamais fait. Une autre raison pour laquelle tu ne retournes pas à Buôn Ma Thuột, c'est que tu n'as aucune envie de rencontrer ces tantes dont tu as le sentiment qu'elles ont floué ta sœur.

La dernière fois que tu l'as vue remonte à vingt-neuf ans. Tu ne t'en souviens pas, puisque tu avais quatre ans. Cette sœur, tu ne l'as vue que sur deux photos, prises alors qu'elle était jeune femme. Celle que tu rencontres est une quadragénaire, mère de deux enfants. Chic. Maquillée. Vous vous émerveillez chacun de la présence de l'autre, chacun du visage de l'autre.

Elle pleure. Pas toi. Après ses larmes viennent les sourires, et les rires, chez l'un et l'autre. Tu apprends qu'elle aime chanter. Et s'amuser. S'amuser est une chose que Ba Má, ton frère et toi trouvez difficile. Vous êtes une famille sérieuse.

Si tu avais été abandonné à ton sort, tu te sentirais
probablement malchanceux, amer, envieux,
tiraillé, abandonné, trahi. Si ta sœur se sent ou
s'est sentie ainsi, en tout cas elle n'en montre rien.
Elle paraît seulement heureuse de te voir.

À la table du dîner chez ta tante, ta sœur, que tu connaissais par son surnom, Tuyết, mais qui désormais se fait appeler par son vrai prénom, Hương, porte une robe à imprimé léopard sans manches. Ta tante et tes cousins rigolent en parlant de la fois où Ba Má sont enfin revenus, au début des années 1990, pour leur troisième voyage international, aussitôt que les États-Unis ont rétabli des relations politiques et levé l'embargo imposé en 1975 – une guerre douce après la guerre dure. Ta famille est amusée par la paranoïa de ton père, le fait qu'il insistait pour garder ses valises, et celles de ta mère, sous leur lit, de peur que quelqu'un ne vienne les fouiller. Mais puisque la maison de ta tante était autrefois la sienne, il n'avait peut-être pas tort.

Ba est le fils aîné. Lui, l'homme de devoir qui aime sa famille, le catholique fidèle qui croit en la charité pour les pauvres, a dû sentir tout le poids de ses obligations vis-à-vis de ses parents et de ses frères et sœurs. Mais le coût, financier et émotionnel, a dû être élevé : trois frères et une sœur de son côté, cinq sœurs et un frère du côté de Má, sans compter tous leurs enfants. Et ta sœur (adoptée).

Avant ta visite à ton quê, Ba t'a fourni une liste de parents et la somme d'argent que chacun recevra de toi. Pour chacun, tu as une enveloppe qui contient des dollars américains, comme Ba Má l'ont fait aussi, indubitablement. Le jour de Thanksgiving qui suit leur retour du Việt Nam, Ba – qui avant cela insistait sur votre vietnamité absolue – déclare, devant la dinde, On est des Américains, maintenant.

Ils n'y retourneront plus jamais.

Tu te rappelles leur quê, l'ensemble de maisons peuplées de parents, les vastes champs verts qui s'étendent au-delà des murs. Ce paysage plonge dans l'obscurité totale à la nuit tombée, et tu comprends pourquoi Ba Má ne peuvent pas retourner définitivement au quê. Ils ont voyagé trop loin dans le temps et dans l'espace. Comme toi.

Ton seul lien avec ton quê est un soyeux fil de mémoire et de sentiment, invisible à l'œil nu. Tu aimerais pouvoir dire qu'après vingt-neuf ans d'éloignement de ta sœur, tu as tiré ce fil pour te rapprocher d'elle. Pourtant, tu ne l'as pas fait. Ou tu n'as pas pu le faire. Voir ta sœur à Nha Trang est pour toi une sorte de pèlerinage, une visite rituelle auprès d'un être enchâssé dans ta mémoire. Mais une fois le pèlerinage accompli, il n'y a peut-être pas besoin d'y retourner.

Ta relation avec ta sœur est une blessure de guerre. Ou peut-être est-ce ton incapacité à établir une relation avec elle qui en est une. Ou peut-être que dans n'importe quel univers parallèle tu serais encore émotionnellement paralysé.

Si la guerre a dé-composé
ton lien avec ta sœur,
est-ce que Ba Má l'ont oubliée ?

Tu ne peux pas parler au nom de Ba Má, mais tu l'as certainement fait. Ta sœur, Tuyết, est une présence absente ; ta sœur (adoptée), Hương, est une absence présente. N'ayant jamais tout à fait oublié ta sœur, tu ne l'as jamais tout à fait re-composée non plus. Tu ne peux en rejeter la faute ni sur la guerre ni sur quiconque, le fait que tu la voies comme si elle était encore enracinée dans la terre et toi sur la lune. Ou sur Facebook, qui est l'endroit où tu la vois maintenant presque chaque jour, visible mais lointaine.

Les astronautes finissent par revenir sur Terre. Mais les cosmonautes comme Ba Má échappent perpétuellement à la gravité du foyer.

Est-ce là l'origine de ton propre désir de quitter le foyer?
San José était trop petit pour toi comme, peut-être,
le quê de Nghĩa Yên l'était devenu pour Ba Má?

La nostalgie est, au sens propre, le mal du pays;
ceux qui en sont frappés regrettent leur foyer.
Mais être malade de son foyer,
comment appelle-t-on ça?

Pour les catholiques pieux, le vrai foyer n'est pas la Terre mais le Ciel, éternel objet de leur désir. Comment y monter et exaucer ce désir autrement qu'en devenant un cosmonaute, un voyageur, un preneur de risques, aller sans retour? Rien de plus risqué que la foi en ce qui ne peut être vu, entendu, touché.

Tes parents nomment l'objet de leur foi Dieu.
Le tien, tu le nommes justice. Vous tous,
à votre manière, êtes de vrais croyants.

Aussi le deuxième voyage international de Ba Má, vers 1988, est-il un pèlerinage au Vatican et à Jérusalem avec leur paroisse. La suite de ce voyage est ce pèlerinage européen de 2003 dont tu es le guide. Les couleurs vives de l'architecture à Lourdes, où la Vierge Marie est apparue à une jeune paysanne, te rappellent Disneyland. Les magasins pour touristes vendent des crucifix de toutes les tailles, des assiettes à l'effigie du pape, des statues de la Vierge, des boules à neige et des médaillons. Tu achètes, pour ton beau-père, une bouteille d'eau bénite grande comme un flacon d'eau de Cologne. Tes parents se baignent dans cette même eau bénite pendant que tu attends à l'extérieur. Des fidèles allument des cierges tout en marchant dans les rues étroites en direction de la messe du soir, tandis que des cohortes de bonnes sœurs défilent en habits noir et gris.

Fátima t'impressionne par sa sévérité. Niché dans des montagnes vertes et tirant son nom, dit-on, d'une princesse maure enlevée par un chevalier chrétien, le sanctuaire célèbre une autre apparition de la Vierge. Pour s'approcher de la basilique majestueuse, sommée d'une immense flèche, les visiteurs traversent une grande place. Ceux qui cherchent désespérément le secours de la Vierge Marie le font à genoux. En des temps plus sombres, les genoux des fidèles étaient sanguinolents, contusionnés. Aujourd'hui, les pèlerins portent des genouillères. À Fátima, Ba Má prient mais ne rampent pas. Ils n'ont pas besoin d'un miracle. Ils se sont déjà sauvés eux-mêmes, avec l'aide du gouvernement américain et de Dieu.

Tu ne leur dis jamais que tu es athée car tu ne veux pas les heurter. Protéger Ba Má est ta manière de montrer que tu les aimes, même s'ils ne le savent pas, alors que tu ne te rappelles pas toutes les manières non dites dont ils t'aiment. Être leur guide touristique est une autre manière de montrer ton amour. Ba Má s'en remettent à toi comme à quelqu'un d'enfin adulte. Te marier est le premier vrai signe de ta maturité. Avoir des petits-enfants, tel est leur prochain souhait, mais la paternité te terrifie.

Avec ce pèlerinage, tu joues la montre. Étonnamment, tu passes un bon moment, heureux de voir Ba Má enchantés quand tu les accompagnes à la tour Eiffel et à Versailles, à Buckingham Palace et à Lisbonne. Ba Má préfèrent la propreté de Londres à la saleté de Paris. Dans le métro parisien, Má rit en se rappelant comment, petite fille, elle prenait le bus sans payer, cachée sous un siège.

Des années plus tard, tu comprendras ce souvenir en
prenant un train de nuit dont les billets ont été survendus,
à travers le Việt Nam central, en troisième classe, avec des

gamins qui dorment sous ta banquette en bois et un inconnu qui somnole sur un tabouret dans le couloir, le front contre ton torse.

Ta terreur face à la paternité vient, entre autres, de ce que tu as vu la maternité infliger à Má. La mère de ton enfance affiche un sourire magnifique. Elle adore se faire belle. Elle est sculpturale et élégante, autoritaire et puissante. Mais le SàiGòn Mới l'épuise, la vieillit, la diminue. Ou peut-être se serait-elle de toute façon ratatinée à mesure que tu grandissais et rattrapais, puis dépassais, sa taille. À l'adolescence, tu commences à remarquer le vieillissement sur son visage, comme tu le vois sur le tien aujourd'hui, comparé à la fraîcheur de tes enfants. Ils absorbent ta vie comme tu as absorbé celle de Ba Má.

Mais ce pèlerinage signe la fin des sacrifices.
Les années de guerre, lointain passé.
Le SàiGòn Mới, fini.

Tu les emmèneras dans tous les sanctuaires catholiques du monde. Il se peut même que tu retournes au Việt Nam avec eux, pour re-composer.

C'est l'automne 2003. Má est en bonne santé.
Ni toi ni elle ne savez que dans deux ans
plus rien ne sera pareil, jamais plus, pour elle.
Ni pour toi. Ni pour moi.

TROISIÈME PARTIE

« Nous sommes adultes parce que nous avons
derrière nous la présence muette des morts,
auxquels nous demandons leur avis
sur nos actes présents,
auxquels nous demandons pardon
pour les offenses passées. »

Natalia GINZBURG, *Les Petites Vertus*

oublier, à dessein et sans le vouloir

Toi. Et moi. Quel drôle de couple.

La seule manière dont j'ai pu écrire sur moi, c'est en écrivant sur toi. Tu es moi, mais vu à une petite distance, ou à la plus grande des distances, c'est-à-dire l'espace entre soi et soi-même.

Tu es mon excuse pour écrire sur moi, parce que je me trouve trop ennuyeux pour m'étendre sur mon cas et aussi trop effrayant pour réfléchir à mon cas. Quel genre de personne est capable de l'oubli que j'ai infligé, à moi comme aux autres, par exemple ma sœur (adoptée), par exemple ma mère ?

C'est seulement en écrivant sur toi que je peux tenter de re-composer, non seulement toi, mais aussi moi-même. Et peut-être que, dans l'écriture et la re-composition, toi et moi, engagés dans cette dialectique délicate, pourrons devenir quelque chose de plus grand que la somme de nos parties disjointes.

Si re-composer s'est révélé si difficile pour toi et pour moi, peut-on nous en vouloir d'avoir oublié ? Les Américains, qui passent leur temps à s'efforcer d'être plus grands que la somme de leurs parties, vivent dans la culture de l'oubli, ce cinquante et unième État du Déni. Voilà un pays où beaucoup préféreraient ne pas se rappeler ce que le poète William Carlos Williams nomme l'

orgie de sang

d'où est née la nation et qui imbibe encore la terre dont tant de citoyens, y compris d'anciens réfugiés, continuent de profiter. Au mieux, nombre de mes compatriotes américains oublient ces atrocités comme autant de choses regrettables, des accidents noyés dans le sillage de la nation tandis qu'elle cingle inexorablement vers l'aurore. Mais cette lueur, est-ce le soleil ou l'aura des bombes atomiques que L'AMÉRIQUE™ a larguées sur Hiroshima et Nagasaki, sans parler des soixante-sept bombes testées par les États-Unis sur les îles Marshall ?

Quand il s'agit d'oublier, L'AMÉRIQUE™ n'est pas exceptionnelle. Les nations oublient l'Histoire, ou cherchent à l'oublier, tout le temps. L'Histoire qui contredit l'image de la nation est supprimée, effacée, réécrite ou expulsée avec ceux qui pourraient la faire remonter dans leurs souvenirs, tels les Vietnamiens qui ont été battus pendant la guerre. La victoire révolutionnaire de 1975 a re-composé le pays du Việt Nam, Nord et Sud, tout en dé-composant la république du Sud. Quand nous, les vaincus ou leurs descendants, retournons dans un Việt Nam re-composé, nous savons que notre séjour est soumis à conditions. Nous devons nous abstenir de politique, accepter la légitimité communiste, ne pas évoquer le passé, ne pas franchir les lignes jaunes.

Mais parler de nos vies en tant que réfugiés, c'est déjà franchir une ligne jaune.

Quand mon recueil de nouvelles, *Les Réfugiés*, paraît au Việt Nam, les censeurs en retirent « Années de guerre », la seule histoire autobiographique que j'aie jamais écrite, à propos du SàiGòn Mới et du tireur blanc. Le père qui y est décrit n'a pas grand-chose à voir avec Ba, mais la mère ressemble à Má, et tu ressembles à l'enfant narrateur. Má m'a un jour parlé d'une Vietnamienne qui était venue au SàiGòn Mới exiger de l'argent pour la cause anticommuniste. Comme à mon habitude, je n'ai pas posé de questions à ma mère. Écrire une histoire est ma manière de poser des questions et de donner des réponses. Dans celle-ci, j'appelle cette femme Mme Hoa et j'imagine qu'elle a perdu son mari et son fils à la guerre. Des gens comme Mme Hoa, j'en connais. Leur anticommunisme est aussi personnel que politique.

Les censeurs ont dû avoir l'impression de la connaître, eux aussi.

Le communisme censure le SàiGòn Mới au Việt Nam, mais le capitalisme efface le SàiGòn Mới de San José, en écho à la façon dont le colonialisme a voulu faire disparaître les survivants du peuple Muwekma Ohlone de cette terre où se trouvait le SàiGòn Mới.

Cette farce tragique ou tragédie farcesque est la raison pour laquelle ton karlmarxisme a besoin de ton grouchomarxisme. Ba Má et les autres réfugiés vietnamiens réussissent si bien à gentrifier le centre-ville en déréliction que la municipalité le gentrifie encore plus. Dès les années 1990, tout le monde connaît la route de San José parce que c'est une cité-dortoir de la Silicon Valley, et ce San José renouvelé a besoin d'une nouvelle mairie…

juste en face du SàiGòn Mới.

Les Vietnamiens qui ont reconfiguré l'ancien centre-ville sont trop *déclassés* pour le nouveau centre-ville. La municipalité force Ba Má et les autres Vietnamiens à vendre leurs commerces à des prix scandaleusement bas. Ba Má et les autres apprennent une autre phrase du récit américain : engager un avocat pour réclamer devant les tribunaux un juste prix. Mais quelle que soit la somme qu'ils reçoivent, ils doivent accepter qu'ayant été hypervisibles, ils doivent maintenant être invisibles.

Des fondations de l'amnésie surgit une mairie flambant neuve, qui ressemble à une gousse tombée de l'Étoile noire, aussi métallique et rutilante que le monde de la tech dont les recettes fiscales la financent. Je ne la verrai pas pendant plus d'une décennie. Chaque fois que je retourne dans le centre-ville de San José, j'évite Santa Clara Street. Trop douloureux de voir un parking là où se trouvait jadis le SàiGòn Mới, et plus une seule trace de leur labeur ou de leur sacrifice.

La ville entend construire une salle symphonique sur le vide du SàiGòn Mới. J'aime qu'une symphonie puisse jaillir des racines réfugiées du SàiGòn Mới.

J'entends chanter l'Amérique

écrit le Blanc Walt Whitman, si bien que, même à la manière de fantômes, Ba Má peuvent se joindre au chœur américain, celui dont parle Langston Hughes quand il dit,

Moi aussi, je chante l'Amérique.

Mais, quelque part en cours de route, le projet change. La municipalité vend le terrain pour plusieurs millions de dollars, preuve que l'intuition qu'a eue Ba de tout faire pour l'acheter était bonne. Là où Ba Má ont autrefois sué sang et eau s'élève à présent un énorme complexe résidentiel de luxe, le Miro, le plus haut bâtiment de San José, peut-être une évocation de l'artiste Joan Miró. La symphonie, restée simple idée, est réduite au silence, remplacée par un refuge urbain à 288 millions de dollars

où vous pouvez

vivre au-delà de vos attentes

en échange d'un loyer mensuel situé entre 3 000 et 12 000 dollars.

Ça aussi, c'est L'AMÉRIQUE™ !

Ou du moins ma version avec fausses notes,
exécrable chanteur que je suis,
ni noir ni blanc.

Contre l'effacement, contre le silence imposé,
contre l'obélisque du capitalisme du mode de vie
recouvert d'un vernis chic de sophistication artistique
pour le consommateur technocratique de la planète
se dressent non pas un chant, mais ces mots, ce livre –

qui se vend entre 16 et 27 dollars environ,
et qui peut finir par être acheté, utilisé, pour
moins de 1 dollar, ou simplement être emprunté

– ce mémorial face à l'inévitabilité et à la
nécessité de l'oubli. L'oubli du collectif,
mon propre oubli, l'oubli de Ba.

Un mémorial, malgré son nom, est aussi un témoignage de tout ce qui a été oublié, l'arrière-plan infini de tout ce qui ne peut être remémoré, ainsi que tous les faits contestables qui doivent être interprétés, contre lesquels se détache la solide fiction du souvenir cohérent.

C'est étrange que moi, connu pour être
un auteur de fiction, je ne puisse
pas me souvenir de cette façon.
Je ne peux que re-composer.

Ba ne se souvient plus de Fátima et de Lourdes, séjours que je redoutais mais dont je m'empare aujourd'hui comme d'un souvenir précieux, quand Má habitait cette réalité et que j'étais un bon fils.

Ce dont il se souvient : Paris et Londres. Et ce dont il se souvient le plus :

Les rideaux dans la chambre d'hôtel, dit-il avec mélancolie.

L'hôtel Marriott où nous séjournions, près de Big Ben, avec ses deux suites adjacentes pour Ba Má et pour moi, avait des rideaux jaune vif du sol au plafond.

Je m'en suis inspiré pour les rideaux du salon.

Tailleur dans sa jeunesse, Ba a coupé et cousu lui-même les rideaux à son retour de Londres. Aujourd'hui, chaque matin et chaque après-midi, il s'assoit et s'assoupit sur le luxueux canapé de cuir marron, les mains jointes sur son torse, éclairé par la lumière douce et dorée que filtrent les rideaux tirés.

Assis sur ce canapé, on voit, sur le mur blanc opposé, les photos des cinquante ans de mariage de Ba Má en 2004, coïncidant avec le cinquantième anniversaire de la partition du Việt Nam, du début de leur vie commune de réfugiés.

Au moment même où un pays est divisé,
présage d'un avenir sanglant, le mariage
rapproche deux familles et deux êtres
qui s'aiment – merveilleux
pour un roman !

À cet anniversaire de mariage, Ba porte un costume blanc cassé et Má, un áo dài couleur or. Dodu, les joues roses, l'évêque de San José préside, vêtu de sa chasuble, coiffé d'une mitre et maniant une grande crosse au-dessus de ses ouailles vietnamiennes.

Un an plus tard, en décembre 2005, pendant les vacances de Noël, je suis assis sur ce canapé, abasourdi. Quelque chose en Má s'est soudain cassé.

Il n'y a pas de cause visible à cette rupture entre notre réalité et sa surréalité. Elle était à la retraite, elle profitait de sa vie : elle peaufinait quelques recettes de cuisine, choisissait chaque jour un vêtement différent dans sa grande garde-robe pour la messe quotidienne à laquelle elle assistait avec Ba, prenait des photos avec ses petits-enfants. Désormais elle est dans un hôpital, retenue contre sa volonté et la nôtre. Je découvre que les médecins ont le droit de placer des patients sous une surveillance de soixante-douze heures sans que leurs proches puissent les en sortir. C'est un des rares faits dont je me souvienne.

Je ne tiens pas un journal de cette période.

Et je me dis écrivain ?

En l'absence de mots, ma mémoire est vide. Un espace blanc comme

l'os.

Presque pas de souvenirs parce que tu choisis d'oublier et que je n'ai pas envie de me rappeler. En partie pour nous protéger, toi et moi. En partie car me rappeler ce que je ne peux pas me rappeler serait un acte de fiction plutôt qu'un fait.

Fait : je suis incapable de me rappeler ce qui est arrivé à Má, si j'étais même présent lors de sa crise, à quoi elle ressemblait, combien de temps elle est restée à l'hôpital, ou le nom de cet hôpital, ou comment elle a fini par retrouver le même service psychiatrique asio-pacifique d'il y a si longtemps.

Le fait est que je refuse aussi de re-composer. Je n'appelle pas mon frère pour lui demander de m'aider à affûter ma mémoire et ma prose, ce qui est le mieux pour scier

l'os.

Je rejette la mémoire. J'accepte mon amnésie. Car – fait – le service psychiatrique asio-pacifique est le lieu le plus terrifiant que j'aie jamais connu, et les soixante-douze heures de détention de ma mère dans cet hôpital dont je ne peux même pas retrouver le nom sont la période la plus troublante de ma vie. Je préférerais donner des parties de mon corps, et même écourter ma vie, plutôt que de souffrir comme les patients de ce service, comme les gens soumis à cette détention.

Comme Má.

Pour certains d'entre nous, oublier les choses douloureuses
est nécessaire. Du moment que nous finissons par faire
mijoter cet os qu'on ne peut pas découper.
L'ai-je fait assez mijoter, cet os ?
Puis-je goûter à cette moelle
du souvenir ?

Après que les médecins ont libéré ma mère de sa détention, après qu'elle a quitté le service psychiatrique asio-pacifique, après que nous avons réuni les papiers officiels dont Ba a besoin pour contrôler le destin de Má, nous la confions à une maison de retraite.

Ma mémoire reprend dans cet établissement de transition entre le surréalisme du service psychiatrique asio-pacifique et le réalisme de la vie avec Má à la maison, où est sa place. La maison de retraite, ni luxueuse ni médiocre, ressemble à un hôpital, mais elle est surtout un réfrigérateur où on conserve les êtres humains vivants jusqu'à ce qu'ils soient prêts à mourir.

Si une bibliothèque silencieuse, avec des murs entiers de livres, des usagers discrets et un fauteuil en cuir pour moi tout seul est ma conception du bonheur éternel, ce réfrigérateur est, sinon l'enfer, du moins un purgatoire avec du carrelage au sol, des couloirs vivement éclairés, des repas insipides sous plastique, des patients infirmes, les allées et venues constantes d'infirmières, de médecins, de visiteurs, le ronronnement des téléviseurs.

Je n'ai jamais vu personne
lire un livre dans
ce purgatoire.

La plupart des employées, portant des tenues d'infirmière ou des polos et des chinos, sont philippines. La colonisation américaine aux Philippines a permis aux infirmières d'aller en AMÉRIQUE™, tout en vidant le pays de ses professionnels de la médecine et en privant les enfants restés sur place de leurs mères, exportées pour s'occuper des Américains et de tant d'autres dans le monde.

> Où est la comédie dramatique télévisée traitant de ces femmes ? Appelons-la *Filipinas*. Ou *Feelings*. Toutes ces actrices et ces danseuses philippines qui ont travaillé sur *Miss Saigon* attendent.

Pendant que je regarde, hébété, les patients, ils sont couchés sur leurs lits, hébétés, ou restent assis sur des fauteuils roulants, dans les couloirs, hébétés. Vieux et malades, ou vieux et mourants. De temps en temps, quelqu'un crie. Je ne veux pas finir ici.

Ma mère reste des jours, ou des semaines, ou des mois. Je ne me souviens plus.

Ce que je re-compose, c'est que cette période est différente des autres périodes.

Ramenant en voiture mon frère et mon père après notre dernière visite à Má, je me rends compte qu'elle n'ira pas mieux. Tandis qu'ils parlent de son état, je comprends que Má ne descendra jamais de sa surréalité jusqu'à notre réalité, sauf pour de brèves et occasionnelles visites. Je suis pris en embuscade par moi-même. Les sanglots et les larmes transpercent le mur qui nous sépare, toi et moi, moi et moi-même. Cela fait quatorze ans que je n'ai pas été à ce point attaqué par moi-même, depuis que Má est allée au service psychiatrique asio-pacifique pour la première fois.

Ni mon père ni mon frère ne prononcent le moindre mot pendant que je me cramponne au volant et que j'essaie de voir à travers mes larmes.

Je me rétablis. Je me ressaisis. Je te remets à ta place. Mon père et mon frère reprennent leur conversation. Je reprends ma conduite.

Nous ne parlons jamais de ce moment.

Dès que la maison de retraite laisse partir Má, Ba ramène son corps à la maison. Mais pas son esprit. Pas totalement. Ses pensées, la plupart du temps, voyagent dans un monde différent, parallèle. Néanmoins, il lui arrive de revenir dans notre réalité, suffisamment pour remarquer à quel point Ba, à l'âge de soixante-douze ans, quand il devrait faire le tour du monde à bord d'un Boeing, reste cloué au sol. Cloué chez lui. Pendant les dix années qui suivent, il s'occupe de Má sans se plaindre, faisant fi de nos demandes, à mon frère et moi, afin qu'il engage du personnel, ce qu'il pourrait aisément se permettre.

Enfant, je regardais Ba préparer le dîner, faire les courses, passer l'aspirateur dans la maison. L'homme vietnamien moyen est allergique à ces corvées. Cette routine de tâches concrètes, je le comprends plus tard, c'est de l'amour.

En 2012, le cinéaste autrichien Michael Haneke, dont j'admire
l'œuvre, réalise *Amour*, l'histoire d'un couple amoureux qui
a dépassé les quatre-vingts ans. Terrassée par une attaque,
la femme s'en remet entièrement aux soins de son mari.
Par amour, il l'étrangle, puis se laisse mourir
de faim dans leur appartement parisien.

Haneke. Toujours là pour plaire au grand public.

Pas le bon réalisateur pour tourner
un film sur Ba Má.

Leur *amour* est affaire d'endurance. L'un et l'autre savent souffrir et se sacrifier, sans recevoir en retour la reconnaissance de personne sinon celle de leurs fils, sans le mélodrame du meurtre-suicide ou de la crucifixion.

Les nombreux médicaments de Má, disposés dans une ancienne boîte à biscuits, interdisent ce genre de théâtralité. Ils l'apaisent. Réduisent le risque qu'elle se fasse du mal. L'empêchent de s'échapper totalement de notre réalité. Elle est maintenue dans une orbite si limitée qu'elle est très calme, se déplace lentement, ne fait pas grand-chose. Mais elle nous reconnaît, ses petits-enfants et moi, même si la lueur s'évanouit rapidement.

Contrairement aux deux heures et sept minutes du film
de Haneke, cette pièce de théâtre tranquille, aussi lente
et intrigante qu'*Oh les beaux jours* de Beckett,
dure une décennie.

Beckett a aussi écrit, dans *L'Innommable*,
Il faut continuer, je ne peux pas continuer,
je vais continuer.

Comme il se doit pour des réfugiés,
dont Beckett était. Quant à Ba Má,
ils n'ont jamais fait que continuer,
encore et toujours.

Má ne sera pas comptabilisée comme victime de la guerre, mais comment appelle-t-on quelqu'un qui perd son pays, l'essentiel de sa fortune, sa famille, ses parents, sa fille (adoptée) et sa tranquillité d'esprit à cause de la guerre ?

Tant de victimes de la guerre ne sont jamais comptabilisées. Jamais commémorées, jamais recensées sur les murs, jamais évoquées dans les livres et les pièces de théâtre, jamais montrées dans les films. Les réfugiés, les suicidés, les infirmes, les délogés, les traumatisés, ceux qui ont quitté cette réalité. Ceux qu'on ne connaît jamais.

Vietnamiens, comment séparez-vous ce qui vous est propre, votre trauma personnel,

de la guerre, la colonisation, la division et la réunification
du pays ?
du fait de devenir un réfugié ou de rester sur place
ou d'être abandonné sur place ?
du fait d'être l'enfant de réfugiés, de soldats,
de témoins, de survivants ?
du fait d'être l'enfant de ceux
qui n'ont pas survécu ?
du fait d'être vietnamien ?

Comment vous séparez-vous, vous
et vos souvenirs, de l'Histoire ?

Comment séparez-vous votre
présence de tant
d'absences ?

Questions que je peux seulement poser,
auxquelles je ne peux jamais répondre.

nécrologie

En 2015, après dix années passées à s'occuper seul de Má, mon père âgé de quatre-vingt-deux ans capitule. Il installe Má dans une de ces maisons de retraite bienveillantes qu'on voit dans les films ou les feuilletons télé, généralement réservées aux Blancs, tout en silence et en moquette, avec un piano dans la salle commune, sur lequel mon père joue pour elle quand il va lui rendre visite. Il a appris tout seul le piano, adulte, et la mandoline, dans ses vieux jours.

Parfois, je me demande ce qu'il aurait pu devenir s'il avait reçu l'éducation de mon fils, avec son professeur de piano particulier. Mais il n'aurait pas été le père qu'il est devenu, et je ne serais pas la personne que je suis.

Ma mère séjourne dans l'unité de soins de la mémoire, là encore presque exclusivement constituée d'employées philippines. Les résidents y mangent ensemble dans une salle baignée de soleil, avec vaisselle en argent, assiettes, service de table et nourriture insipide très peu salée. Poulet rôti, brocolis, purée de pommes de terre – régime déprimant pour quelqu'un qui toute sa vie a mangé de la nourriture vietnamienne. Même mon petit garçon refuse le carré de Jell-O dans l'assiette de sa grand-mère. Les résidents s'extasient devant lui, mais à la visite suivante ils ont oublié qui il était et se pâment à nouveau.

Sa présence, comme la mienne, fait sourire Má. Passé cette tendresse initiale, ses yeux se déplacent et se fixent sur une chose qu'elle est la seule à voir. Elle est aussi immobile que l'eau au fond d'un évier bouché. Ses cachets ne fonctionnent pas toujours. Un jour, j'apprends qu'elle s'est cassé le bras en sautant sur son lit et en en tombant, du moins selon le personnel. Un médecin, que je ne vois jamais, ajuste son traitement. Le bras de Má, définitivement abîmé, reste blotti contre elle ou pendouille à son côté, inutile.

Est-ce son bras gauche ou son bras droit ?
Aujourd'hui, je ne peux pas re-composer.

En 2018, son état s'aggrave. Une attaque, dit anh Tùng. Elle doit faire des radios, des IRM. L'unité de soins de la mémoire ne peut plus s'occuper d'elle. Elle réintègre la maison de retraite, décor d'un film d'horreur plus effrayant que tout ce que peut inventer Hollywood car c'est la vraie vie, ou la vraie mort. Un drame hollywoodien s'achève au bout de deux heures, mais achever un être humain peut prendre beaucoup plus de temps. Dans le cas de Má, treize années d'une lente érosion, d'une mort infligée à son corps et à son esprit, cellule après cellule.

Ba appelle un prêtre. Il s'en présente rapidement un d'âge mûr, grisonnant, avec son habit noir et son col blanc. Il se tient au-dessus du lit de Má pour lui administrer les derniers sacrements en vietnamien. Je ne comprends pas les mots. Má n'ouvre pas les yeux.

Les rites sont accomplis en quelques secondes, le prêtre ne reste que quelques minutes. De ce religieux vietnamien, j'attends de la solennité, une tape sur l'épaule de Ba, une formule de réconfort toute faite. Or il ne prononce aucune parole attentionnée, il ne fait même pas semblant de partager la peine de mon père. Au vu de l'émotion qu'il dégage quand il fait le signe de croix, ce prêtre aurait aussi bien pu faire la vaisselle.

Père. Fils. Saint-Esprit.

Ba. Moi. Et cette –

mémoire, histoire, ce mémorial –

cette chose spectrale que je pensais déjà être Má en train
d'agoniser, mon art étant chez moi ce qui s'approche
le plus du spirituel. Ou du macabre. J'ai regardé Má,
comme je l'avais fait bien des fois avant, et je me
suis dit : Comment vais-je écrire sur ça ?
Sur elle ? Et son fantôme ?

Une fois à la retraite, Ba Má allaient à la messe tous les jours. Ils ont aidé à lever les fonds nécessaires à la construction de l'église vietnamienne où avaient lieu ces messes. J'attends de ce prêtre vietnamien autre chose que le dédain qu'il montre à Má en agitant la main en l'air. Cependant, je ne dis rien. Ba est plein de gratitude, lui serre la main, s'incline légèrement. Si mon père a de la gratitude, qui suis-je, moi l'ingrat, pour dire quoi que ce soit ? Peut-être que quand je serai vieux, tremblant et vulnérable comme Ba, moi aussi je serai plein de gratitude.

Má peut finir ses jours dans ce purgatoire ou chez elle. Nous la ramenons donc dans le pavillon de banlieue de son RÊVE AMÉRICAIN™. La grande pelouse verte est devenue une friche, car Ba est trop fatigué et trop préoccupé pour l'entretenir. Je dors dans une chambre à l'étage, celle-là même où je dormais pendant mes deux dernières années de lycée. Le tuyau de douche couine et tremble dès que j'ouvre le robinet. La chambre est torride en été, la climatisation étant trop faible pour monter jusqu'au premier.

Mais on est en décembre. La maison est fraîche, surtout la chambre du rez-de-chaussée, celle de Má. Nous faisons rouler son lit médicalisé de location jusqu'à la *family room*, où la télévision est à peine regardée depuis que Má est tombée malade, la chaîne hi-fi jamais écoutée, même quand Má allait bien. La musique comme fond sonore ne fait pas partie de notre vie familiale. La maison est généralement aussi silencieuse qu'une église vide. Il n'y a pas de bande originale tandis que je regarde le 22 décembre devenir le 23 décembre et Má pousser ses derniers soupirs, presque treize ans jour pour jour après avoir définitivement craqué. Ba, mon frère, ma belle-sœur et moi en sommes les seuls témoins.

Má est née en 1937 sous le nom de Nguyễn Thị Bãy, petite fille pauvre dans un village pauvre du nord du Việt Nam. Elle meurt en 2018 sous le nom de Linda Kim Nguyen, citoyenne américaine, voyageuse d'une vie à la fois ordinaire et épique.

À dix-sept ans, elle s'est mariée et est devenue une réfugiée pour la première fois.

Moi, à dix-sept ans, je décrochais de justesse
mon diplôme du lycée parce que
j'avais failli rater l'épreuve
d'algèbre.

À trente-huit ans, mère biologique de deux fils et mère adoptive d'une fille, Má devenait une réfugiée pour la deuxième fois, sa propre suite débutant dans un pays étranger.

Moi, à trente-huit ans, sans enfants,
j'avais toutes les peines à écrire
une nouvelle au sujet
de Má.

Le prénom de Má est Bãy. Attribuer des noms de chiffres aux enfants était chose courante dans le Việt Nam rural. Les familles avaient souvent beaucoup d'enfants. Certains ne survivraient pas. Pourquoi donner à une fille un vrai prénom ?

Comme petite fille, septième enfant,
elle ne méritait pas plus.

Má détestait ce prénom de naissance. Dans les dernières décennies de sa vie, elle voulait qu'on l'appelle par son prénom américain, Linda. Mais l'un comme l'autre paraissent étrangers dans ma bouche. Je ne l'ai jamais appelée par son prénom, uniquement Mẹ quand j'étais enfant, Má quand j'étais adulte. Sa trajectoire de réfugiée a façonné jusqu'à la manière dont je l'appelais. Les gens du Nord disent Mẹ, ceux du Sud disent Má, et moi, comme toujours, je suis quelque part entre les deux.

La plupart des Américains qui ont rencontré Má n'ont sans doute vu que son enveloppe mortelle, ordinaire. S'ils savaient quoi que ce soit d'elle, c'était peut-être qu'elle avait été une commerçante, une femme d'affaires, une réfugiée. S'ils ne savaient rien d'elle, elle était une énième Asiatique ne parlant pas bien l'anglais. Mẹ, ou Má, ne voulait jamais dire qu'elle n'avait reçu qu'une instruction primaire. Je la moucharde, mais elle devait être mouchardée, même s'il ne me revient pas de révéler ce secret. Regardez ce que Má a accompli avec une simple instruction primaire, triomphant de tout – *presque* tout – sauf de sa tête.

Vaincue, comme tant de
héros, non par les autres
mais par elle-même.

Un héros, mais pas un soldat. Les gens comme Má, que l'Histoire oubliera, font aussi partie de l'Histoire, acteurs récalcitrants enrôlés dans des guerres atroces. Contrairement aux soldats, ces civils, dont beaucoup de femmes et d'enfants, n'obtiennent jamais la reconnaissance qu'ils méritent. Certains subissent plus de violences, voient plus d'horreurs que certains soldats. Et les guerres du XXe siècle – dont celles au Việt Nam – ont tué beaucoup plus de civils que de soldats.

Les histoires de civils peuvent être,
elles aussi, des histoires de guerre.

Peut-être que ce qui est arrivé à ma mère était tout simplement le destin de son corps et de sa tête. Mais l'Histoire et la guerre se sont relayées pour lui taper dessus. La décourager. La briser.

Ma mère, fille
de la colonisation
et de la guerre.

Moi, petit-fils
de la colonisation
et de la guerre.

Et aussi enfant de Ba Má, qui se sont choisis l'un l'autre. Bien que Má nous ait échappé pendant de si longues années, l'amour de mon père ne lui a pas échappé. Elle a vu cette réalité depuis l'orbite de sa surréalité. Je le sais, car les derniers mots que prononce Má sur son lit médicalisé, dans la *family room*, avant de réciter le *Notre Père* avec mon père, sont pour mon père, à mon père :

Em yêu anh.

Cela je le traduirai, même si
la traduction ne suffit pas :

Je t'aime.

Après le *Notre Père*, le silence.
Mon frère le médecin donne de la morphine à Má,
tandis que ma belle-sœur le médecin regarde.
Le souffle de Má ralentit.

Je me rapproche pour dire à Má, en vietnamien, que je l'aime.
Elle a vécu une belle vie. Une vie de dur labeur et de
sacrifice. Une vie héroïque. Une vie qui a exigé
tant de force, de dévouement et d'amour.

Je ne sais pas où Má a trouvé
ces qualités. Mais j'en suis le bénéficiaire.
Ces mots, cette foi en elle, cette trahison d'elle, en sont le fruit.

Les yeux de Má ne s'ouvrent pas. Aucun signe ne montre qu'elle
a entendu.
Son souffle finit par s'arrêter. Il est minuit.
Son séjour sur cette terre, accompli.

Ma mère est à moi et ma mère
est aussi une Autre pour moi.

Mon frère passe un coup de fil. Une heure plus tard,
une inconnue courtoise qui pourrait être philippine
arrive avec une civière, remplit un formulaire,
emmène ma mère, laisse le lit médicalisé dans
la *family room* et conduit ma mère dans la nuit.

Je me souviens que Má m'aimait.

Tout le reste

je peux l'oublier.

mémorial

Je mets des années à écrire « Années de guerre », la nouvelle sur ma mère, et encore plus d'années, avant ça, à trouver la force d'écrire. Quant aux mots qui sont dans ces mémoires, cette Histoire, ce mémorial, ce livre qui aurait pu être un Pas Si Grand Roman Américain, et en est peut-être même un, si re-composer est fiction autant que réel –

j'ai attendu toute ma vie pour approcher ces mots.
Peut-être ai-je aussi attendu que Má meure pour inventer
mes histoires à son sujet, ou retrouver mes histoires
à son sujet, mes récits n'étant rien d'autre que des
vêtements laissés par son fantôme.

Má meurt avant le début de l'épidémie. Si elle avait été
en vie, aurait-elle fait partie des milliers de vieillards et
d'infirmes piégés dans leurs maisons de retraite ? L'aurais-je
aperçue pour la dernière fois à travers une fenêtre ?
Pendant la catastrophe, toujours pas terminée, plus d'un
million d'Américains et plus de six millions de personnes
dans le monde succombent. Le décompte des morts
se poursuit. Qui les commémorera ? Et comment ?

L'épidémie mondiale exacerbe une autre maladie qui a toujours existé en AMÉRIQUE™ : notre prédisposition au meurtre. La police assassine George Floyd en 2020. En 2021, un Blanc armé d'un pistolet assassine huit personnes à Atlanta, en Géorgie, dont six immigrées asiatiques travaillant dans des salons de massage.

Soon Chung Park, 74 ans
Suncha Kim, 69 ans
Yong Ae Yue, 63 ans
Hyun Jung Grant, 51 ans
Xiaojie Tan, 49 ans
Daoyou Feng, 44 ans

Dans beaucoup de pays, la colère s'exprime contre les Asiatiques. En AMÉRIQUE™ et ailleurs, les femmes constituent la majorité des victimes. De brutalités symboliques physiques verbales. De la violence d'histoires qui nous (certains d'entre nous) remuent, nous appâtent et nous ébranlent.

Combien de femmes asiatiques, souvent vietnamiennes, ai-je vu se faire tuer ou assassiner à l'écran ou sur scène ? Cela a-t-il façonné mon regard sur Má, qui, aux yeux de certains, ressemble à ces femmes mortes ? Parle comme elles, aussi, avec son anglais imparfait ?

Apocalypse Now, 1979. *Rambo II : La Mission*, 1985. *Outrages*, 1989. *Miss Saigon*, 1989. Démodés ? *Watchmen*, une série HBO datant de 2019, se termine par la mort spectaculaire d'une Vietnamienne, la mystérieuse Lady Trieu, scientifique visionnaire et milliardaire

ENCORE UN COMMERCE AMÉRICAIN
COULÉ PAR LES VIETNAMIENS

avec des ambitions utopiques que ses ennemis jugent dystopiques.

Lady Trieu est jouée par l'actrice (vietnamo-américaine)
Hong Chau, qui pourrait également incarner ma mère
dans l'histoire de sa vie que HBO ne tournera jamais,
bien que HBO produise une série adaptée de mon
roman, ce qui signifie que si vous n'avez pas encore lu
Le Sympathisant – vous n'aurez jamais à lire *Le Sympathisant.*
Regardez-le tout simplement à la télévision.

Les réalisateurs de *Watchmen* auraient-ils osé tuer
Lady Trieu après la tuerie d'Atlanta ? Ou cette fiction
aurait-elle été trop proche de la réalité ?
Trop dérangeante pour être évacuée
comme une simple histoire ?

Lady Trieu a connu l'inévitable sort réservé au Péril Jaune,
tuée par cette méthode d'élimination de masse on ne
peut plus américaine, le bombardement aérien,
quoique dans une grêle de calamars congelés
tombés du cosmos (ne cherchez pas
à comprendre). Au moins, voyant
le sort qui l'attendait, elle a pu
prononcer quelques dernières
paroles de circonstance :

Đụ má.

Ses paroles sont sous-titrées :

Nique ta mère.

Les morts violentes des femmes asiatiques ne sont pas
que des histoires. Tous ceux qui peuvent partir d'un livre,
d'un film ou d'une pièce de théâtre ne se rendent pas
compte que c'est un privilège de pouvoir se débarrasser
des histoires. Le privilège d'appartenir à une majorité,
quand presque toutes les histoires sont centrées sur eux.
Ils vivent dans le luxe de l'abondance narrative.

Rares sont les histoires dépeignant ceux d'entre nous qui vivent dans la pénurie narrative. Quand il nous arrive d'être dépeints, nous sommes, beaucoup trop souvent, déformés. Alors chaque apparition compte. Trop. Aucune histoire ne peut supporter ce poids. Cette charge de la représentation est injuste pour nous et pour les écrivains, artistes, cinéastes, acteurs et scénaristes qui parlent de nous et pour nous, qu'on le veuille ou non, qu'ils le veuillent ou non. Et quand une histoire nous attaque, quand une histoire ne cesse de se répéter, ce n'est plus une simple histoire. Quand l'histoire nous transperce, elle s'installe dans nos esprits comme narration, comme mythologie, comme fiction qui peut devenir réalité, ce que montre *Full Metal Jacket.*
Ce que montre la réalité.

Le tireur blanc qui a assassiné les femmes asiatiques
en Géorgie est issu d'une lignée qui a pris racine avec
l'arrivée des colons européens et se poursuit à travers
le tireur qui a tué cinq écoliers à Stockton. Le tueur dit
qu'il n'est pas raciste, mais un obsédé sexuel décidé
à éliminer la tentation, comme si les désirs sexuels
pouvaient être séparés des fantasmes raciaux. Qu'importe
son mensonge ou son aveuglement, il a ciblé ces femmes
parce que ce sont des femmes asiatiques.

Je regarde *Full Metal Jacket* chez moi, pendant mes études.
Me so horny, dit Papillon Soo, incarnant Pute de Da Nang,
à deux marines fraîchement débarqués à Sài Gòn.
Me love you long time.

En 1989, 2 Live Crew fait un énorme carton avec
« Me So Horny », tiré de l'album *As Nasty as They*
Wanna Be, un des préférés de George Floyd
quand il était lycéen. Le refrain :
Papillon Soo répétant sans arrêt,

Me so horny.
Me love you long time.

C'est comme ça qu'une bonne partie du pays, et
peut-être du monde, voit et entend les Vietnamiennes.
Peut-être que toutes les femmes asiatiques sont
comme ça aux yeux de certains non-Asiatiques.

Je ne peux pas rire devant ce film, devant l'auteur
Stanley Kubrick, devant son cinéma magistral.
Je peux arrêter de regarder. Je ne le fais pas.
J'ai appris à regarder les femmes
et je continue de regarder.

Au climax du film, un personnage connu seulement sous le nom de Sniper viêt-cong (Ngoc Le, dans son unique apparition au cinéma) abat des marines lors de la bataille de Huế. Quand les marines capturent le sniper castrateur, ils sont stupéfaits de voir qu'il s'agit d'une jeune femme mortellement blessée. Tue-moi, n'arrête-t-elle pas de susurrer. Tue-moi. Ces marines sont des jeunes hommes qui ont appris, pendant leur instruction, à défiler avec des fusils phalliques à l'épaule tout en se serrant les parties et en chantant :

C'est mon flingue, c'est mon fusil,
C'est pour me battre, c'est pour me marrer.

Guignol – le marine auquel Papillon Soo fait des avances – arme son pistolet de calibre .45 et tue Sniper viêt-cong.

Quelle différence, sous-entend Kubrick, entre une femme
disant baise-moi et une femme disant tue-moi,
dans l'imaginaire masculin saturé de guerre
qui est aussi le mien ?

Le romancier Larry Heinemann comprend, lui aussi, cet imaginaire. Lisant, enfant, son *Close Quarters*, je suis à jamais marqué par une scène dans laquelle des soldats américains violent collectivement une prostituée vietnamienne qu'ils surnomment Face de Shrapnel, à cause de ses cicatrices d'acné. Comme le marine dans *Mourning Glory*, ils braquent un pistolet sur sa tête. Il est là, le vrai climax. La bataille qui suit contre les ennemis vietnamiens, si terrible soit-elle, est le dénouement. Heinemann veut déranger ses lecteurs car la guerre, qu'il a connue, dérange. Dans son roman, de jeunes hommes idéalistes se transforment en monstres. Pas uniquement des tueurs. Des violeurs.

Si je suis outré par le viol et le portrait de Face de Shrapnel, si je suis horrifié parce que je n'ai jamais violé personne et ne peux m'imaginer capable d'un tel comportement humain, suis-je dérangé par le fait que, peu de temps après avoir lu le roman, je commence à regarder les filles et les femmes, à ressentir beaucoup de plaisir et donc à devenir complice de ce qui leur est fait ou de ce qui pourrait leur être fait ?

Et si je n'ai jamais braqué une arme sur un être humain, je n'en suis pas moins complice de la machine de mort américaine, qu'elle soit dirigée contre d'autres Américains ou contre nos Autres, au-delà de nos frontières.

Bien que parfois je sois aussi un Autre
aux yeux de mes compatriotes américains.

La romancière Laila Lalami, née au Maroc mais citoyenne américaine comme moi, dit que les Autres comme nous sont seulement des Américains sous condition : notre citoyenneté est suspecte à cause de nos origines, de nos ascendances, de nos religions. Parfois, cette suspicion débouche sur le meurtre.

Les Américains pleurent peut-être les victimes du tireur solitaire blanc mais, pour la plupart, ils ne pleurent pas les millions de victimes des plus grands actes de violence anti-asiatiques, les guerres et la colonisation que L'AMÉRIQUE™ et d'autres pays colonisateurs ont menées en Asie.

Combien de gens, y compris parmi les Français,
savent que la marine française a bombardé Hải Phòng
en 1946 et massacré six mille Vietnamiens ?

Beaucoup d'Asiatiques fuient ou émigrent vers les pays
qui les ont bombardés, pilonnés, envahis ou colonisés.
Même avec une citoyenneté sous condition, être
à l'intérieur du RÊVE AMÉRICAIN™ doit être
plus sécurisant que d'en être à l'extérieur,
derrière les fusils plutôt que devant.
Jusqu'à ce que ce ne le soit plus.

Avant d'être assassinée, Xiaojie Tan a revendiqué son
RÊVE AMÉRICAIN™ en ouvrant un salon
de massage dans un centre commercial :
le Cherokee Village.

Ba Má, mon frère, moi. Nous avons commencé notre
RÊVE AMÉRICAIN™ dans un camp de réfugiés,
sur une base militaire américaine : Fort Indiantown Gap,
en Pennsylvanie. Les

premiers colons de cette région

dit l'histoire officielle du fort

travaillaient dur pour gagner
leur vie en coexistant avec
les peuples autochtones.

Les promoteurs de la région disent qu'

une fortification fut
construite dans la zone de
Fort Indiantown Gap, pendant
la guerre de Sept Ans, pour
défendre les colons de la région
contre les Indiens Susquehannocks.

Il n'y a probablement pas de Cherokees, ou très peu, au Cherokee Village. L'armée américaine a chassé par la force les Cherokees de Géorgie en 1838, puis les a obligés à migrer vers l'Ouest, sur la Piste des Larmes, que les Cherokees appellent la Piste où Nous Avons Pleuré.

Plus de quatre mille Cherokees périssent.

Les Susquehannocks, également connus sous le nom de Conestogas, étaient sept mille en 1600. Les maladies apportées par les colonisateurs les déciment, de même que les guerres contre eux et les autres nations indiennes. Ils ne sont plus que quelques centaines encore en vie à la fin du siècle. En 1763, douze ans après le discours de Benjamin Franklin louant la blanchitude de sa Pennsylvanie et le besoin de la maintenir immaculée, des *vigilantes* surnommés les Paxton Boys assassinent presque tous les Conestogas survivants, paysans et artisans paisibles. Les tueurs, des Blancs qui

ne seront jamais poursuivis pour leurs actes,

viennent du canton de Paxton. Ce canton est situé à vingt-cinq kilomètres de Fort Indiantown Gap, où nous sommes arrivés et où nous étions bien contents. Mes parents revendiquent notre AMÉRIQUE™ en achetant leur première maison dans le canton de Lower Paxton.

Daoyou Feng, Hyun Jung Grant, Suncha Kim, Soon Chung Park, Xiaojie Tan et Yong Ae Yue ont entendu parler, ou pas, de la Piste où Ils Ont Pleuré. Mais quand des immigrés et des réfugiés asiatiques comme eux, comme Ba Má et moi, viennent revendiquer L'AMÉRIQUE™, nous revendiquons aussi cette histoire.

Et parfois cette histoire nous revendique.

Durant l'essentiel de ma vie, je ne réfléchis pas à ce nom de Fort Indiantown Gap, je n'explore ni son histoire, ni sa mémoire. Telles sont, là encore, la force et la violence des histoires. De la mythologie. Du fantasme selon lequel Ba Má et moi ne sommes pas concernés par le passé de L'AMÉRIQUE™ et ses origines génocidaires, par sa colonisation continue; selon lequel nous, et d'autres comme nous, ne perpétuons pas ce passé et ce présent en venant ici comme réfugiés, immigrés ou colons et en devenant actionnaires de la machine de guerre, condition ultime de notre citoyenneté.

Le shérif du comté de Lancaster a recensé les noms des Conestogas assassinés par les Paxton Boys. Autant que je sache, ce document est leur seule nécrologie existante.

Assassinés à Conestoga Town:

Sheehays
Wa-a-shen (George)
Tee-Kau-ley (Harry)
Ess-canesh (fils de Sheehays)
Tea-wonsha-i-ong (une vieille femme)
Kannenquas (une femme)

Assassinés à l'hospice de Lancaster:

Kyunqueagoah (Captain John)
Koweenasee (Betty, sa femme)
Tenseedaagua (Bill Sack)
Kanianguas (Molly, sa femme)
Saquies-hat-tah (John Smith)
Chee-na-wan (Peggy, sa femme)
Quaachow (Little John, fils de Captain John)
Shae-e-kah (Jacob, un garçon)
Ex-undas (Young Sheehays, un garçon)
Tong-quas (Chrisly, un garçon)
Hy-ye-naes (Little Peter, un garçon)
Ko-qoa-e-un-quas (Molly, une fille)
Karen-do-uah (une petite fille)
Canu-kie-sung (Peggy, une fille)

Survivants de la ferme de Christian Hershey:

Michael

Mary (sa femme)

Leurs descendants vivent.

secrets de polichinelle

Je suis le descendant de Má.

Qu'est-ce que ça signifie, écrire la nécrologie de ma mère, l'histoire de ma mère, me dire son descendant ?

D'autant que Má n'aurait pas voulu que j'écrive sur elle comme ça. Non qu'elle me l'ait jamais interdit. Elle me faisait confiance, moi dont elle ne lisait jamais les livres mais dont elle était quand même fière. Et puisqu'elle n'a jamais autorisé cette histoire, écrite dans une langue qu'elle avait du mal à lire, suis-je en train de la trahir ?

Si je la trahis, puis-je néanmoins être loyal ? Sa vie est épique et cependant quotidienne, méritant d'être racontée et connue, selon moi, sinon selon elle. Son histoire compte parce que c'est Má, mais elle a aussi un poids parce qu'elle ressemble à celle de tant d'autres réfugiés (vietnamiens).

Si héroïque qu'elle me paraisse, peut-être que Má n'est exceptionnelle qu'aux yeux de ceux qui l'aiment. Mais dire que ma mère pourrait être plus typique qu'exceptionnelle n'est pas un drame. Quand j'entends les histoires d'autres réfugiés et ce à quoi ils ont survécu

ou pas

je suis immédiatement saisi par leur gravité. Pas les mêmes que celles de Má, mais semblables. Des gens pas exceptionnels, mais ordinaires. Pas des stéréotypes, mais de l'Histoire. Chacun méritant une histoire. Chacun ayant de quoi être dépeint. Et peut-être trahi.

J'écris sur Má car je crois que les histoires comptent, mais si les histoires peuvent dé-composer autant qu'elles peuvent sauver, qu'est-ce que ma version lui inflige ? Si je re-composais tout de Má et si je l'écrivais, serait-ce une trahison ? Par exemple, dans « Années de guerre », mon narrateur adolescent dit

ma mère, elle, ne portait qu'une simple chemise de nuit en
tissu vert extrafin, sans soutien-gorge. Elle ne se rendait pas
compte que ses seins se balançaient comme des anémones
dans une eau peu profonde, et j'étais toujours gêné de voir
ses aréoles sombres et tristes, leurs tétons épais comme
mon index. Les seins de ma mère n'avaient rien à voir
avec ceux des filles de ma classe. Du moins
c'est ce que j'imaginais.

Certains lecteurs sont choqués. Est-ce un argument valable de dire que Má portait cette robe de nuit pendant toute mon adolescence, sa manière de se détendre après une journée épuisante au SàiGòn Mới, me démoralisant assez pour que le souvenir me débusque sans mon accord, alors que je ne peux débusquer d'autres souvenirs, par exemple ce qui s'est passé dans le service psychiatrique asio-américain ? Ou la seule mention de ce fait et du souvenir de cette robe de nuit est-elle déjà une trahison de Má ?

Sur ce dont on ne peut parler,
il faut garder le silence

écrivait Ludwig Wittgenstein. C'est vrai des nations, des entreprises, des individus. Mais j'ai si longtemps gardé le silence à propos de tant de choses que, de temps en temps, j'ai du mal à savoir quand choisir le silence ou la parole. Parfois on parle trop, parfois le silence parle de lui-même.

Si convoquer ce souvenir pour le montrer aux autres est possiblement une trahison, quid de l'oubli ? Si le vide et le blanc abîment mon souvenir imprécis de Má, est-ce aussi une trahison ?

Manipulant le bouton de la mémoire, nous oscillons entre
ce que Paul Ricœur, le philosophe, appelle
« la mémoire malheureuse »
et « l'oubli heureux ».

La mémoire malheureuse, si banale, c'est quand le passé
ressort du tombeau et se présente armé et mortel,
assoiffé de vengeance ou de justice.

Je préfère la justice, condition de l'oubli heureux, quand
le passé fatal et fatidique, repu, s'en retourne à un
sommeil paisible dont il ne reviendra pas.

Mais si nous avons oublié avec bonheur,
comment aurons-nous connaissance
de notre propre amnésie ?

Il se passe des jours, voire des semaines, sans que je pense à ma mère, sans avoir même conscience de mon absence de réflexion. Est-ce l'oubli heureux ? Si c'est le cas, et si oublier est nécessaire pour aller de l'avant, pourquoi le souvenir de mon oubli me donne-t-il l'impression qu'il est une autre trahison ?

Écrire devient ainsi une manière de re-composer, car c'est dans l'acte d'écriture que je ressens le plus la présence de Má. Mais écrire est aussi une manière d'oublier, qui me permet de ne pas penser à elle après que j'ai terminé – Má et le passé derrière moi, bien sagement.

Me rappeler et oublier Má, cela dit quelque chose d'elle, mais également de moi. L'écrivain se dénonçant lui-même. Et ce que je peux énoncer, c'est que, en écrivant sur ma mère en tant que mienne, quelqu'un qui fait partie de moi comme j'ai fait partie d'elle, ma mère est aussi mon Autre.

L'Autre est quelqu'un de trop proche de nous.

Je ne peux pas *ne pas* me rappeler ma mère. Et
mon Autre. Mais comment est-ce que
je la re-compose ?

Le plus facile, c'est de me remémorer quelqu'un qui m'appartient chèrement (ma mère) et quelqu'un qui est un Autre (ma mère aussi), et donc de la *représenter*, et implicitement, à travers elle, tous les réfugiés vietnamiens et leurs luttes, de faire d'elle, d'eux, de nous, une partie de L'AMÉRIQUE™, peut-être même du Việt Nam. De nous humaniser. De nous inclure. Telle était mon ambition quand j'ai commencé à écrire, il y a plusieurs dizaines d'années.

Mais nous humaniser et nous inclure sont des erreurs.
Prouver ce qui n'a pas à être prouvé, ce n'est que
reconnaître notre infériorité vis-à-vis de gens qui ne
doutent jamais de leur propre humanité, alors qu'ils
nous déshumanisent, nous envahissent, nous assassinent
– les colonisés, les conquis, les Indigènes, les esclavagisés,
les exploités, les non-Blancs, les non-hommes, les
non-hétérosexuels –, puis nous invitent à infliger
les mêmes choses inhumaines aux Autres. Au nom
de l'humanité. Tuer les sauvages. Pour les sauver.
Puis apprendre aux survivants et aux descendants.
La langue des humanités. Afin qu'ils puissent parler.
Correctement. Poliment. De ce passé chargé.
Qui n'est pas du passé. Mais toujours présent.

Đụ má !

C'est curieux qu'une obscénité éveille en moi de la nostalgie. Mais c'est comme ça que certains d'entre nous se parlent entre eux ! Malgré tout, la langue dans laquelle j'écris est celle du maître. Je connais très peu de Vietnamiens qui jurent dans la langue du maître à la face du maître.

Dans cette langue, nous tenons notre langue,
car ceux qui revendiquent pour eux
l'anglais nous observent
et nous jugent.

Mais pourquoi s'interdire l'obscénité quand
notre existence est due à l'obscène ?

Nous sommes nombreux , nous qui sommes tombés amoureux des histoires, à ressentir la douleur qu'il y a à être réduit au silence, effacé, déformé, violé, tué. Aussi exigeons-nous le pouvoir de la parole, du récit, de la représentation (de soi) à propos de gens comme nous. Comme Ba Má.

Mais si la représentation (de soi)
compte, pour autant
elle ne suffit pas.

À ceux d'entre nous qui sont écrivains et auteurs, les maîtres disent de *montrer, pas de dire*. Une règle de la représentation pour nous maintenir à notre place. Puisque beaucoup d'entre nous ont plein de choses à dire. Même si nous voulons montrer en même temps la manière de dire.

« Ne répète à personne ce que
je vais te raconter »,
dit ma mère.

Kingston commence *La Femme guerrière* comme ça, nommant le tabou tout en le brisant. Ce faisant, elle invente une parabole de la mission ultime de l'écrivain :

trouver ce qui ne doit pas être dit
et le dire.

Mais est-ce de l'honnêteté ou une trahison ?
Parfois, dire le secret, c'est les deux.

Je vois le visage de Má quand elle pousse son dernier soupir. M'a-t-elle jamais interdit de dire son histoire ? Non. Car elle n'a jamais pensé que je le ferais. Elle me faisait confiance, à moi qui ne peux pas faire confiance à ma propre mémoire.

Ayant été représentée par moi, a-t-elle maintenant plus d'importance que quand elle ne l'était pas ? Tant d'histoires ont déjà été inventées sur des femmes peu ou prou comme elles, par des écrivains peu ou prou comme moi, ambigus quant au fait de moucharder leurs mères, de révéler leurs secrets.

Si la vie de Má avait des secrets et
en est peut-être un elle-même, qu'on se le dise :
il existe deux genres de confidences que l'on
confie et que l'on rapporte : le secret intime
et le secret de polichinelle.

Les secrets intimes sont monnaie courante dans le monde du roman : la maladie, le divorce, l'aliénation, l'infidélité, et ainsi de suite.

Comme la vie de Má.
Et sa mort.

Ce sont les secrets qu'on attend d'un livre comme celui-là. Les affaires du moi, et du seul moi, pas du collectif, forment la matière dramatique pour un monde du roman américain qui préfère montrer que dire ; qui éternue quand la politique fraie de trop près avec la fiction, la poésie, le cinéma et la télévision ; qui associe la manière de dire aux gestes grossiers d'écrivains qui sont des barbares, ou pire encore, des *communistes*.

L'art, dans l'Occident libre, en AMÉRIQUE™, est au-dessus de la politique. Au lieu d'être condamnés aux camps de rééducation et au travail forcé, au lieu d'être sanctionnés par le réalisme socialiste et les Syndicats d'Écrivains, les écrivains libres de l'Occident, notamment de L'AMÉRIQUE™, sont envoyés sur des campus pour travailler à leur *métier* d'*écrivains créatifs*.

« Créatifs » – adjectif curieux et angoissant, comme s'il existait des écrivains qui ne veulent pas être créatifs, comme si être créatif comptait plus que tout le reste, par exemple être critique.

Être créatif sans être critique, c'est risquer d'être apolitique. L'absence de politique *est* la politique du monde littéraire américain dominant, qui conduit de nombreux écrivains américains à éviter certains secrets de polichinelle.

Le secret de polichinelle nous défie d'admettre sa présence.
Si nous rapportons le secret de polichinelle,
nous mettons en colère ceux, nombreux,
qui ne veulent pas qu'il soit signalé.

Le secret de polichinelle de L'AMÉRIQUE™
est que les Blancs l'ont fondée sur la base
de la colonisation, du génocide, de l'esclavage,
de la guerre et de la suprématie
blanche, toutes choses qui continuent
de façonner le moi et l'Autre.

Le secret de polichinelle de L'AMÉRIQUE™
est que nous n'appelons pas
la colonisation par son nom. Au lieu
de ça, nous lui en donnons un autre :

le RÊVE AMÉRICAIN™

Mais, protestent certains,
on en parle, de ces horreurs,
notamment dans les livres !

Oui, mais nous contrecarrons
leur capacité de nuisance par
la représentation (de soi) !

Et pourtant, la représentation (de soi) est un euphémisme.
Les secrets de polichinelle engendrent les euphémismes,
ce dialecte mortel des puissants.

Secrets de polichinelle et euphémismes abondent. L'« opération militaire spéciale » qu'est l'invasion de l'Ukraine par la Russie. Le « département de la Défense » pour des États-Unis presque toujours en guerre. Ou la « guerre froide », euphémisme glacé permettant aux grandes puissances de prendre leurs distances vis-à-vis des guerres brûlantes qu'elles ont menées, incitées ou soutenues dans d'autres pays. Dernier champ de bataille en date : l'Ukraine.

Le porte-parole du Pentagone américain sort les violons quand il parle des atrocités de Vladimir Poutine en Ukraine :

Il est difficile de regarder certaines de ces images
et d'imaginer qu'un dirigeant sain d'esprit, sérieux
et mûr puisse faire ça. Je ne peux pas témoigner
de sa psychologie, mais je crois que nous
pouvons tous souligner sa dépravation.

Quand un responsable américain a-t-il eu les larmes aux yeux pour la dernière fois en évoquant les centaines de milliers de civils tués par les armes et les sanctions américaines, ou par les seigneurs de la guerre et les hommes forts que nous soutenons ?

C'est triste

dit Alden Pyle, l'agent de la CIA idéaliste et innocent,
à propos des civils vietnamiens tués par ses bombes,
dans *Un Américain bien tranquille* de Graham Greene

mais il n'est pas toujours possible, quand on tire,
d'atteindre son objectif. En tout cas, ils sont morts
pour la bonne cause... En un sens, on pourrait dire
qu'ils sont morts pour la démocratie.

Pour les Américains, le secret de polichinelle est notre propre dépravation, qui doit être passée sous silence.

Pour en apprendre un peu plus sur ces secrets de polichinelle et ces guerres brûlantes, les lecteurs peuvent se tourner vers des écrivains comme moi, nés ailleurs et nés une deuxième fois en AMÉRIQUE™ en tant que mandataires littéraires des représentants ethniques, moins puissants, dans les prétendues guerres culturelles autour du passé, du présent et de l'avenir de la nation. Comme le dit Rabih Alameddine, également américain, entre autres identités :

> Ceux d'entre nous qui échappent à la culture dominante
> ont le droit de parler en tant qu'autres,
> et plus important encore, pour l'autre
> … J'ai le Liban.

Mon domaine d'attribution : le Việt Nam.

L'euphémisme de la représentation (de soi) est qu'à nous autres, mandataires, on n'attribue généralement pas L'AMÉRIQUE™ elle-même. Sujet trop vaste pour nos petites personnalités. Non, L'AMÉRIQUE™ appartient aux Grands Romanciers Américains Blancs. Ils écrivent depuis, et sur, le centre brillant de l'empire, sans jamais l'appeler ainsi, tandis que nous écrivons depuis les ténèbres et les confins.

Notre pouvoir vient de ce que nous avons vu la mort et la souffrance, ou vu le traumatisme subi par nos parents. On nous convoque pour témoigner de cette douleur, mais nous ne sommes pas les procureurs, les avocats et les magistrats qui instruisent le dossier, rédigent l'arrêt définitif, rendent le jugement. On attend de nous que nous montrions notre malheur, pas que nous rapportions la cause de ce malheur.

Ce malheur…

Quand Má meurt, je lui ferme doucement les yeux,
comme me le demande Ba. Après, il me dit
de lui fermer la bouche.

Sa peau est déjà froide quand
je remonte sa mâchoire et,
quand je la relâche, sa
bouche se rouvre.

Son absence de voix m'invite à parler
pour elle. C'est également
la tentation de la
représentation.

Puis-je être son représentant ?
Faire mienne son histoire ?
À travers Má et les autres comme elle,
puis-je, pouvons-nous réclamer notre part
de représentation dans ce pays,
dans le monde ?

Quand nous soumettons cette réclamation, ceux qui s'opposent à nous ne disent plus que les histoires ne sont que des histoires. Au contraire, ils nous reprochent de détruire la civilisation (occidentale), ou du moins L'AMÉRIQUE™, en réclamant l'abondance narrative pour nos voix, nos expériences, nos souvenirs et nos passés dans le programme, le canon, le pays.

La représentation compte mais, dans la mesure où elle est un remède, elle est aussi une affliction, qui nous condamne à l'isolement en tant que mandataires et alibis.

est-ce que j'ai trouvé ma voix

est-ce que vous m'entendez

ou est-ce que je dois traduire pour vous

Comme un estimé et chenu américaniste d'une grande université me le disait un jour avec un sourire aimable, après que j'eus rendu visite à son séminaire et parlé pendant une heure de mon travail sur la guerre au Việt Nam :

C'est un *cri de cœur** !

Oui. C'en est un.

Les puissants n'ont pas peur que les moins puissants revendiquent leur seul petit malheur, poussent leur cri déchirant, sincère et irrationnel. Une dose de malheur maintient les moins puissants vivants mais faibles, divisés, occupés à se rejeter mutuellement la faute, plus aisément conquis.

Pour nous désincarcérer du colonisateur – ou de son remplaçant, sorti des rangs des colonisés, quelqu'un qui nous ressemble mais qui est plus que prêt à nous la faire à l'envers –, nous devons imaginer une solidarité avec d'autres qui n'ont pas l'air d'être comme nous mais dont nous pouvons et devons partager les malheurs. De même que les puissants partagent leurs secrets pour devenir encore plus puissants, les moins puissants doivent partager leurs malheurs pour empêcher leur seul grief de devenir un poison.

Nous désincarcérer et conjurer la malédiction de la représentation, cela a un autre nom :

la décolonisation.

La décolonisation nous dit que la représentation compte, mais que nous nous berçons d'illusions, que nous nous condamnons, si nous croyons qu'elle est suffisante. Que nous devons aussi posséder les moyens de représentation. Et de production. Et que si avec la colonisation il s'agit toujours de la terre et de son appropriation violente, avec la décolonisation il s'agit

* En français *(sic)* dans le texte.

de rendre la terre et de dissiper les plus grands de tous les euphémismes : « civilisation » et « humanité ». Au nom desquels les massacres ont été commis. Au nom desquels les cadavres ont été oubliés.

Les écrivains qui se considèrent seulement comme des individus exerçant leur art dans la solitude, qui peuvent seulement montrer mais jamais dire, sont moins capables de protester contre le fait qu'on les désigne représentants et voix des sans-voix, malédiction dont les écrivains peuvent se lamenter à n'en plus finir –

à n'en plus finir, sauf s'ils considèrent qu'ils s'attaquent aux secrets de polichinelle, refusent les euphémismes et ne sont qu'une voix parmi tant d'autres, y compris les morts et tous leurs secrets intimes.

Désormais, Má fait partie des morts. Elle a emporté avec elle la plupart de ses secrets et m'en a laissé quelques-uns.

Le titre de son histoire, « Années de guerre », réfute la manière dont les Américains, et peut-être le monde entier, voient habituellement la vie des immigrés et des réfugiés, lestés par les secrets intimes tandis qu'ils poursuivent le RÊVE AMÉRICAIN™. Voyant que le RÊVE AMÉRICAIN™ est l'appellation plaquée or de la colonisation américaine, je vois les secrets intimes de Má façonnés par les secrets de polichinelle d'une période de guerre, une époque dans laquelle je vis aussi. Une époque dans laquelle vivent tous ceux qui habitent la machine de guerre.

La période de guerre m'oblige à me désoler, à partager davantage que l'unique malheur que m'accordent mes compatriotes américains, ou l'unique malheur que mes compatriotes vietnamiens me refusent dans mon pays de naissance. Ces Vietnamiens, après s'être libérés des Français et des Américains, ont reporté sur les vaincus la brutalité de leurs colonisateurs. Cette brutalité ne doit pas être abordée, ce qui explique que l'État ne permettra pas que l'adaptation télévisée du *Sympathisant* soit filmée en territoire vietnamien. Les membres de la Commission de validation disent que l'histoire est

> incompatible avec le point de vue vietnamien pour ce qui touche à la construction de l'image d'un soldat dans la cause révolutionnaire de la libération et de la réunification nationales.

L'histoire

> salira indiscutablement l'image de l'armée et du peuple vietnamiens. Car la guerre du peuple vietnamien est juste et le traitement des prisonniers du peuple vietnamien toujours humain, totalement dénué des tortures sauvages et cruelles telles que décrites.

Mais l'existence même de la Commission de validation prouve qu'il existe des secrets de polichinelle qui doivent être niés. Qui ne peuvent pas être validés. Exprimés à haute voix.

Quelle est la plus grande perfidie : la nation qui trahit ses idéaux ou la personne qui parle de ces trahisons ?

La révolution américaine, faite au nom de la liberté de tous (les hommes blancs), conduit à l'état de guerre permanent et à ce que les États-Unis reprennent aux Français la *mission civilisatrice** au Việt Nam et remplacent la Ville lumière par le RÊVE AMÉRICAIN™.

La révolution vietnamienne, faite au nom du slogan sacré de Hồ Chí Minh –

RIEN N'EST PLUS PRÉCIEUX QUE
L'INDÉPENDANCE ET LA LIBERTÉ

* En français dans le texte.

c'est-à-dire que l'indépendance et la liberté sont
les choses les plus importantes

– conduit à une société post-révolutionnaire dans laquelle le rien est plus précieux que l'indépendance et la liberté

c'est-à-dire que l'indépendance et la liberté
valent moins que rien.

Je parie que Groucho s'esclafferait de ce jeu de mots que j'ai entendu à Sài Gòn en 2004, alors que Karl n'y verrait sans doute rien de drôle. Le rire pourrait aider les Vietnamiens et les Américains à reconnaître non seulement l'idéalisme et la vaillance de leurs révolutions sacrées, mais leur absurdité et leur hypocrisie inévitables, car rien n'est si sacré que l'espèce humaine ne le foute en l'air. Au lieu d'en rire, nombre de Vietnamiens et d'Américains restent bien décidés à idolâtrer leurs révolutions, à chérir leurs guerres et à faire une fixette sur leurs malheurs.

Mais pour les colonisés ou leurs descendants –

ainsi que les descendants de leurs colonisateurs –

nous devons non seulement accepter notre malheur, mais aussi partager celui des autres.

Má est morte, et pourtant, même dans ma lamentation, mon *cri de cœur*, mon besoin de chia buồn, je reconnais que sa vie et sa mort ne sont exceptionnelles pour personne, sauf ceux qui l'aiment.

Des millions d'autres gens ont vécu des vies
aussi difficiles, sinon pires. Des millions ont
vécu des vies aussi courageuses, sinon plus.

Comprendre cela ne rabaisse en rien ma mère. Je la comprends même mieux quand je vois son histoire se découper sur l'arrière-plan de l'Histoire. Ainsi la mort et le souvenir de ma mère restent-ils avec moi. Dans « Années de guerre », je décris Má telle qu'elle m'apparaissait dans mon enfance :

> Dès qu'elle parlait en anglais, sa voix
> se faisait plus aiguë, comme si, au lieu de
> venir de l'intérieur, le langage se trouvait
> en dehors d'elle et lui serrait la gorge.

Ou est-ce mon langage

dans mes mains

autour de son cou

qui la fait parler ?

Cependant, quand je repense à Má, je ne l'entends parler que la langue maternelle, me caressant avec l'amour et l'affection dont elle m'a gratifié toute mon enfance, me donnant la confiance nécessaire pour la dépeindre. Et la trahir.

Aujourd'hui, Má est réduite au silence, mais sa voix demeure avec moi.

Sa bouche est ouverte et je

ne peux pas la refermer.

mon arrêt de mort

Après la mort de ma mère, Lan pense que nous devrions avoir un autre enfant. Má, que Lan en est venue à considérer comme sa mère, l'aurait souhaité. Quant à Ba Má, cela fait longtemps qu'ils ont cessé d'appeler Lan leur bru et lui disent qu'ils l'aiment comme leur fille.

Trois cent cinquante jours
après la mort de Má,
Simone naît.

Si Ellison porte le nom
d'un grand écrivain,
Simone tient le sien de

Simone de Beauvoir
et
Nina Simone

femmes fortes, héroïques, qui ont affronté un monde violent
à travers la philosophie, la politique, l'écriture,
la musique et le chant.

Moi qui n'ai jamais voulu être père, je le suis maintenant deux fois. Moi qui me suis toujours méfié du sentiment d'être chez moi, je me sens maintenant chez moi. Avec mes enfants, avec Lan, dans notre maison.

Cela signe, peut-être, mon arrêt de mort en tant qu'écrivain.

Ou alors cela signe mes débuts en tant qu'écrivain d'un genre différent.
La paternité, je crois, a fait de moi un meilleur écrivain.
M'a ouvert au souci d'autrui, à l'analyse de mes
propres émotions. A fait de moi quelqu'un
qui sait comment aimer et donner de soi
à Lan et aux enfants. A fait de moi
quelqu'un qui a pu écrire
ce livre, que je ne
voulais jamais
écrire.

La maison est pleine de livres, une condition du bonheur. Et de la justice. Ellison et Simone ont chacun leur bibliothèque, l'Extravagance et la Nécessité mêmes que j'aurais aimé avoir dans mon enfance. En leur donnant des livres, je veux qu'ils soient ce qu'ils veulent être. Pas besoin d'être médecins, avocats ou ingénieurs. Je veux qu'ils soient heureux !

À savoir,
c'est-à-dire,
pas écrivains.
Ou du moins pas
écrivains comme moi.

Et si Ellison a envie de devenir gamer professionnel ? demande Lan.

Cher lecteur –
j'ai hésité.

À neuf ans, quand on lui a demandé en classe de se décrire, Ellison a écrit ceci : ami, frère, aîné, garçon vietnamien, amoureux des comics, artiste, écrivain, gamer.

Donc, peut-être qu'un jour il sera gamer professionnel.

Mais il est aussi un écrivain et un artiste car, à cinq ans, après avoir été exposé tous les jours aux livres d'images et aux comics que je lui lisais le matin et le soir, et après que Lan et moi l'avons emmené dans une résidence pour écrivains et une colonie d'artistes –

où l'on peut faire l'expérience de ce qu'est sans doute,
ou devrait être, le socialisme, à savoir une version plus
douce du capitalisme, avec une abondance de ressources
et de choix, l'exploitation, la cupidité et l'aliénation
dévastatrice en moins, autant qu'une version plus douce
du communisme, avec un engagement au service de
la justice et du collectif, la paranoïa, la police secrète
et les camps de rééducation en moins, permettant
à chacun d'être créatif, enjoué et libre

– il a écrit et dessiné son propre livre. Je l'ai posté sur Facebook. Une éditrice m'a demandé si c'était authentique. Si oui, pouvait-elle le publier ?

J'ai demandé :
Est-ce que je peux gagner de l'argent
sur le dos de mon fils ?

Ainsi est né *Chicken of the Sea*. Dans la tradition de *Lester le Chat*, cette aventure gallinacée parle aussi de l'aliénation animale :

Lassés de la vie rurale,
des poulets abandonnent
la ferme. Et deviennent
des pirates !

Jamais je n'aurais pu inventer une histoire pareille, de même qu'aujourd'hui jamais je ne pourrais inventer *Lester le Chat*. J'ai perdu cette part d'enfance, mais grâce à Ellison, et maintenant à Simone, j'ai appris à poser la question la plus importante de toutes en matière d'écriture, et d'imagination, et de justice :

Pourquoi pas ?

Pourquoi ne pas écrire ce livre comme ça ?
Pourquoi ne pas raconter ces histoires
tristes et ces histoires larmoyantes ?
Et ensuite pourquoi ne pas
raconter une blague ?

Ces enfants m'ont fait un beau cadeau, et je n'aurais eu ni celui-ci ni ceux-là sans Lan, qui a cru que je pourrais être père. Aussi je me sens chez moi, et pourtant je ne devrais pas me sentir chez moi, puisque mon chez-moi se dresse sur les terres de la tribu Hahamog'na, que tant de gens n'ont pas de chez-eux, qu'une grande partie du monde est instable et que le philosophe, critique et réfugié Theodor Adorno a écrit

il fait aussi partie de la morale de ne pas habiter chez soi.

Mais comme l'écrivait également l'universitaire, critique et exilé Edward Said, un de ses héritiers, qui a toujours défendu les réfugiés palestiniens dans leur perpétuelle itinérance,

ce qui est vrai pour
chaque exilé, ce n'est pas que le pays
natal et l'amour du pays natal sont perdus,
c'est que la perte est inhérente à leur existence même.

Alors pour l'instant,
pour le temps dont je dispose
auprès de ces enfants et de Lan –
je veux créer un chez-moi avec eux,
et même si c'est un chez-moi où je ne pourrai jamais

oublier les pertes de mon passé et celles de mon
présent, ce peut être un chez-moi où, un jour,
ils voudront revenir. Du moins je l'espère.
Et si ce n'est pas un chez-moi
comme ça, alors, un jour,

puissent-ils écrire leurs propres mémoires.

đất thánh việt nam

Je trouve qu'il ressemble à un écrivain. Et aussi à un père, et à un grand-père. Peut-être que dans une autre vie il aurait pu être écrivain ou musicien. Mais dans cette vie c'est un combattant, un survivant, un réfugié, un croyant, un retraité. Un veuf.

Peut-être que la première fois où Ba découvre mes ambitions littéraires, c'est le jour où je lui donne une traduction vietnamienne de « L'autre homme ». C'est une nouvelle où il est question d'un réfugié vietnamien, un jeune homme, qui arrive à San Francisco en 1975.

Et fait l'amour pour la première fois.

Avec un homme.

Ba ne me parle jamais de cette histoire. Peut-être l'a-t-elle gêné. Je ne lui demande pas s'il l'a lue. Pourquoi obliger un homme qui s'est tant sacrifié pour moi à lire mes mots ? J'oublie même d'appeler mon père quand j'apprends la nouvelle qui change le cours de ma carrière littéraire. Pourquoi me vanter devant un homme qui a traversé tant d'épreuves, qui n'a jamais reçu la moindre récompense pour ses efforts ? Mais le lendemain il m'appelle et dit, d'une voix qui tremble de bonheur,

Les villageois au Việt Nam ont téléphoné –
tu as reçu le prix Pulitzer !

Enfin. J'ai rendu mon père fier.
Il suffisait pour ça de remporter un Pulitzer.
L'AMÉRIQUE™ est le dindon de la farce.
Ou c'est moi. L'avenir le dira.

Je ne dis pas à mon père de quoi parle le roman, d'autant plus qu'il est fait pour offenser tout le monde (sauf le jury du prix Pulitzer). À en juger par ce résumé à une étoile, c'est mission accomplie pour ce Pas Si Grand Roman Américain :

★☆☆☆☆ Une âme divisée
★☆☆☆☆ Une tannée pénible et sans récompense
★☆☆☆☆ Une tentative psychologique de prise de conscience
★☆☆☆☆ Absurde et répugnant
★☆☆☆☆ Foutaise littéraire absolue
★☆☆☆☆ Incroyablement surcoté.
★☆☆☆☆ Immonde et dur à suivre
★☆☆☆☆ QU'EST-CE QUE C'EST QUE CE TRUC ?
★☆☆☆☆ Sombre & déprimant
★☆☆☆☆ J'ai détesté
★☆☆☆☆ J'ai détesté le livre
★☆☆☆☆ J'ai détesté ce livre
★☆☆☆☆ Si vous aimez la torture lisez ce livre
★☆☆☆☆ Nullité absolue
★☆☆☆☆ Infâme
★☆☆☆☆ Ce livre m'a ennuyé. Il ne s'y passe rien
★☆☆☆☆ Épargnez-vous ça, lisez vraiment N'IMPORTE QUOI d'autre.
★☆☆☆☆ Bon livre !

Ou peut-être que mon père sait pertinemment que le roman peut choquer. Certains Vietnamo-Américains refusent de le lire parce qu'il est raconté du point de vue d'un espion communiste, même si cet espion a un rapport ambigu au communisme. Mais si mon père a lu des rumeurs sur le fait que son fils est un écrivain procommuniste et antiaméricain, il ne m'en dit rien. Nous nous protégeons l'un l'autre par nos silences.

Un jour, alors que je suis loin, à l'université, un individu
dérangé abat deux policiers au croisement de la 5e Rue
et de Santa Clara Street, devant le SàiGòn Mới. Pendant
la fusillade, Ba Má se cachent derrière le comptoir. Cela,
je l'apprends des décennies plus tard : le pire drame dans
l'histoire de la police de San José. Ba Má ne m'en parlent
jamais parce qu'ils ne veulent pas que je m'inquiète.

Même avec la mort, Ba ne veut pas nous inquiéter, anh Tùng et moi. Cela fait longtemps qu'il s'est acheté une concession funéraire et nous a fourni la liste des invités, le programme et les chants pour sa dernière messe. La mort est difficile, mais Ba nous la rend aussi facile que possible.

Il avait ralenti avant la pandémie, mais les mois d'isolement draconien ne font qu'accélérer son déclin. Il est de plus en plus immobile. Il oublie de plus en plus. Néanmoins, il est, apparemment, content, en tout cas c'est ce que pense anh Tùng. Ce dernier est encore le fils aîné et le grand frère responsable, qui va le voir tous les week-ends, qui supervise ses soins, qui me protège contre le pire. Qui consent à cette histoire.

Quand je rends visite à Ba et m'assois avec lui sur le canapé de cuir marron, baigné par une lumière dorée londonienne, il me serre le bras, fourre des billets dans ma poche pour me rembourser le carburant, pleure un peu par gratitude pour ma présence, me rend honteux par sa gratitude. Je lui baise le front. Je l'amène en voiture à l'église, où je fais semblant, pour lui, de croire encore.

Un jour, j'emmène Ba en balade à bord d'une Mustang décapotable de location. D'abord il refuse mais, face à mon insistance, quelque chose change en lui. Peut-être qu'il se rappelle aussi la seule fois où Má et lui ont trouvé le temps de faire un tour en voiture, pour le plaisir, dans la péninsule de Monterey, m'installant sur la banquette arrière. Désormais, c'est moi qui le conduis, lentement, capote baissée, sur les routes qui sinuent dans les collines aux abords de San José. Il porte des lunettes noires et un feutre noir cabossé, il a l'air classe face au soleil et au vent. Nous roulons comme nous avons toujours roulé, quand il était au volant et moi le passager, en silence, pas de radio, pas de conversation. Je me perds au milieu des collines.

Un soir, il y a plusieurs dizaines d'années de ça, Má m'a
demandé de l'emmener faire un tour en voiture, dans
la nuit, rien que nous deux, après une longue journée
au SàiGòn Mới. Je ne sais plus quel âge j'avais. C'était
la période intemporelle de mon enfance et de mon
adolescence, quand j'étais encore une partie de Má.
Quelque chose s'était cassé entre Ba et elle. Je sentais un
non-dit, une tension. J'étais son prétexte pour s'échapper.
Ma vitre était baissée, j'avais le vent en pleine face.
Je ne savais pas que j'étais triste. Je savais que j'étais
reconnaissant. Má voulait passer du temps avec moi.
Elle n'a rien dit, mais m'a laissé un cadeau.
Ce souvenir.

Rentrons à la maison, dit Ba.
Je retrouve le chemin.
Je lui offre ce souvenir.

À propos de son propre père déclinant à la fin de sa vie, Philip Roth écrivait :

Être vivant, c'est être fait de mémoire.
Si un homme n'est pas fait de mémoire,
il n'est fait de rien.

Peut-être vrai. Mais rien, c'est quelque chose.
Ni l'un ni l'autre n'existent sans l'Autre,
la présence ayant besoin de l'absence,
le positif exigeant le négatif.

Du rien nous sortons,
au rien nous retournons.

En tant que réfugiés, nous sommes venus
de ce vide terrifiant entre les nations
où nous étions bannis.

Émergeant de ce vide de l'Autre,
comment nous autres, réfugiés, aurions-nous
pu être vus par les peuples des nations
autrement que comme rien ?

Si je ne suis plus un réfugié et ne veux pas l'être, je suis encore un réfugié qui s'identifie à ces réfugiés, à ce néant d'où un avenir différent peut être imaginé, un avenir différent du RÊVE AMÉRICAIN™ et de ce qu'il exige : le désir d'être quelqu'un, de compter pour quelque chose, accompli dans la mythologie des immigrés et le clinquant de la citoyenneté blindée. Mais ce RÊVE AMÉRICAIN™, en apparence si positif, a toujours dépendu, et dépend, de la négation de l'existence de tant d'Autres. De leur oubli.

Plutôt que d'être effrayé par le vide de l'Autre, nous devrions voir la possibilité d'un nouveau monde dans ce vide, un monde qui ne serait pas fondé sur les frontières, sur les machines de guerre, sur les États-nations, qui produisent tous, inévitablement, des réfugiés. Plutôt que de mépriser les réfugiés qui arrivent sans rien et ne sont rien, nous pourrions nous identifier à eux et à leur néant, un espace vierge depuis lequel nous pouvons imaginer un monde libéré des forces qui nous nient tous – l'exploitation et la violence, la peur et la terreur, la cupidité et l'égoïsme.

De mon père, je n'attends pas qu'il partage mon identification négative, mon ingratitude, ma conviction que nous devons nier cette négation. Malgré tout ce qu'il a oublié, Ba croit que quelque chose et quelqu'un l'attendent. Il peut encore réciter, sans la moindre hésitation, le *Notre Père*. Il n'en a pas oublié un mot.

Quand il rend visite à Má au cimetière catholique de San José, où elle repose juste derrière l'ombre d'un cèdre de l'Himalaya, il lui dit qu'il reposera bientôt à ses côtés.

Linda ơi ! se lamente-t-il.
Anh thương em, anh
nhớ em nhiều lắm.

Le son me désoriente. Jamais je ne l'ai vu pleurer, pas même quand ses Ba Má sont morts dans une contrée lointaine.

Linda ơi !

Depuis que Má est morte, chaque fois que je vais le voir, il me dit que lui aussi se prépare à partir. Ni éploré ni apeuré, il me donne une dernière leçon, cette fois de grâce. Si je vis une vie de justice à ma façon, comme lui l'a fait à sa façon, recevrai-je le même bienfait qu'il reçoit ? Le bienfait de l'oubli heureux ?

Homme d'une attention rigoureuse aux détails, qui devient inquiet quand les détails ne sont pas planifiés, il a laissé son empreinte sur moi. Le soir, comme lui, je vérifie que les portes et les fenêtres sont bien fermées. J'éteins la lumière dans les pièces où il n'y a personne et je dispute mon fils quand il gaspille l'électricité, comme Ba me le reprochait. Parfois, j'entends mes genoux craquer, comme j'entendais la crépitation de ses genoux dans le couloir, devant la porte fermée de ma chambre.

Homme sévère que j'ai craint et que je respecte, Ba ne m'a jamais dit, s'agissant de son foyer, de l'aimer ou de le quitter.

Et en dépit de sa sévérité, il ne m'a pas dissuadé d'être un universitaire ou un écrivain. Il range mes livres au-dessus de son lit, avec les messages de condoléances que les amis de Má ont envoyés pour son enterrement, imprimés sur des banderoles attachées à de somptueuses couronnes de fleurs. Il ne me demande pas de quoi parlent mes livres, seulement combien d'exemplaires s'en sont vendus. Les chiffres le font rire de contentement.

S'il m'a aimé plus que je ne le soupçonnais, peut-être l'avons-nous aimé plus qu'il n'en a conscience. Anh Tùng et moi l'avons usé à force de répéter sans cesse con thương Ba. Désormais, il dit Ba thương con sans y être poussé, avec sincérité. À ses petits-enfants, à Ellison et Simone, il parle en anglais :

I love you.

Sa partie du cimetière est pleine de noms vietnamiens. Un panneau désigne ce carré du cimetière Đất Thánh Việt Nam.

Les réfugiés se sont approprié cette
terre des Muwekmas Ohlones en
leur nom. Et au nom de Dieu.

Moi aussi je fais partie de ce pays, par ma vie dans la machine de guerre. Les patriotes de la machine de guerre applaudissent à l'assassinat par un missile Hellfire d'un chef terroriste en Afghanistan, debout sur son balcon. Je me souviens des dix innocents, membres d'une même famille, tués l'année précédente, incinérés et décomposés dans leur cour par un autre missile Hellfire, tiré par un drone Predator aux tout derniers jours de l'évacuation américaine de Kaboul. Les yeux américains dans le ciel confondent un père qui rentre en voiture chez lui et un kamikaze. Une frappe juste, affirme le directeur du Comité des chefs d'état-major interarmées. Jusqu'à ce qu'elle ne le soit plus.

Zemari Ahmadi, 43 ans. Trois de ses enfants : Zamir, 20 ans, Faysal, 16 ans, Farzad, 10 ans. Son cousin Nasser, 30 ans. Trois des enfants de son frère Romal : Arwin, 7 ans, Benyamin, 6 ans, Hayat, 2 ans. Et deux fillettes de 3 ans, Malika et Somaya.

Le père, Zemari Ahmadi,
travaillait pour les Américains.

Une part de moi croit ce qu'Aimé Césaire
écrivait en 1955 :

L'heure est arrivée du Barbare. Du Barbare moderne.
L'heure américaine.
Violence, démesure, gaspillage, mercantilisme, bluff,
grégarisme, la bêtise, la vulgarité, le désordre.

Elle est longue, cette heure.
Mais une part de moi croit également
ce que James Baldwin écrivait la même année :

J'aime l'Amérique plus que tout autre pays au monde
et, précisément pour cette raison, j'insiste sur
le droit de la critiquer perpétuellement.

Ba Má n'ont jamais critiqué ce pays. Ils sont les réfugiés reconnaissants que souhaite L'AMÉRIQUE™. Pour ce qui est de la justice, ils s'en remettent à Dieu. Peut-être parce que je ne crois pas à ce Dieu catholique, je n'ai pas de mal à ne pas croire au Meilleur Pays du Monde, sauf à admettre que l'excellence est inséparable de l'impérialisme, de la conquête, de l'esclavage, de la violence. Comme tant d'autres, y compris celui qui m'a vu naître, L'AMÉRIQUE™ est un pays de brutalité et de beauté, d'horreur et d'espoir. Nous ne pouvons saisir cette beauté et cet espoir qu'en affrontant la brutalité et l'horreur, qu'en démilitarisant, en décapitalisant, en désimpérialisant, en décolonisant, en décarbonant. Alors, et seulement alors, nous pourrons peut-être accéder à une AMÉRIQUE™ aussi (im)possible, aussi belle que le paradis de Ba Má. Alors, et seulement alors, nous verrons la fin des réfugiés.

Dans les mois suivant la mort de Má et aux premiers stades de la grande infection, Ba venait avec moi rendre visite à Má. Aujourd'hui, je rends généralement visite à Má seul. J'aime cette solitude, balayer sa tombe et disposer les fleurs. Les oies et les biches les auront mangées avant l'aurore. Ici, personne ne juge ma langue maternelle. Je remercie Má dans cette langue, pour son sacrifice, sa dévotion et son amour. Je la prie de m'excuser de l'avoir mouchardée et je lui demande compréhension et pardon. Je promets de raconter son histoire à mon fils et à ma fille, dont les racines, dans ce pays, plongent au plus profond de cette terre avec Má. Et pour finir, avec Ba, aussi.

Quand je demande à Ba s'il se rappelle avoir dit, On est des Américains, maintenant, il rit et fait non de la tête. Mais quand je lui demande s'il souhaite être enterré au Việt Nam, il fait encore non de la tête. Cette terre est maintenant la sienne, près de Má. Mais comment nommer ce lieu si ce n'est pas leur terre natale ?

Leur terre d'élection.
Leur terre d'installation.
Leur refuge.

Quand bien même, cette terre n'est qu'un réceptacle de leurs corps. Leurs âmes sont une autre affaire. La stèle de Má dit que Dieu l'a rappelée dans Sa demeure. Cette terre sainte vietnamienne du cimetière, tout comme celle qui les a vus naître, n'est que temporaire. Peut-être leur conviction que seule comptait vraiment leur demeure éternelle a-t-elle aidé Ba Má à survivre à leur itinérance de réfugiés, de même que ma vraie demeure – mon écriture – me vient en aide.

Quant à mon quê, je n'y suis pas encore retourné. Cet avenir n'a pas encore eu lieu. Peut-être après le départ de Ba.

Peut-être si les membres de la Commission de validation m'y autorisent. Mais peut-être pas, car les Montagnards pourraient me considérer comme un énième colonisateur. Et même si je retourne à Buôn Ma Thuột, mon origine est déjà perdue. Le commencement oublié, la sœur (adoptée), la graine de la mémoire, le nom même – tous irrévocablement déplacés. Cela aussi est une histoire de guerre, longtemps retardée, la bombe du passé qui n'a pas explosé, une mine enfouie dans l'esprit. Peut-être qu'un jour je fouillerai et l'exhumerai. Peut-être qu'un jour j'écrirai cette histoire de guerre même si j'en ai assez des histoires de guerre, car écrire est la seule manière de me battre que je connaisse. Et écrire est la seule manière de déplorer que je connaisse.

Le combat de Má est terminé. Elle n'est plus obligée de
continuer. Quand je suis prêt à repartir, il m'arrive
de m'allonger près d'elle, sur le tapis d'herbe,
et de regarder le rideau bleu du ciel. Et là,
posé sur le carré qui attend Ba, conscient
de tout ce que j'ai oublié et du fait
qu'un jour je serai, moi aussi,
fait de rien, j'essaie de
re-composer nos
jours heureux.

à Ba
à Joseph Thanh Nguyen
à Nguyễn Ngọc Thanh
à mon père

1933 –

Remerciements

Ce livre est le fruit d'une série d'entretiens et de conférences que j'ai donnés entre 2015 et 2022, ainsi que de nombreux textes publiés à la même période. La liste en serait beaucoup trop longue, mais je suis extrêmement reconnaissant aux éditeurs et aux intervieweurs qui m'ont donné la chance de partager et développer mes idées, et à toutes les institutions qui m'ont invité à parler. Je veux saluer aussi le travail de ceux qui ont rendu possible une grande partie de ces événements : Trinity Ray, Kevin Mills, Ryan Barker et Ariel Lewiton de la Tuesday Agency, de même que Deb Seager et John Mark Boling, mes attachés de presse chez Grove Press.

J'ai la chance que Zoë Ruiz ait accepté de réunir et de lire ces entretiens, conférences et textes – par centaines –, dont elle a tiré une compilation de moments forts et de thèmes qui ont constitué l'ossature du premier jet. Certaines des idées de ce manuscrit et de ses moutures suivantes provenaient de séminaires universitaires que j'avais dirigés autour de la guerre et de la mémoire, de la décolonisation et des études critiques sur les réfugiés. Mes étudiants ont été des interlocuteurs précieux, qui m'ont poussé à formuler mes idées avec plus de profondeur et de clarté. Surtout, ils m'ont obligé à lire. J'ai proposé ces séminaires à l'université de Californie du Sud, qui m'a également accordé des bourses de recherche cruciales dans la rédaction de ce livre, notamment l'organisation d'un atelier de finalisation de manuscrit. Au cours de cet atelier, j'ai grandement profité des commentaires à la fois critiques et généreux de Gina Apostol, de Cathy Park Hong et de Laila Lalami, qui a trouvé le titre de ce livre. Nombre de mes collègues universitaires m'ont fait part de leurs vues sur le manuscrit en cours d'écriture : Meiling Cheng, Adrian De Leon, Evyn Lê Espiritu Gandhi, Janet Hoskins, Annette Kim, Nancy Lutkehaus, Natalia Molina, Lydie Moudileno, Chris Muniz, Catherine Nguyen, Peter Redfield et Ernest J. Wilson III. Ce livre est bien meilleur grâce à leurs remarques.

Mon assistante de recherche, Jenny Hoang, a également lu le manuscrit et, non moins important, supervisé une grande partie des recherches et des soutiens administratifs dont j'avais besoin pendant l'écriture. Dans cette tâche, elle a été précédée par Rebekah Park et suivie par Titi Nguyen, dont les talents de direction m'ont permis de me concentrer sur l'écriture. Elles ont été aidées par une équipe d'étudiants à l'enthousiasme et à l'énergie contagieux : Christine Nguyen, Faithe Nguyen, Tommy Nguyen, Ashley Tran et Jordan Trinh. Kathleen Hoang, en particulier, a joué un rôle central dans la compilation des notes pour ce texte. À cette équipe, je dis ma reconnaissance éternelle.

L'autrice Nguyễn Phan Quế m'a aidé à résoudre certains problèmes liés à la culture et à la langue vietnamiennes. La journaliste Sharon Simonson m'a fait gagner beaucoup de temps en plongeant dans les archives de San José pour savoir ce qui était arrivé au SàiGòn Mới. Mon retour à Fort Indiantown Gap a été facilité par le capitaine Travis Mueller et le personnel du musée du fort, Stephanie Olsen et Charlie Oellig, tandis que Brad Rhen, de la Garde nationale de Pennsylvanie, a eu la gentillesse d'immortaliser ma visite par des photos et un article. Adiaha Spinks-Franklin, super-fan et amie, a lu une partie du manuscrit final au moment où j'en avais le plus besoin et n'a cessé de me partager avec moi son engagement passionné pour une justice multiraciale et décoloniale.

Les auteurs H'Rina de Troy et Y-Danair Niehrah ont répondu à mes questions touchant l'histoire, la politique et la culture des Montagnards ; ils m'ont incité à réfléchir au rôle joué par ma famille dans les hauts plateaux du Centre. Divers membres du Vietnam Studies Group ont aussi répondu à mes interrogations liées au repeuplement vietnamien catholique dans cette région : Bradley Camp Davis, Diane Fox, Erik Harms, Lê Xuân Hy, Edward G. Miller, Nhu Miller, Michael Montesano, Paul Mooney, Phan Quang Anh, Oscar Salemink, Hue Tam Ho Tai, Philip Taylor et Simon Toner. Je les remercie tous d'avoir partagé avec moi leurs connaissances, même si mon interprétation du repeuplement vietnamien catholique n'engage que moi.

Comme toujours, mes agents Nat Sobel et Judith Weber m'ont prodigué encouragements et sages conseils. J'ai également pu compter sur le soutien et la confiance constants de Grove Press, à commencer par son merveilleux directeur, Morgan Entrekin, jusqu'à Emily Burns et Judy Hottensen. Norman E. Tuttle, Sal Destro, Gretchen Mergenthaler et Kelly Winton ont brillé dans la fabrication de ce livre et de sa couverture. Et si je dois remercier Nancy Tan, Kathryn Jergovich et Julia Berner-Tobin pour leurs relectures du manuscrit, toute erreur qui subsisterait serait de mon fait. Par sa capacité magique à suggérer des coupes et des révisions judicieuses tout en m'encourageant à continuer, Peter Blackstock, mon brillant éditeur, a rendu ce livre – comme mes autres chez Grove Press – bien meilleur.

Continuer m'a été grandement facilité par le soutien que m'a accordé pendant des années la MacArthur Foundation, dont la générosité financière m'a permis d'écrire et de passer du temps auprès des miens, ce qui s'est révélé aussi important que le fait même d'écrire. Mes enfants, Ellison et Simone, m'ont appris autant que je leur ai appris (du moins je l'espère). Et ma compagne et première lectrice, Lan Duong, elle aussi réfugiée, universitaire, écrivaine et enfant de San José, en Californie, a instillé dans ce livre de l'amour et la compréhension d'une vie commune. Elle m'a donné la clé qui a débloqué les dernières pages et conclu ce livre.

Enfin, je remercie mon frère, anh Tùng. Celui qui s'est toujours occupé de moi, celui qui sait ce que nous avons tous deux enduré, celui qui a connu Ba Má aussi bien que moi – c'est lui qui a donné la permission, en dernier ressort, que cette histoire soit racontée.

Table

PREMIÈRE PARTIE

DEUXIÈME PARTIE

TROISIÈME PARTIE

Composition et mise en pages : Soft Office
N° éditeur : B40365/01 – N° imprimeur :

www.lisez.com

Achevé d'imprimer par
Normandie Roto Impression s.a.s.
61250 Lonrai (Orne)
N° d'impression : 2503276

Imprimé en France